猫武士

① 日光小径
The Sun Trail

[英] 艾琳·亨特 ◎ 著
刘怡 ◎ 译

中国少年儿童新闻出版总社
中国少年儿童出版社
北京

凹地

山脉

两脚兽地盘

高石山

林间河流

交汇的雷鬼路

雷鬼路

河

四棵树

瀑布

小雷鬼路

猫视界

北

特别感谢基立·鲍德卓

The Sun Trail
Copyright © 2013 by Working Partners Limited
Series created by Working Partners Limited
Simplified Chinese edition Copyright © 2020 by
China Children's Press & Publication Group
All rights reserved.

图书在版编目（CIP）数据

日光小径 /（英）艾琳·亨特著；刘怡译. — 北京：中国少年儿童出版社, 2020.6（2025.9重印）
（猫武士五部曲；1）

ISBN 978-7-5148-6086-3

Ⅰ.①日… Ⅱ.①艾… ②刘… Ⅲ.①儿童小说 – 长篇小说 – 英国 – 现代 Ⅳ.① I561.84

中国版本图书馆 CIP 数据核字（2020）第 062356 号

RIGUANG XIAOJING
（猫武士五部曲）

出 版 发 行： 中国少年儿童新闻出版总社
中国少年儿童出版社

执行出版人：马兴民
责任出版人：缪　惟

责任编辑：何强伟	责任校对：杨　雪
执行编辑：赵　勇	美术编辑：缪　惟
	责任印务：厉　静

社　　　址：北京市朝阳区建国门外大街丙 12 号	邮政编码：100022
编 辑 部：010-57526271	总 编 室：010-57526070
发 行 部：010-57526568	官方网址：www.ccppg.cn

印　　刷：北京华宇信诺印刷有限公司

开　本：880mm×1230mm　　1/32	印　张：11
版　次：2020 年 6 月第 1 版	印　次：2025 年 9 月第 18 次印刷
字　数：220 千字	

ISBN 978-7-5148-6086-3	定价：32.00 元

图书出版质量投诉电话：010-57526069　电子邮箱：cbzlts@ccppg.com.cn

目 录

猫族成员	2
引　子	1
第一章	7
第二章	19
第三章	33
第四章	43
第五章	63
第六章	74
第七章	94
第八章	111
第九章	127
第十章	144
第十一章	158
第十二章	175
第十三章	189
第十四章	197
第十五章	207
第十六章	220
第十七章	226
第十八章	235
第十九章	246
第二十章	255
第二十一章	266
第二十二章	276
第二十三章	286
第二十四章	293
第二十五章	305
第二十六章	314
番　外	327

猫族成员

山地猫

部落医巫

尖石预言者（尖石巫师）——年迈的白色母猫，眼睛是绿色的

部落成员

寂雨——身上长着斑点的灰色母猫

灰翅——皮毛光滑的深灰色公猫，眼睛是金色的

晴天——浅灰色公猫，眼睛是蓝色的

清溪——棕白相间的虎斑母猫

荫苔——黑白相间的公猫，眼睛是深绿色的

高影——皮毛浓密的黑色母猫，眼睛是深绿色的

斑毛——身体纤瘦的玳瑁色母猫，眼睛是金色的

雨拂花——棕色虎斑母猫，眼睛是蓝色的

玳尾——玳瑁色母猫，眼睛是绿色的

月影——黑色公猫

露叶——玳瑁色母猫

扭枝——棕色公猫

碎冰——灰白相间的公猫，眼睛是绿色的

云斑——黑色长毛公猫，耳朵、胸口和两只前脚掌是白色的

石歌——深灰色虎斑公猫

空树——棕色虎斑母猫

疾水——灰白相间的母猫

鹰扑——橙色虎斑母猫

落羽——年轻的白色母猫

寒鸦啼——年轻的黑色公猫

烈雹——深灰色公猫

雾水——非常老的灰色母猫，眼睛是雾蒙蒙的蓝色

狮吼——非常老的金色虎斑公猫

银霜——年迈的灰白相间的母猫

雪兔——年迈的白色母猫

振翼鸟——瘦小的棕色母猫

锯峰——灰色虎斑公猫,眼睛是蓝色的

日光小径
RIGUANGXIAOJING

引子

　　冰冷的幽光洒进山洞，洞顶已被一片暗影吞噬。洞口外，一泓清冽的飞瀑倾泻而下，隆隆的水花声在山石间回荡。

　　洞穴深处蹲伏着一只消瘦的白色母猫。虽然年事已高，但她那双绿莹莹的眼睛清澈无比，饱含智慧。她凝望着眼前的景象：山洞里，众猫正在那微光闪烁的瀑布前来回走着。他们骨瘦如柴，焦躁不安。老年猫蜷缩着身子挤在窝里，饥肠辘辘的幼崽正拼命地嚷着要吃东西，但母猫们已然精疲力尽。

　　"我们不能再这样下去了。"年迈的白色母猫自言自语道。

　　几尾远处，几只幼崽正为一只老鹰的残骸争吵不休。这只老鹰是他们的母亲在昨天猎获的，老鹰刚被抓住，鹰肉就被分食而尽。此时，一只虎斑幼崽正啃咬着一根老鹰骨头，而一只体形较大的姜黄色幼崽则上前用肩把她挤到一边。

　　"我最需要这根骨头！"姜黄色幼崽蛮横地说。

　　那只虎斑幼崽跃了起来，一口叼住了姜黄色幼崽的尾巴尖。"你这跳蚤脑子，我们大家都需要这根骨头！"说着，她重重地咬了下去，姜黄色幼崽疼得哀号起来。

猫武士

一只灰白相间的老年猫蹒跚着走上前来，她已瘦得皮包骨头。这只母猫走到幼崽们身旁，一把将骨头抢了过去。

"嘿！你——"姜黄色幼崽抗议道。

老年猫顿时怒目圆睁，厉声喝道："以前我季复一季地为大家狩猎，难道就不配得到这根小小的骨头吗？"说完，她转过身去，紧紧叼着那根骨头，气呼呼地大步走开了。

姜黄色幼崽干瞪着眼愣了片刻，随即哭哭啼啼地朝他的妈妈奔去。他的妈妈正伏在石壁边的岩石上，不过她没有安慰自己的孩子，而是气恼地呵斥了几句，愤愤地甩着尾巴。

因为相隔较远，年迈的白色母猫虽并没听清幼崽妈妈的话，但她仍长叹了一声。

她忧心忡忡地想：大家几乎都已忍到了极限。

接着，她看到灰白相间的老年猫走到了山洞的另一边，把老鹰骨头放在了一只更为衰老的母猫面前。那只老态龙钟的母猫正蜷缩在窝里，鼻子搭在前掌上，两眼无神地凝视着远处的石壁。

"来，雾水。"灰白相间的老年猫用脚掌把骨头往前推了推，"快吃了吧。虽然没多少可吃，但或许能缓一阵子。"

雾水淡淡地看了一眼她的老朋友，又扭头向别处望去。"不用了，银霜，谢谢你。断羽死后，我就没有什么胃口吃东西了。"她的声音微微颤抖，话里满含悲伤。"要是那时候猎物够吃的话，他就不会死了。"她叹了口气，"我现在正等着和他相聚呢。"

日光小径
RIGUANGXIAOJING

"雾水，你别这样——"

这时，洞口的动静吸引了白色母猫的注意——那里出现了几只猫，他们正将身上的雪花簌簌抖落。见状，洞里有几只猫一跃而起，跑了过去。

"你们捕到猎物了吗？"一只猫急匆匆地问。

"是啊，猎物在哪儿？"另一只猫接着问道。

带队的猫难过地摇摇头："抱歉，外面猎物很少，没能给大家带回来什么。"

众猫心中先前腾起的希望顿时像烈日下的薄雾一样消散了。他们面面相觑，耷拉下脑袋，拖着尾巴失望地散开了。

白色母猫注视着眼前的一切。没过多久，她转过头，感应到有只猫向自己走了过来。由于上了年纪，这只公猫的口鼻色泽发灰，金色的虎斑皮毛也已变得疏落斑驳，然而，他那自信的步态依然展现着他昔日高贵的雄姿。

"半月。"公猫向白色母猫打了个招呼，在她旁边坐了下来，把尾巴绕过身体盖在脚掌上。

白色母猫轻笑了一声："狮吼，你不该那样叫我的。我在很久以前就成了尖石预言者了。"

金色虎斑公猫用鼻子哼了一声，对她说道："我可不在乎别的猫叫了你多长时间的尖石巫师，对我来说，你永远都是半月。"

半月没有答话，只是把尾巴伸出来搭在了老朋友的肩上。

狮吼继续说："我是在这个山洞里出生的，不过我母亲惊鹿跟我讲过大家还没来这里定居时的事——那会儿你们还在湖泊边生活，在大树下栖身。"

半月幽幽地叹了口气："可如今只剩我还活着了，只有我还记得那个湖泊，也只有我还记得当初大家是怎样一路跋涉来到这里的事了。不过我在这大山里住的时间可比在湖边长三倍有余，现在瀑布昼夜不息的奔腾声每时每刻都在我心里回荡着。"她稍做停顿，眨了眨眼睛，接着问："你怎么现在和我说起这事来了？"

狮吼迟疑片刻，回答道："在灿烂的阳光再次照耀大地之前，我们可能已经死于饥饿，更何况现在连洞里的地方也不够大家住了。"说着，他伸出脚掌轻轻抚了抚半月肩部的皮毛："所以我们现在得做些什么。"

半月盯着狮吼，瞪大了眼睛。"可是我们不能离开大山。"她厉声反对，惊愕之余，几乎透不过气来，"松鸦翅曾经许诺过，正是因为这地方注定是我们的家园，他才让我成为尖石巫师的。"

狮吼迎上了半月紧张的幽绿目光。"你敢肯定松鸦翅是对的吗？"他问她，"他怎么能知道以后会发生的事呢？"

"他必须是对的。"半月喃喃地说。

她的思绪飘回了无数个季节以前的那次仪式上。那时，松鸦翅郑重宣布她将成为尖石巫师。半月仿佛又听到了松鸦翅那

日光小径
RIGUANGXIAOJING

满怀爱意而又充满悲伤的声音,全身不禁颤抖起来,因为她命中注定永远不能和他在一起。"以后其他的猫会继任你的位置。你要小心挑选,对他们多加训导,有朝一日把部落的未来托付给他们。"

如果松鸦翅没想让我们一直在大山里生活,他当时是决不会说那些话的。

她环视四周,只见众猫瘦骨嶙峋、饥饿难耐。眼前的情景让半月黯然心伤,她摇了摇头,在心里承认道:狮吼是对的。如果我们想生存下去,就必须有所行动。

渐渐地,半月意识到山洞里冰冷幽暗的光线正在变亮,直至化成一片温暖的金色,犹如旭日正从瀑布后冉冉升起——然而,她深知此时黑夜已悄然降临。

在她身边,狮吼正端坐着身子清洁耳朵,洞里其他的猫更是压根没注意到这片愈加耀眼的金色光芒。

只有我能看见这幅景象!可这到底意味着什么?

沐浴在灿烂的阳光中,半月想起了自己在刚当上医巫的时候,松鸦翅曾告诉过她:祖先们会指引她做出必要的决定,因此有时她会看到一些寓意深刻的异象。虽然此前半月并未直接感觉到过祖先的存在,不过她已经学会去留意这些征兆了。

可能的解读涌入半月的脑海,纷乱如风暴中的雪花:也许这一季的天气会提前转暖。但我们如今数量众多,仅仅转暖又能有多大用呢?随后,她又暗忖,是否有可能在别处的某个地方,阳

光真的就会像眼前这般明媚。那里和煦温暖、猎物充足，还有理想的栖身之所。不过我们现在是在大山里，别的地方再好又与我们何干？

阳光愈发耀眼，半月甚至无法睁眼直视这片灿烂的光芒。她稍做放松，却突然间灵光一现。

也许狮吼是对的。或许我们当中只有一些猫属于这里，而其他一些猫则应朝着太阳升起的地方走去，在那片最辉煌的金光中，找到属于他们的新家园。在那里，他们将安居乐业，不愁吃喝，繁衍后代，生生不息。

温暖的阳光照耀着半月的皮毛，她沐浴在这片光芒中，找到了内心的安宁与笃定。部落中的一些猫会留在山里，这些少数留下的猫足以在大山中生存，而其余的那些猫则要迎着升起的太阳踏上旅途，去寻找新的家园。

但我不会离开这个山洞的。半月心想，我要留在这里，留在这片与我的出生地远隔整整一生的土地上，度过最后的垂暮之年。然后，也许……只是也许吧……我会和松鸦翅再次相聚。

第一章

山脊犹如一排利齿直入云霄。灰翅艰难地沿着白雪皑皑的山坡往上爬,他小心翼翼地踮着步子,唯恐踩破冰面,掉进松软的雪坑。雪花轻轻飘落,在他那深灰色的皮毛上化作点点白斑。灰翅饥寒交迫,脚掌下的肉垫已冻得毫无知觉,肚子也饿得咕咕直响。

我都记不得以前那些不用挨饿受冻的日子了。

在上一个阳光明媚的季节里,他还是一只幼崽。那时,他常和同窝手足晴天在山洞外的水潭边打打闹闹。而现在,那些日子都好像已经是上辈子的事了。灰翅只能依稀记得那时山上矮树丛里的茂密绿叶,还有那照耀在岩石上的温暖阳光。

灰翅停住脚步,仔细辨认着猎物的气味。他凝望着远方:群山延绵不绝,四下里一片白雪茫茫,头顶那片阴沉沉的天空正是更多大风大雪的前兆。

然而,灰翅丝毫嗅不到任何猎物的气息,他只好拖着沉重的脚步继续往前走着。这时,晴天从一块岩石后面冒了出来,他那身浅灰色的皮毛在白雪的映衬下若隐若现。晴天同样一无所获,

猫武士

见到灰翅，他摇了摇头。

"哪里都闻不到一丁点儿猎物的味道！"晴天喊道，"我们干吗不——"

就在此时，上空一道尖厉的长啸声打断了晴天的话。一个阴影从灰翅头顶一闪而过。他仰头一看，只见一只老鹰向山坡俯冲而下，鹰爪形如弯钩，尖利凶残。

见老鹰飞过，晴天向空中一跃而起，张开锋利的前爪，插进老鹰的翅膀，在落回地面的同时生生把老鹰给拖了下来。那老鹰栽倒在地，发出刺耳的叫声，翅膀不停地在雪地上扑棱着。

灰翅见状，从山坡下猛冲过来，脚掌落地处碎雪四溅。他飞奔到晴天跟前，用力将前爪深深插进老鹰身侧那不停扑打的翅膀。老鹰那黄色的眼睛恨恨地盯着他，挥舞着鹰爪一阵狂抓，灰翅不得不左右避让。

晴天迅速地伸过头来，朝老鹰的脖颈处一口咬下。老鹰猝然一颤，身子顿时瘫软下来，眼神渐渐失去了光彩，鲜血从伤口汩汩流出，染红了地上的雪。

胜利的喜悦犹如暖流般涌过灰翅的全身，他气喘吁吁地看着哥哥，激动地喊道："干得好！"

晴天摇了摇头："可你瞧瞧，这鹰也太瘦了吧。现在山里根本打不到能吃的东西，我看在积雪融化之前，我们也别幻想还能捕到什么像样的猎物了。"

晴天蹲伏在猎物旁，准备开吃。灰翅坐在他身边，一想到那

牙齿咬进鹰肉的感觉,不禁垂涎欲滴。

突然,灰翅想起了山洞中饥肠辘辘的众猫为一点儿猎物残骸争吵不休的情景,说道:"我们应该把猎物给大家带回去,他们吃了东西才能有力气去打猎。"

"可我们也需要力气呀。"晴天一边抱怨着,一边撕咬下一片鹰肉。

"没关系的。"灰翅轻轻碰了一下晴天的侧腹,"我们可是部落里最优秀的狩猎猫,咱兄弟俩一配合起来,什么猎物都逃脱不了我们的脚掌心。对咱们来说,狩猎要更容易些。"

晴天吞咽着鹰肉,朝灰翅翻了翻眼,咕哝道:"你干吗总是这么大公无私啊?那好吧,我们回去。"

两只猫齐心合力拖着老鹰走下山坡,他们翻过一块块砾石,穿过狭窄的溪谷,一路来到瀑声阵阵的水潭边。虽然猎物并不重,但途中要解决这只老鹰的运送问题可并非易事,因为老鹰的翅膀和爪子一直甩来甩去,不是磕到了暗处的石头,就是被卡在了荆棘丛中。

晴天费力地把老鹰从小路上一直拖到瀑布后面,嘴里不停地嘟囔着:"如果你让我们之前就吃掉它,现在就不必这么麻烦了。但愿他们能懂得感谢我们的付出。"

灰翅心想:晴天又在抱怨了,不过他知道这是我们应该做的。

见到这对兄弟拖着老鹰回到山洞,众猫喜出望外,顿时一片

沸腾。好几只猫上前迎接，大家凑在一起盯着猎物。

"这只老鹰好大啊！"玳尾兴奋地叫道，她蹦蹦跳跳地向灰翅跑来，绿莹莹的眼睛里闪烁着炽热的光芒，"真不敢相信你们把它给大家带回来了。"

灰翅低下头来，玳尾热情的问候弄得他有点儿不好意思："可惜这还是不够让大家都吃饱。"

碎冰是一只灰白相间的公猫，他挤到众猫前面问道："哪些猫要出去狩猎？应该让他们先吃。"

众猫开始小声议论起来。突然，大家的议论被一道尖厉的哭号声打断了："可是我好饿！为什么不能也给我吃点儿？我也可以出去狩猎的。"

灰翅听出这声音来自他年幼的弟弟锯峰。他们的妈妈寂雨走上前来，把锯峰轻轻地朝睡觉的洼地方向推了过去。她对锯峰柔声说："你太小了，还不能去狩猎。如果出去狩猎的猫不吃东西，大家就都不会有猎物吃了。"

"这不公平！"锯峰咕哝着，不情愿地跟着妈妈走开了。

与此同时，碎冰、玳尾等几只狩猎猫已经在死鹰旁边排开，他们各自吃了一口后便退回让下一只猫吃。狩猎猫们吃罢，列队从瀑布后的小路上鱼贯而出。这时，鹰肉已所剩无几了。

晴天在灰翅身边看着，愤愤地哼了一声："我还是在想，当初要是我俩把它吃了就好了。"

灰翅私下里也和晴天想的一样，但他知道抱怨是无济于事

日光小径
RIGUANGXIAOJING

的。现在猎物稀缺,每只猫都食不果腹,虚弱不已。大家只能挨过这些时日,等待着太阳重新照耀群山。

这时,灰翅听到身后有猫的脚步声,他环顾四周,看见清溪正朝着晴天跑去。"真的是你独自抓住那只老鹰的吗?"

晴天迟疑了一下,他此时正陶醉在这只靓丽的虎斑母猫对他的仰慕之情中。灰翅别有深意地打了个咕噜。

"不是,灰翅也帮忙了。"晴天承认道。

清溪朝灰翅点了点头,但很快又将目光转向晴天。灰翅让他俩单独相处,自己知趣地退开了几步。

"他俩看上去处得不错啊。"有个声音从灰翅肩后传了过来。他转过头,看见老年猫银霜正站在他的身边。"等天气暖和时,就会有幼崽出生啦。"

灰翅点点头。此时他的哥哥和清溪正头靠着头哝哝低语,哪怕是仅有一只眼睛能看见东西的猫都能瞧得出来这一对是多么地情意依依。

"说不定还不止一窝幼崽呢。"银霜继续说着,轻轻推了灰翅一下,"玳尾也出落得十分美丽哦。"

灰翅听了一阵脸红耳热,从耳朵到尾巴尖都觉得尴尬,不知该如何作答。正在此时,他看到尖石巫师朝他们走了过来,不由感到一阵庆幸。只见她从猫群中穿过,停下来和每一只猫说话。虽然由于上了年纪,尖石巫师的脚步有些蹒跚,但灰翅仍能从她绿幽幽的目光中看到她所经历过的风风雨雨,以及她对部落中每

猫武士

只猫的关切之情。

"还有些剩下的鹰肉，你应该吃些东西。"灰翅听到尖石巫师对雪兔说。雪兔正在窝里舒展身子，清洁腹部。

雪兔停下舔梳，回答道："食物就留给年轻的猫吃吧。他们有了力气才能去狩猎。"

尖石巫师低下头，用鼻子碰了碰这只老年猫的耳朵："你应该分到比这多得多的食物，才配得上你的付出。"

"也许大山已经无法再养活我们了。"说这话的是坐在一尾远处的狮吼。

听到这话，尖石巫师向狮吼迅速地使了个眼色，那眼神中颇有深意。

尖石巫师的眼神是想传达什么信息呢？灰翅暗暗思考起来。

寂雨在灰翅身边坐下，打断了他的思绪。寂雨问道："你吃过东西了吗？"

我们现在的全部话题不是食物，就是多么缺乏食物。灰翅努力按捺住心中的焦躁，回答道："出发前我会再去吃点儿的。"

让他高兴的是，他的妈妈并没有坚持让他现在就去吃东西。"你抓住了那只鹰，干得真漂亮！"她夸赞道。

"不是我独自抓的。"灰翅说，"是晴天飞身一跳先把老鹰拽下来的。"

"你俩都很棒。"寂雨发出满意的咕噜声。她转过身，看到两只幼崽正在不远处扭打成一团。"等锯峰和振翼鸟长大后，希

日光小径
RIGUANGXIAOJING

望他们的身手也能像你们一样出色。"

正在这时，锯峰贴着地面猛然出掌，击歪了妹妹的脚掌。振翼鸟跌倒在地，脑袋撞到了石头上，顿时哭号了起来。她没有重新站起来，而是趴在地上呜咽着。

"你这小傻猫！"锯峰嚷嚷道。

寂雨走上前舔了舔振翼鸟，安慰着女儿。这时，灰翅才注意到他的小妹妹看上去是多么瘦弱不堪。和她那弱小的身躯比起来，振翼鸟的脑袋大得有些不成比例。她想努力站起来的时候，腿在不住地颤抖。相比之下，锯峰则长得体格健壮、肌肉结实，他那身灰色的虎斑皮毛浓密厚实，色泽十分健康。

当寂雨忙着照顾他的妹妹时，锯峰蹦蹦跳跳地向灰翅跑来，追问道："快和我说说那只鹰吧。你俩是怎么抓到它的？他们要是能让我离开这愚蠢的山洞出去狩猎的话，我敢打赌我也能抓到一只。"

灰翅兴奋地咕噜了一声："你要能看到晴天当时是怎样跳到空中的就好了——"

不过他的故事还没讲完，就听见有猫大声喊道："大家安静一下！尖石巫师有话要讲！"

向大家通报这事的是荫苔。荫苔是只黑白相间的公猫，他是部落中最强壮、最有声望的猫之一。此刻，他正站在洞穴深处的一块大砾石上，尖石巫师正坐在他的身旁。和荫苔那强壮的身躯相比，年迈的巫师显得十分衰弱苍老。

众猫已在大砾石前聚集。灰翅走上前去,听见众猫正好奇地议论着。

银霜猜道:"说不定尖石巫师是要宣布让荫苔继任她的位置了。"

"是时候指定猫来接替她了。这事我们已经等了几个月了。"雪兔附和道。

灰翅在晴天和清溪身边找了个位置坐下,他抬起头看着尖石巫师和荫苔。尖石巫师站了起来,环视四周,直到山洞里的议论声完全消失。

"感谢大家这么长时间以来一直在饥饿的折磨下坚强地生存。"尖石巫师微弱的声音几乎被瀑布声淹没,"作为你们的医巫,我深感荣幸,但是我得承认,有些事情是我力所不能及的。生存空间的狭窄和食物短缺问题已经让我感到力不从心了。"

"这不是你的错。"银霜喊道,"别放弃!"

尖石巫师微微点头,向老年猫的支持表示感谢。她继续说道:"我们的家园现在已经不能养活全部的猫了,但是另一个地方正等待着我们之中的一些勇士。那里四季阳光充沛、气候温暖、猎物充足,我已经……在梦里见过那里了。"

尖石巫师的话音落毕,众猫一片沉寂。灰翅怎么也想不透医巫刚才说的究竟意味着什么:在梦里?那又有什么意义呢?有次我梦到自己杀了只巨大的老鹰,自个儿把整只鹰都吃了。可是我美梦醒来,还不是饿得肚子直叫!

日光小径
RIGUANGXIAOJING

灰翅注意到,当尖石巫师说话时,狮吼正笔直地坐在一旁注视着她,他那眼中尽是惊讶的神色。

尖石巫师继续说道:"我相信我的心,那个全新的家园一定正等待着你们当中那些敢于踏上这次迁徙之旅的勇士。荫苔会带上我的祝福,率领你们找到那个地方。"

说完,这只年老的白色母猫又痛心地向四周环视了一番,她那眼神里满是悲哀。之后,她便从砾石顶部跳了下来,向自己的巢穴走去,那衰老的身影消失在山洞后方那深邃的通道里……

众猫惊诧不已,顿时沸腾起来,开始交头接耳。没过多久,荫苔走上前去,竖起尾巴,示意众猫安静。

"我生在这里,长在这里。"荫苔看大家渐渐平静了下来,开始郑重地说道,"我也一直希望自己能在这山中过完一生。但是,如果尖石巫师相信我们其中的一些猫必须去寻找她梦中所见的那个地方,我会义不容辞地出发,并尽自己全力保证大家的安全。"

斑毛跳了起来,她那金色的眼睛闪闪发亮。"我愿意去。"她说。

"我也愿意。"高影接着说,她兴奋地绷紧了那黝黑修长的身体。

"你们都是跳蚤脑子吗?"瘦削的棕色公猫扭枝难以置信地盯着这两只母猫说道,"你们连目的地在哪儿都不知道,就这么走了?"

灰翅虽没有说话，但他心里非常赞同扭枝的看法。大山是他的家，他熟悉山中每一块岩石，每一丛灌木，还有每一条淙淙流淌的小溪。他默默地想：如果只是因为尖石巫师做了个梦我就不得不离开此地的话，我真的会心碎的。

他转向晴天。出乎意料的是，他竟发现哥哥的眼中闪烁着兴奋的光芒。"你不会是把这事当真了吧？"灰翅问。

"为什么不呢？这有可能正是我们所有问题的解决之道呀。如果有其他路可走，何必还要苦苦设法喂饱每一张嘴呢？"晴天激动得胡须微微发颤。他对荫苔高喊："这将是一次探险之旅！我要去！"接着，晴天又望了清溪一眼，问道："你也会和我一起去的，是吧？"

清溪向晴天走近了一些，说："我不知道……你真的会丢下我离开吗？"

还没等晴天回答，小锯峰歪歪扭扭地爬到两位哥哥之间，小振翼鸟紧跟在后面。锯峰大声宣布道："我想去！"

振翼鸟热切地点点头，尖声叫道："我也想去！"

寂雨跟上前来，尾巴一扫，将这对小兄妹拢了过来。"没门儿！"她说，"你俩就待在这里。"

锯峰提议道："你可以和我们一起去呀。"

寂雨摇了摇头说："这里是我的家。我们之前已经挨过了艰难的日子。等暖和的季节来临，我们就会有足够的食物的。"

灰翅点了点头表示同意。他们怎么可以忘记小时候妈妈讲的

日光小径
RIGUANGXIAOJING

故事呢？曾经有只猫带领大家从遥远的湖泊来到这里，许诺这儿就是大家的安居之地。我们怎么可以想着离开呢？"

喧嚷之中，荫苔洪亮有力的嗓音又一次响起："大家不必现在就做出决定。你们可以花些时间考虑一下自己的打算。月半之日刚刚过去，当下一个满月到来，我就会踏上旅程，和那些……"

这时，出去狩猎的猫们正往洞里走来。刚才那番话还没说完，荫苔便把目光投向了他们，只见狩猎队的众猫一个个垂头丧气，皮毛已凝上了斑斑点点的雪块。

没有一只猫带了猎物回来。

"我们很抱歉。"碎冰大声地说，"雪越下越猛，没有看见一只——"

"我们就要离开这里了。"荫苔周围的猫群中有声音喊道。

听到这话，狩猎猫们顿时瞠目结舌，全都呆住了。他们面面相觑，困惑不已，忙上前听大家解释，将尖石巫师宣布的事情以及荫苔的下一步计划详详细细地了解了一番。

玳尾走到灰翅身旁重重地坐下，开始清理皮毛上融化的雪花。她一边舔梳着皮毛，一边对灰翅说："这真是个好消息！暖和的地方，充足的猎物，这些都在等着我们呢。灰翅，你去不去？"

还没等灰翅回答，晴天便抢着说："我要去，还有清溪也要去。"听到这话，那只年轻的母猫犹豫地看了看晴天，不过晴天

并没在意。"虽然旅途艰辛,但这值得一试。"

玳尾开心地眨着眼睛说:"这一定很棒!来吧,灰翅,怎么样?"

然而,灰翅并没有给玳尾一个满意的回答。他看着山洞里众猫熟悉而亲切的身影,无法设想自己会舍下这一切去寻找一个未知之地,更何况那个地方或许只存在于尖石巫师的梦境里。

第二章

灰翅从饥饿中醒来,肚子咕咕直叫。自从几天前尖石巫师宣布了迁徙的事情以来,饥饿就愈发折磨着他。山洞里总是回响着众猫嗡嗡的议论声。他们在琢磨离开大山究竟是不是明智的选择;与此同时,大家对那个新的地方也好奇不已。

灰翅蜷在窝里,听着不远处众猫的议论。

"你觉得我们在那里能捕到什么样的猎物呢?"灰翅听出来说这话的是斑毛。"也许我们能捉到各种各样的鸟,说不定还有……那些老年猫在讲故事时提到过的松鼠。"

"我们必须保持警惕。"云斑的声音听起来仍和往常一样深思熟虑,"吃得太多就会发胖,倘若大家都胖得没法狩猎,到时候我们该怎么办呢?"

灰翅听到雪兔的嗤笑声:"我倒是希望自己能吃到发胖呢。"

灰翅抬起头,看见这三只猫正和高影坐在一起。高影舒展着黝黑的四肢,优雅地站了起来:"我在想我们需要学习哪些新的狩猎技巧。大家在新的地方生存,肯定需要掌握新的狩猎技能。"

"嘿,你一向很擅长匍匐潜行。"雪兔打趣地说道,"猎物睡

觉时，你可以悄悄溜上去把它抓住。"

高影得意扬扬地舔了舔胸前的皮毛："说不定我真会那样做哦。"

灰翅从窝里爬了出来，他抖落附着在皮毛上的苔藓和羽毛，弓起身子，伸了个大大的懒腰，决定出去狩猎。我们现在就需要食物，光在这儿想象别处的猎物又有什么用呢。

阳光斜照进山洞，在洞口的水幕上洒满耀眼的光彩。灰翅从瀑布后方的小路走出来，抬眼望去，湛蓝的天空下，群山延绵不绝。灰翅激动得脚掌微微发麻，他大口呼吸着山中寒冷而清新的空气，享受着新鲜空气如流水般拂过皮毛的感觉。

我怎么舍得抛下这里的一切离开呢？

他继续走在白雪皑皑的山石上，雪已经被许多路过的猫踩实了。这时，灰翅听到了头顶上方传来的声音。

"清溪，你必须和我一起走。"

灰翅抬起头，看到晴天和清溪正站在崖顶，瀑布从那里的岩石边上倾泻而下。

晴天继续说："我们一起去探索新的地方吧，那一定会是很棒的经历。"

清溪扭开了头："我不知道……这里是我的家，而且这么久以来，我们都克服困难生存了下来。"

"难道你就仅仅满足于生存吗？"晴天一边问道，一边用尾巴裹住清溪的肩部，努力劝道，"我想离开，但如果你不和我一起

走,这趟旅途对我来说就大不一样了。"

清溪的眼睛立刻亮了起来,可她还是摇了摇头,说道:"我还要再考虑几天。"

在晴天失望的眼神中,清溪轻盈地跳下岩石。灰翅见她向自己走来,不由得心跳加速:她好可爱……但总有一天她会成为晴天的伴侣。晴天真是只幸运的猫,毋庸置疑。

"我可以和你一起去狩猎吗?"清溪问道,她从岩石上跳到灰翅身边,"不过你可别像晴天那样老是劝我跟着荫苔离开大山哦。"

"不会的。"灰翅答应道,"我自己也还没拿定主意呢。"

"就这一次,我真希望你们啥也捕不到。"晴天在岩石顶上对他们高喊,"这样你们才会明白我们必须离开。"

灰翅朝他打趣地摆了摆尾巴,朝山脊走去,清溪连忙紧随其后。随着他们离山峰越来越近,刺骨的寒风朝他们猛袭而来,卷得雪片乱飞。灰翅和清溪毫无藏身之处,被大风吹得灰头土脸。遥远的天边布满了昏黄的浊云,这正是更大降雪的前兆。

灰翅背朝大风,凝望四周,看见远处的山谷中还有三只猫。由于相隔太远,他们看上去就像几个小黑点,灰翅无法辨认清楚。那几只猫正追赶着一只老鹰,他们翻过山坡渐行渐远,一会儿就不见了踪影。

这时,山中的寂静被清溪的声音打破了:"灰翅,你怎么看尖石巫师的梦呢?"

灰翅犹豫了一番，最后承认道："我不知道。尖石巫师发现了适合我们的新栖居地，可是她又不知道这地方究竟在何处。会有这种事吗？为什么其他的猫没有做这种梦呢？"

"也许这种梦只有尖石巫师才会有。"清溪猜道。她停了下来，若有所思地眨眨眼，灰翅看到了她那美丽的大眼睛中闪过不安的神色。"虽然天气寒冷，有时还得挨饿，但我还是喜欢住在山里。"她继续说，"我总幻想着自己能在这儿把孩子们抚养长大……但是，我也一直希望他们的爸爸会是晴天。"

说完，她扭过头去，害羞地舔了舔肩部的皮毛。灰翅没想到今天清溪竟会和自己吐露这么多的心事。平日里，她总是那么地完美自信、沉默矜持。想到这里，灰翅甚至感到有一丝妒忌：清溪竟能鼓起勇气，放下长久以来的希望与梦想，义无反顾地跟着晴天去探索未知之地。而且，她和晴天的感情是多么地深厚啊。

没等灰翅想到该如何作答，清溪便抖了抖皮毛，说："要不你还是忘了我刚才的话吧。不许告诉晴天，我可不想让他知道我已经做出决定了。"

"我一个字都不会说的。"灰翅向她保证道。

灰翅的内心开始苦苦挣扎了起来。我觉得自己正在被撕成两半。一直以来，我都和晴天形影不离，可现在，我是该和他一起离开呢，还是该留在其他至亲身边呢？我现在只有在两者之间做出抉择了。

突然，有阵动静打断了他的思绪。是只雪兔！灰翅连忙转身冲

日光小径

过斜坡,跟在猎物后面穷追不舍起来。雪兔厚厚的白色毛皮能在雪地里很好地掩护它的行踪,可一旦它逃到被风吹秃的岩石堆里,便无可遁形了。

清溪也跑过来一起追捕雪兔,但灰翅奔跑的速度很快超过了清溪。他在岩石间疾驰,享受着风呼呼掠过胡须的感觉。

最后,灰翅纵身一跃,扑到猎物身上,一口咬住它的咽喉,雪兔惊恐的尖叫声戛然而止。

"干得漂亮!"清溪气喘吁吁地说,"你速度真快!"

"这兔子还不错。"灰翅说道,用脚掌戳了戳猎物。他难得捕到身上还似乎长了些肉的猎物。"我们可以先吃点儿,然后带些回山洞去。"

灰翅和清溪并肩坐了下来,开始享受着猎物的美味。当他们大快朵颐之时,灰翅欣赏着眼前壮丽连绵的山峰与溪谷。

"你会留在这里,是吗?"清溪凝视着灰翅问道,她那绿莹莹的眼睛清澈无比。

灰翅深吸了一口气,说道:"是的,我会留下来。"

他俩吃饱后,将剩下的兔肉收拾停当,便带着踏上归程。想到能给部落猫们带回食物,灰翅心里洋溢着胜利的喜悦。

当瀑布映入眼帘时,他看到一队猫正艰难地爬上山坡向他们走来。领头的猫是荫苔,并排走在一侧的是晴天。高影、斑毛、雨拂花紧随其后,玳尾则走在最后面。

等他们走近灰翅,晴天喊道:"嘿,你们捕了只兔子啊!"

灰翅欣慰地点点头："是的，我们正把它往回拖呢。"

"我们要爬到山岭上去。"晴天尾巴一挥，指着大伙儿解释道，"我们想找到一条最好的路线，朝着太阳升起的方向走出大山。"

"你们不和我们一起去看看吗？"玳尾跳到灰翅身旁问道。

灰翅迟疑了起来。他已决心留下，只是现在还没做好心理准备让大家知道他的决定。于是他回答道："我们狩猎回来有些累了，下次再说吧。"

走进山洞，灰翅能感受到部落猫们的焦躁。他们有些三三两两地聚在洞旁窃窃私语，有些不安地在洞里来回走着。不过，却没有尖石巫师的身影。

"你觉得他们真的会离开吗？"石歌路过时轻轻向身旁的伴侣空树问道。

"我想是的。"空树说，"这些猫都是跳蚤脑子吗？他们对外面的情况一无所知，甚至不知道要去的那个地方是否真的存在。"

灰翅知道他俩的话反映了许多部落猫的心声。他真心希望，要是尖石巫师从没见过那个幻象就好了，或者她对所见景象绝口不提也行。难道尖石巫师就不知道这事正在使部落走向分裂吗？

"可为什么我不能去？"锯峰向洞口走去，又一次被寂雨截了回来。

"我最后一次告诫你，你太小了，不能出山洞。"寂雨一边说着，一边不耐烦地抽动着尾巴尖。

日光小径

"这不公平！"锯峰肩部的皮毛竖了起来，生气地瞪着妈妈。

"快来，锯峰。"雪兔走上前来，向寂雨点点头，"我来教你玩个新游戏吧。看看你能不能抓到这块石头。"说完，她脚掌一挥，把一块扁石头贴着地面撇了出去。

锯峰兴奋地尖叫一声，乐颠颠地跑去追石头了。

"谢谢你，雪兔。"寂雨轻声说道，"现在外面积雪太深，我不能让他出去。"

"不客气。"老年猫说道。

灰翅把剩下的兔肉叼到寂雨脚掌边放下。"你想不想吃点儿？"他问道。

寂雨发出咕噜声表示感谢。"这猎物真不错，我给振翼鸟拿些去。"说着，寂雨的声音颤抖了起来，"今天早晨振翼鸟连窝都不肯出了，但只要给她吃点儿东西，她一定会好起来。"

寂雨把兔肉叼到窝边，灰翅跟在后面，看见振翼鸟在窝里缩成一团。

"你会和荫苔走吗？"寂雨把猎物放在窝旁淡淡地问道，"我知道晴天要离开……"很明显她想掩饰自己的心情，但话音落下，她还是悲哀地叹了口气。

"我会留下。"灰翅一边说，一边用鼻子蹭了蹭她的耳朵，"这里是我的家。我想捕到多多的猎物，这样，这些留下来的猫就不会挨饿了。很久以前，祖先们离开湖泊迁徙到这里，我相信这其中是有原因的。"

猫武士

寂雨把口鼻靠在灰翅的脑门上，轻声说："我为你骄傲。"那一刻，灰翅仿佛想起小时候那种趴在妈妈的腹部吮吸奶水的感觉，心里充满了温馨的安全感。

寂雨在窝前俯下身，舔了舔振翼鸟的肩部说："小宝贝，快醒醒，我给你带吃的来啦。"

灰翅看了看振翼鸟，霎时间，他心中剧烈的悲痛与忧愁刺穿了身体——振翼鸟好像已经没有呼吸了。

"振翼鸟！"寂雨用前掌碰了碰女儿，可是小振翼鸟没有醒过来。"灰翅，快去把尖石巫师找来。"寂雨惊慌地说。

灰翅急忙穿过山洞，冲进连着尖石巫师巢穴的通道。这里他以前只来过一次。当他靠近入口，虽然心急火燎，但出于敬畏，还是不由自主放慢了脚步。

他轻轻走进洞穴，只见几束阳光从洞顶的小孔透了进来，照在了数根有好几尾高的石柱上。地上水洼遍布，波光粼粼，洞穴里滴水声声，回荡不绝。

一开始，灰翅没看到尖石巫师。之后，他才发现尖石巫师正闭着眼睛坐在阴影中，尾巴裹着脚掌。

她睡着了吗？灰翅靠近时，心里暗忖。

不过，当灰翅又向前走了几步，尖石巫师睁开了双眼，问道："灰翅，出什么事了吗？"

"是振翼鸟。"灰翅心跳加速，向她解释道，"她醒不过来了。"

日光小径
RIGUANGXIAOJING

尖石巫师立刻起身，走到一块裂开的岩石旁，从石缝里拿出几片干枯的叶子。灰翅往里面瞥了一眼，只见草药已所剩不多。看样子他们只能等到天气慢慢转暖了。当冰雪消融、万物复苏之时，部落才能获得新的草药补给。

灰翅跟着尖石巫师来到振翼鸟的窝旁。寂雨一直站在那里，焦躁地伸缩着爪子。灰翅看到寂雨眼里那深深的绝望，知道她此时已经悲痛欲绝。

尖石巫师俯下身子，用前掌摸了摸振翼鸟的胸膛，看她是否还有呼吸和心跳。接着，尖石巫师嚼碎叶片，掰开振翼鸟的嘴，把草药糊吐在她的舌头上，喃喃说道："加油，小宝贝。把这吃了，你就会好起来的。"

然而振翼鸟双目紧闭，一动不动。

尖石巫师抬头看着寂雨，轻轻地说："她已经离我们远去了。饥饿夺走了她的生命。寂雨，你得做好心理准备。"

灰翅的母亲蹲伏下来，爪子不停地划着石头地面。"都是我的错。"她说道，"我要是把我的食物全都给她吃就好了。我那时在想什么啊，为什么要在这大冷天生幼崽啊！"

灰翅满心悲哀，他走上前，将身体紧挨着寂雨，说："这不是你的错。"

"我要是——"

尖石巫师抬起前掌，示意寂雨停止自责："别出声，寂雨。振翼鸟可能会听见你的话。不要让她在去往黑暗的途中感受到你的惊

恐和愤怒。"

　　灰翅看得出母亲在努力让自己镇定下来。她悄悄地走进窝，用身体裹住振翼鸟，为她舔梳皮毛。寂雨呢喃低语道："我为你骄傲，我唯一的女儿。你对我们来说是那么地重要，我们不会忘记你。"

　　灰翅看着眼前的一切，不禁陷入深深的哀伤。妹妹的侧腹微微抬起了些许，随之又纹丝不动了。"永别了，振翼鸟。"他低声说。

　　尖石巫师向寂雨点了点头，朝通道走去。

　　灰翅转向母亲，问道："需要我帮忙把振翼鸟带到外面安葬吗？"

　　寂雨把女儿的身体裹得更紧了。"现在不用。她的身体还有余热。"她回答道，"你去把锯峰找来吧。"

　　灰翅环视四周，看到锯峰正在山洞的另一头和一些幼崽玩耍。他连忙跑过去，尾巴一挥，示意弟弟过来。

　　锯峰此时正与一只幼小的虎斑母猫摔跤，他仰头问道："怎么了？"

　　"妈妈要见你。"灰翅回答。

　　锯峰爬了起来，一路小跑来到窝旁。寂雨小声和他说了几句，锯峰瞪大了眼睛，张大嘴巴尖声哭号了起来。

　　寂雨伸出尾巴，把锯峰拢到身边。看着妈妈搂着两只阴阳相隔的幼崽，并把鼻子埋在弟弟妹妹的皮毛里，灰翅痛苦极了，内心仿

日光小径

佛被冰冷的尖石划过。

他不知道母亲还舍不得让锯峰离开她的怀抱。这时,洞口传来一阵声响。灰翅转身一看,原来是荫苔、晴天他们探路回来了。

"太好了!"晴天抖落身上的雪水,"我们找到离开的路线了。"

"路就沿着山谷一直往前。"荫苔谨慎地说道,"走出那个山口,我们就离开山地了。我们必须从一条冰封的小河上过去,大家要多加小心。"

"但这条路终归是最短的!"玳尾一边插话,一边兴致勃勃地摆了摆尾巴。

"看上去是这样。"荫苔赞同地说,"如果运气不错,我们还能绕开下面的雪坑。"

当其他猫聚上来围着荫苔问这问那时,灰翅上前用尾巴尖碰了碰晴天。晴天扫视四周,看到寂雨和两只幼崽待在窝里,不由得睁大了眼睛。

"出什么事了?"晴天问道。

"振翼鸟死了。"灰翅说道。

晴天倒抽了一口气,一时语塞。他迅速跑到妈妈身边,灰翅跟在后面走了过去。

"我很难过!"晴天痛苦地说着,低下头用鼻子碰了碰妹妹的耳朵,"振翼鸟,我们会怀念你的!"接着,他坐直身子,低头对母亲说:"等我们到了新的家园,这种事就不会再发生了。如果你

和我们一起走,我这辈子都会保护你,我会狩猎给你吃。请和我们一起走吧。"

寂雨摇摇头,说道:"我不会让我的女儿独自留在这个地方。"

她从窝里起身,让灰翅和晴天把振翼鸟那如细枝般弱小的身躯抬出山洞。他们每到一处,众猫就纷纷退后,肃穆地在两旁排开。灰翅和晴天抬着振翼鸟走出洞口,朝瀑布后的岩架走去。

他们叼着振翼鸟的遗体艰难地穿过狭窄的小路。寂雨和锯峰紧随其后。这时,有几滴水落到了振翼鸟的皮毛上。灰翅意识到振翼鸟再也不能起来把水舔掉了,心中不由得一阵酸楚。

他们小心翼翼地爬上了结冰的岩石,终于来到了山洞顶部的石台,在河边把振翼鸟放了下来。灰翅和晴天刨开小石子和冰冻的泥土,挖了一个浅坑,寂雨把女儿安放在坑内。她最后一次用鼻子碰了碰女儿的皮毛,然后退到一边。她的儿子们开始用土和稍大些的石块将遗体掩埋起来。随后,四只猫都站在墓旁,默默地低头致哀。

锯峰首先打破了这片沉静。他转过身,惊诧地眺望着向四处蜿蜒伸展开来的群山,双眼睁得滚圆,身上的皮毛也蓬松开来。和他身边的大砾石比起来,锯峰的身躯显得非常渺小。

"你们爬上过所有的山峰吗?"锯峰低声问道。

"没有全都去过。"晴天来到锯峰身边,用尾巴指指点点了一番,"那儿有个山口,我们离开时会从那里过去。"

日光小径
RIGUANGXIAOJING

锯峰的眼睛瞪得更大了。"要是我也能跟你们一起走就好了。"他对哥哥说道。

"别胡说，小家伙。"寂雨走上前，把尾巴搭在了锯峰的背上，"你第一次出来，在外面待的时间够长的了。你现在就自己回山洞里去。"

"可我不想回去！"锯峰抗议道，"我还有好多地方没看到呢。"

晴天亲昵地轻推了锯峰一下："大山又不会跑走，你可以改天再过来看。现在还是先给我们看看你能不能自己爬下这些岩石吧。"

锯峰嘴里嘟囔着，跟着哥哥下了岩石。

灰翅在悬崖边站了片刻，凝视着这片冰冷的群山。积郁的愤怒犹如暴雨前的黑云慢慢在他的心中升起。这个美丽的地方怎么可以这么残忍？不过他最不能原谅的还是他自己。

我本该多抓些猎物的。我本不该让振翼鸟挨饿的。

灰翅感到寂雨已经站在了他的身旁。"这是个残酷的地方。"寂雨说出了儿子心中的念头，"但不管怎么样，这里是我的家。"

"我不会再让这种事发生了。"灰翅悲愤交加地哑着嗓子说道，"一定能找到更好的狩猎方法。我们——"

"你必须离开这里。"寂雨打断了他的话，"锯峰太小，不能加入远行，但是你必须和晴天他们一起去找寻新的家园。我不想看着你的孩子以后也像振翼鸟一样离开这个世界。"

灰翅大吃一惊，直直地盯着寂雨喊道："我还以为你是想让我留下来！"

寂雨从容地看着灰翅，眼里满是悲伤。"我太爱你了，所以我不能那么做。"她说道，"为了我，你走吧。"

日光小径
RIGUANGXIAOJING

第三章

山洞深处仍被幽暗的阴影笼罩着,但曙光已渐渐从飞瀑外边渗了过来。灰翅拖着身子从窝里爬出来,看到荫苔、晴天和另外几只想要离开的猫聚在一起。这支队伍比以前愈加壮大了。

灰翅走过去加入了他们,那几只猫都惊诧地转过头来瞧着他。

"你改变主意了吗?"晴天问道,一脸期待地眨着眼睛。

灰翅点点头,有些勉强地说道:"我正在考虑这事。"

玳尾走过来坐在他身旁。"知道你要和我们一起走,我好高兴。"她发出开心的咕噜声,眼甲闪着喜悦的光芒。

"我们很快就要出发了。"荫苔说着话,四下扫视了一番,"大家要好好休息,尽量吃饱肚子。"

"你是说让我们躺在窝里睡大觉,等别的猫去给我们狩猎吗?"斑毛反驳道,"我可不喜欢这个做派。"

荫苔不胜其烦地甩了甩尾巴。"只不过是休息一两天罢了。"他说,"何况我们一旦离开,山里的猎物就够留下来的猫吃了。不过,要是出发前我们没把精力养好的话——"

突然,一道尖厉的叫声从山洞那头传来,打断了荫苔的话。

灰翅朝周围看了看，发现露叶正朝他们冲来。这只玳瑁色的母猫在月影面前停了下来。她气得四肢僵直，颈部的毛发根根倒立。

"你在这儿鬼鬼祟祟的干什么？"她质问月影，"我马上就要生了，怀的是你的孩子啊！你之前承诺过要和我在一起的。"

"呃……麻烦来了。"玳尾凑到灰翅耳边说。

月影后退了几步，尴尬地解释道："可是这里猎物稀少。如果要靠大山养活的猫能少一些，我们的孩子才会过得更好。"

露叶龇着牙齿吼道："那在我给孩子们喂奶时，谁去为我们狩猎？"

众猫听到露叶的怨言，纷纷跑过来一探究竟。

"她说得有道理。"扭枝瞪眼看着月影说，"有责任心的猫应该留在这里。"

"你是说我们这些要离开的猫都是不负责任的吗？"高影厉声驳斥道。

"就是。"碎冰纵身跳到这只黑色母猫的身边，眯起绿幽幽的眼睛说道，"我们即将涉险深入未知之地，只有这样，你们和其他留在此处的猫才能拥有更好的家园。你们只是坐享其成！"

烈雹挤上前，愤愤地甩着尾巴说道："哪是坐享其成！是坐以待毙吧！"

众猫还在嚷嚷。灰翅注意到清溪退到了一旁。她一言未发，没有参加双方的论战。

灰翅心里嘀咕着：她真的下定决心和晴天离开了吗？看上去

日光小径
RIGUANGXIAOJING

她并不知道自己想要什么啊！想到这里，灰翅的心不禁隐隐作痛，既是因为清溪和振翼鸟，也是因为争执不下的部落猫。这些猫似乎要为他们的未来大打一场了。

"够了！"就在这时，一个威严的声音从山洞后方传来。声音虽然低沉，却压住了这片喧嚣。众猫安静下来。尖石巫师颤巍巍地走了过来。大家纷纷让出道，将尖石巫师围在中间。"你们这样争吵不休，我实在看不下去了。"她继续说，"我是看到了幻象，这预示着那些愿意去探索的猫会找到更好的栖居之地，但我也有可能错了。"说罢，尖石巫师茫然地摇了摇头，她那痛苦的神色清楚地刻在了脸上："或许我们还是断了出去寻找新家的念头吧……"

当尖石巫师说话时，狮吼从后边来到她的身旁。他低头朝尖石巫师耳语了几句。虽然狮吼的声音不大，但灰翅还是听到了他的话。

"不要对你所看到的景象产生怀疑。"狮吼对尖石巫师轻声说了这句话后，继而转向众猫。"我的母亲以前告诉过我，当初在离开那个湖泊之前，他们曾投过一次票决定大家的未来。我们现在为什么不也投票表决一次呢？"他提议道，"如果大多数猫都认为我们应该留在此地，应该继续在冰天雪地里艰难求生，那么荫苔就不再离开。尖石巫师，你看呢？"

年迈的白色母猫若有所思地眨了眨眼睛，随即转身面向荫苔，问道："你能接受投票表决的结果吗？"

猫武士

荫苔点了点头:"如果没有足够的猫加入迁徙的队伍,我们也许根本无法走完这趟旅途。与其那样,不去也罢。"

尖石巫师环视四周。灰翅看到众猫的怒气渐渐平息了下来。"灰翅、清溪,"医巫吩咐道,"请按所有猫应投的票数去找些石子来。"

"我也能投票吗?"锯峰一边尖叫道,一边高兴地蹦了起来。

寂雨伸出尾巴抚摸着儿子的耳朵:"不行,幼崽不能参加——"

"幼崽也可以参加。"尖石巫师和蔼地打断了寂雨的话,"每只猫都有机会发出自己的声音。季复一季,我们大家在一起生活,我们是朋友,是同胞。我们必须让每只猫都参与决定我们的未来。"

灰翅向尖石巫师低了一下头,便和清溪出去收集石子了。在离瀑布不远的地方有块悬垂的岩石,他们在那下面寻了些零星散落的小石头,把它们堆在了一起。

"寂雨想让我离开。"过了一会儿,灰翅对清溪说。

惊诧之余,清溪的两眼瞪得大大的,耳朵也竖了起来:"我还以为她现在会叫你和晴天都留下来呢。"

灰翅摇了摇头:"她觉得我们在尖石巫师所看到的那个地方能活得更好。"

清溪犹豫了一下,在石子堆上又放了一块小石头,问道:

日光小径
RIGUANGXIAOJING

"你会离开吗?"

"不知道。"灰翅说出了内心深处的纠结,"振翼鸟的死让我感觉到,在大山里,我们是多么不堪一击。可是……离开会不会是怯懦的行为呢?"

"灰翅,没有哪只猫会觉得你懦弱。"清溪说。

待收集到了足够的石子,灰翅和清溪便将石子几颗几颗地分批运回山洞。荫苔和高影将运来的小石子堆在尖石巫师的脚掌边。他们知道这事的重要性非同小可,所以脸上的神情也格外严肃。

待一切准备就绪,尖石巫师向众猫宣布:"现在,每只猫都要叼起一颗石子。如果你认为荫苔和那些想走的猫应该离开大山,请把石子放在靠近瀑布的一边。如果你认为他们应该留下,请把石子放在山洞里边。荫苔,你先来吧。"

荫苔走上前,毕恭毕敬地向尖石巫师低下头。"我用生命相信你。"他对尖石巫师说,"如果你曾见过有更好的地方能让这里的一部分猫安定下来,我向你保证,我一定会找到那里。"

说完,荫苔叼起一颗石子,朝洞里靠瀑布的那头走去。他把石子放在了离水流很近的地方。几滴晶莹的水珠从瀑布落下,洒在了石子上。

与此同时,剩下的众猫已经排好队准备投票。锯峰在洞里的地面上来回磨着爪子。他跃跃欲试,仿佛已经等不及这一刻的到来了。

猫武士

第二个投票的是狮吼,他叼起一颗小石子放在了瀑布边上。"我这把老骨头是走不动了。"他粗声粗气地说道,"但要是我还年轻,我就会离开的。"

接着,雪兔和雾水走上前来,她俩都投票支持留下。下一个是晴天,斑毛和玳尾跟在他身后,他们仨都把石子放在了瀑布旁。随后,锯峰蹦蹦跳跳地跑到前面,在石子堆里衔了一块小石头,小心翼翼地将它放到了哥哥投下的那块石子旁。

寂雨摇摇头:"我的宝贝儿子,我是不会让你离开家的。不过那些比你年龄大的猫应该得到离开的机会。"说完,她叼起石子走到瀑布旁,把它放在了儿子们投下的石子边。

小锯峰昂首挺胸地踏步走回窝边,他的尾巴翘得高高的,眼里闪着桀骜不驯的光芒。

接着轮到清溪投票了。她毫不犹豫地把石子放在了瀑布边的那个小石头堆上。

晴天惊讶得蓬起了皮毛,眼里流露出浓烈的爱意。等清溪走了回来,晴天温柔地对她说:"谢谢你。"两只猫情意依依地靠在了一起。

"这都是为了我们孩子的未来。"清溪对晴天说。

灰翅知道下面该轮到自己投票了。他心里一震,仿佛身子被落石砸中了一样。我不能再迟疑不定了。

他环顾四周,又一次注意到大伙儿饿得肋骨都凸了出来,他们眼神呆滞无光,已然精疲力尽。最后,灰翅的目光和寂雨相

日光小径

遇,他看到了母亲眼中恳切的期待。他知道,寂雨深信,只有他们离开山地,才能平平安安地活着。

可她自己的安危呢?还有锯峰,还有那些想留下的同胞的安危呢?他们需要身强力壮的狩猎猫啊。

灰翅叼起一块石子,那感觉就像正在搬动一座大山。但是,他迈着坚定的步伐,毅然把石子放在了山洞里边的小石头堆上。

灰翅没有再看向母亲的方向,而是直接回到了聚在尖石巫师周围的猫群中。这时,他看到月影衔起一颗石子,意志坚决地朝瀑布那里走去。

露叶走在月影身旁,朝他嘶吼道:"你的孩子们永远不会知道他们的父亲是谁!"

月影没有说话。等待了一个心跳后,露叶迅速扭身叼起一块石子,把它放在了山洞里边。

其余的猫依次默不作声地投好了票。在最后一票投出后,尖石巫师开始上前查验石子的数量。灰翅从远处看去,感觉两堆石子数目相当。

万一支持留下和支持离开的石子一样多,那该怎么办?

终于,尖石巫师蹒跚着走到山洞中间,向众猫宣布:"支持离开的那堆石子数量更多。"

话音刚落,围在她周围的猫群中便发出窃窃私语声,犹如风从岩石上吹过。他们相视对望,恍然大悟,仿佛方才明白过来他们刚刚参与了一项重大事项的表决。

猫武士
MAOWUSHI

"祝那些想要离开的猫好运。"尖石巫师接着说,"我们会永远记住你们。"

尽管如此,山洞里的气氛依旧凝重。虽然这项重大的决议刚刚尘埃落定,但灰翅却没有一丁点儿胜利的喜悦,也没有丝毫的轻松感。

最后,荫苔发话了:"走吧。我们再出去把离山的路线探察一番。出发前我们必须要做到心中有数。"

荫苔率先走到山洞出口,那些打算离开的猫尾随其后。

灰翅待在洞内,看着晴天和其他猫一起消失在瀑布那耀眼的光晕中,心里很不是滋味。片刻之后,他觉察到寂雨朝他走了过来。

"我之前叫你离开的。"寂雨喃喃地说,"你得为自己的将来考虑啊。"

灰翅伸长脖子,和寂雨互触了一下鼻子,说道:"我的未来就在这里。"他朝母亲点了点头,没多说什么便走出山洞,向山脊跑去。一路上,他支棱着耳朵,大口呼吸着,努力搜寻着猎物最微弱的气息。

在上山的途中,他看到荫苔和他的追随者正站在山脊上。荫苔摆动着尾巴,像是在解释着什么,而他的同伴则在一旁献计献策。看来他们正在制订出行的计划呢。灰翅闷闷不乐地想着,心里有一种怅然若失的伤感。

他不想碰到荫苔他们,便转身向另一头的山谷中走去,希望还能再逮到只兔子。突然,他的余光瞥到有什么东西从身旁一闪

日光小径
RIGUANGXIAOJING

而过,立即掉转方向,追了上去,飞奔的脚掌踏起片片碎雪。

那是一只小不点儿,不是只老鼠就是只田鼠。那小家伙正在冰面上急速逃窜。灰翅加快了速度,就在他马上要把它擒住时,那小东西竟一下子钻进两块砾石间的缝隙逃走了。灰翅想挤过去继续追赶,但无奈石缝的间隙实在太窄。

灰翅只好作罢。他仰天长叹,尾巴悻悻地拖在身后。霎时间,他心灰意冷:为什么在这里生存如此艰难?为什么这么多猫必须离开啊?

这时,灰翅听到身后有轻微的响动,他连忙弹出爪子转过身来。随即,他呆若木鸡,直愣愣地杵在那里。尖石巫师来到了他的面前。白雪衬着她那身白色的皮毛,使她几乎难以被发现。灰翅想了想,发现自己竟忘了她最近一次出山洞的时候了。

"你……你还好吗?"他结结巴巴地问。

"我还好。"尖石巫师回答道。她从灰翅身边走过,费力地爬上附近的一块岩石。"我只是想出来吸吸新鲜空气。"她接着说,"我已经很长时间……"

灰翅倏地跳上岩石,在她身旁坐了下来。"尖石巫师。"他脱口问道,"你确定在太阳升起的那个方向,有个更好的地方正等着我们吗?"

尖石巫师用她那绿莹莹的眼睛凝视着灰翅,向他保证道:"我在梦里见到的景象非常地真实,那景象比我以前看到的任何东西都要真切。看到这么多猫要离开,我心里也很不好受,但我

确信这是能让所有猫生存下来的最好机会。"

"那么当初你们为什么要离开那个湖泊呢？"灰翅问道。想到自己能亲口向尖石巫师询问那些年代久远的事情，灰翅不由得肃然起敬：她此刻就坐在我的面前，她记得当初发生的一切。他接着问："你们当时一路上千辛万苦地从湖区迁徙到山地，你觉得那一切值吗？"

"值。"尖石巫师回答道，她的语气里充满了对往日时光的眷念，"那时，我们出于种种原因离开了湖区，而这片群山也在漫长的时光里给了我们庇护。能带领着部落众猫在新的领地扎根生存，我深感荣幸。"

灰翅不禁深深地同情起这位长者来。尖石巫师为了大家放弃了正常的生活。她不能有自己的伴侣，也不能有自己的孩子。

"对你来说，情况本可以完全不一样的。"灰翅拐弯抹角地问道，"你曾经想过要拥有另外一种生活吗？"

尖石巫师似乎听懂了灰翅的言外之意，摇了摇头。"部落里所有的猫都是我的孩子，就连老年猫们也是。至于说伴侣……我曾爱过一次，一次就足够了。灰翅，我们无法预知将来会发生什么。"她平静地又补充了一句，"我们所能做的只是相信自己内心正确的选择。"

"若是这样，那么我的心告诉我应该留在这里。"灰翅说。

尖石巫师没说什么，只是朝他点了点头。不过，她的这一举动已经足以驱散灰翅心中的自我怀疑。

第四章

破晓时分,天空灰蒙蒙的一片。灰翅站在岩石上,任由晨风吹拂着他的毛发。此时,尖石巫师正伫立在瀑布边的一块大砾石上。所有的猫,包括幼崽在内,都被召集到她的周围。那些即将跟随荫苔离开的猫站在一起,只见他们正急不可耐地伸缩着爪子,彼此间会意地交换着眼神,只只意气风发,已经迫不及待地想要启程了。

当大家等着尖石巫师发话时,晴天从荫苔的远行队伍中走到了灰翅跟前,灰翅正站在母亲和锯峰的身边。

"再见。"晴天轻轻地说着,他用口鼻先后蹭了蹭寂雨和灰翅的肩膀,然后俯身用鼻子碰了碰锯峰的耳朵。"我希望你们今后一切都好。再说了,谁知道呢?"他又故作开心地补充道,"说不准哪天我会回来看你们的。"

灰翅和寂雨对视了一眼。他看得出来,其实他们的母亲也非常清楚,经此一别,晴天是不可能再回来了。

不过他俩都把这个念头埋在了心底。

"儿子,祝你一路顺风。"寂雨说。

猫武士

"为什么我不能跟你走？"锯峰打断寂雨的话，高声向晴天问道。

寂雨瞪了锯峰一眼，小家伙便不再作声。锯峰闷着一肚子气，用脚掌划拉起河边松散的鹅卵石来。寂雨的目光掠过锯峰，停在了那一小堆埋葬着振翼鸟的石头上。

"你确定不和我们一起走吗？"晴天对灰翅说，"少了你，我们的旅途将大不相同。"

灰翅碰了碰晴天的口鼻，兄弟俩的尾巴缠在一起。"很抱歉，我不能和你们一起离开。"灰翅回答道，兄弟别离的痛苦犹如鹰爪一般刺透了他的心脏，"我属于这里，我要陪着母亲和锯峰。"

"他俩有你照顾我就放心了。"晴天对他说。

晴天低头与至亲们作别后，回到了清溪的身旁。虽然清溪的头昂得高高的，但灰翅仍能看到她眼中的忐忑。

最后，尖石巫师向荫苔挥了挥尾巴，说道："今天是月圆之夜，也是诸位离开我们的时候了。荫苔，你有什么话要说吗？"

这只身强力壮的公猫长着一身黑白相间的皮毛，他跳到大砾石上，在尖石巫师身边站好。接着，他环视着众猫，说道："我们相信尖石巫师为我们的未来指引出的方向。我们将沿着升起的太阳一路前行，但我们心中会永远记着群山，记着大家。"

"可我们还是会忍不住想你们的。"雾水咕哝道。

荫苔恭恭敬敬地向这位长者低下头，随后说："我们走了以

后,需要靠大山养活的猫就少了。希望以后部落的狩猎能变得轻松些。"

荫苔说完,尖石巫师用尾巴尖碰了碰他的肩。之后,尖石巫师向前迈了一步。"荫苔,我很感谢你和所有离开的猫。你们无私无畏,勇气可嘉。这是你们送给大家的最好礼物。我们永远都不会忘记你们。"她深吸一口气,用明亮的绿眼睛凝视着即将和荫苔一起离开的猫,继续说道,"你们一路上会遇到一些奇异的生物,比如两脚兽,它们不长毛发,用两只后腿走路;还有一种会发光咆哮的野兽,它们像怪物一样,在又黑又长的坚硬路面上飞速狂奔,我们把那种路叫雷鬼路。"

玳尾瞪大了双眼,惊讶得倒抽一口气,问:"你是说这些都是真实存在的?我还以为那只是老年猫们讲的故事呢。"

尖石巫师摇了摇头:"它们确实存在,但你们可以设法避开。那些怪物好像不能离开雷鬼路,但你们还是得开动脑筋应付它们。"这时,尖石巫师的声音听起来更加忧虑了:"别忘了,你们还会碰到新的敌人——不仅有危险的鸟类,还有狐狸和獾。甚至别的猫也会来找你们的麻烦。我以前和你们说过吧?"

荫苔点了点头:"我们之前讨论过这些情况,尖石巫师。"

"你别担心。"云斑插嘴说,"我和斑毛熟悉草药,也懂不少治疗的方法。如果大家出了什么事,我们会出手相助的。"

尖石巫师抽动着胡须,肩部的毛发渐渐竖起。灰翅意识到,此时的尖石巫师似乎不像平日里那样自信。想到这里,灰翅不由

得担心起来，脚掌也开始微微作痛。

"除了自己的直觉，你们什么也不要轻信。"尖石巫师焦急地叮嘱道。

荫苔把尾巴搭到尖石巫师的背上，请她放心。他轻声对她说道："我们在远行的路上会不断学习的。因为相信你，所以我们选择迎着太阳踏上征程。现在，也请你相信我们，我们定会一路平安，找到新的家园。"

尖石巫师长叹一声。她从岩石上跳下来，向即将与荫苔同行的众猫走去。她用鼻子依次触碰了每只猫的肩部。"你们要找到适合大家居住的地方。"她说，"高影，你足智多谋，有跟踪猎物的天赋；晴天，你擅长把鸟从空中拽下来；玳尾，你身手敏捷、目光锐利；雨拂花，你嗅觉灵敏，仅靠气味就能追踪身在远处的猎物。你们应充分发挥各自所长。"说着，她凝视众猫，绿幽幽的眼睛里满含关爱与悲切之情。最后，她添了一句："祝你们好运！"

荫苔挥动尾巴，率领众猫走下岩石，向瀑布下方的水潭走去。

"再见！"灰翅喊道，他的目光紧紧跟随着他的哥哥，"多保重！"

"我只想说，他们总算走了！"露叶低吼道，"一群胆小鬼！丢下我们在这儿挨饿，自己却跑了。"

"就是。"扭枝表示赞同，"哼，我们才不需要他们呢。"

日光小径
RIGUANGXIAOJING

灰翅陪在寂雨身边，目送远行的队伍离开。他们沿着蜿蜒的山路走着，渐渐消失在灰翅的视线中。

一时间，留下的众猫相视无言。愿意留在山中的猫寥寥可数，因此部落现在竟变得如此弱小。灰翅发现，老年猫和幼崽的数量已经超过了身强力壮的猫，忧虑使他的脚掌不禁又刺痛了起来，不过他仍强作镇定。

"我们总不能一整天都在这里干站着。"最后，灰翅说道，"石歌、扭枝、露叶，我们趁天还亮着一起去狩猎吧。"

"什么？"露叶抽打着尾巴，"难道你忘了我就要生幼崽了吗？"

灰翅心想：你是不会让我们忘掉这点的。不过他忍住没把这想法说出口。"我们是现在部落里最强壮的猫了。"他平静地说道，"我们必须想办法给大家捕到足够的猎物。"

扭枝点点头，他那琥珀色的眼睛中闪着坚定的目光。

"你又不是尖石巫师。你没资格使唤我。"露叶咕哝道。但后来她迟疑了一下，又耸了耸肩说："好吧，我去狩猎。"

尖石巫师带领剩下的部落猫向山洞走去，不过烈雹和银霜留了下来。银霜对灰翅他们说："我们也参加狩猎。虽然没你们年轻，但我们的爪子还是锋利无比的。"

"对。"烈雹表示赞同，"我们要感谢那些离开的猫，所以我们不能放弃。我们必须找到能生存下去的新方法。"

"谢谢。"灰翅不由得对这位睿智的长者心存感激。

猫武士

与其他猫作别后,灰翅率先离开河边,在悬崖边艰难地前行。大山好像比往日更安静了。他时不时地停住脚步,竖直耳朵,想要捕捉到山谷那边远行队伍的声音;同时,他左顾右盼,希望还能看他们最后一眼。然而,他们早已消失在白雪茫茫的大山中了。

我再也见不到他们了。

正在此刻,灰翅的上方闪过一道黑影。他仰头一看,只见一只幼鹰正从雪地上掠过,好像也在搜寻猎物。当幼鹰再次飞上半空时,灰翅想起了晴天的拿手绝技,于是他也纵身跃到空中。

灰翅用爪子一把钩住幼鹰的翅膀,将它生生拽了下来。一时间,猫和鹰一起在雪地上不停地翻滚。灰翅感到鹰爪嵌进了自己的皮毛,顿时觉得生疼。他勃然大怒,高吼一声,把爪子深深地插进幼鹰的胸腔,接着利齿锁喉,咔吧一声结果了它的小命。

幼鹰顿时软了下来。灰翅深吸一口气,吃力地站起来,抖落身上的雪花。接着,他叼起幼鹰的颈部,拖着它费力地向山洞走去。幼鹰那斑驳有力的翅膀一路耷拉着,在积雪上划出一道长长的印子。

灰翅走到瀑布后的小路上,其他出去狩猎的猫也回来了。石歌和银霜各自捕到一只老鼠,扭枝和露叶正拖着一只雪兔往回走。

"这是我们一起捕到的。"扭枝叼着雪兔的皮毛,从嘴里挤出几句话,"我在后面追,兔子折路往回逃,一下子就跑到了露

日光小径
RIGUANGXIAOJING

叶的脚掌下。棒极啦！"

几只狩猎猫把猎物放在了洞里，其他猫很快聚上前来。尽管如此，由于留下来的猫是那么少，灰翅觉得山洞里格外寂静空旷。大家彼此分享着猎物，各自先咬一口后再交换着吃。他们的谈话在山洞里发出怪怪的回声。

"明天我出去狩猎。"寂雨承诺道。

"我也去。"空树用尾巴轻抚着伴侣石歌的侧腹。

"要不我们轮流去狩猎吧。"石歌建议道，"这样，每只猫既能时常练习狩猎技巧，也不至于每天都要出去操劳。"

尖石巫师向这只深灰色的虎斑公猫投去赞许的目光，她点点头说："这个主意很好。石歌，你愿意安排一下吗？"

听到医巫的赞扬，石歌的眼睛发亮。"这是我的荣幸。"他说。

灰翅看了看同胞们，发现大家的脸上都带着坚定从容的神色。想到离开的猫做出的牺牲没有白费，他顿时感到一阵欣慰。

他在心里默默地给自己打气：我们会成功的。

次日清晨，灰翅在酣睡中被一只脚掌弄醒。晨光斜透过瀑布照进山洞，灰翅眨了眨惺忪的双眼，认出叫醒他的猫是石歌。

"你能狩猎吗？"虎斑公猫问道，"从今天开始，我要制订新的狩猎计划。寂雨和空树今天都会出去，再加上我自己。我想看看每天安排四只猫狩猎是否足够。"

"当然可以。"

此刻,洞口的光线比灰翅几日来看到的明亮多了,仿佛在山洞外面,太阳正当空照耀着大地。灰翅心想:兴许这是个好兆头,至少总比在暴风雪中狩猎要强吧。

他大踏步走到洞口时,忽然听到身后响起急促的脚步声。锯峰尖声喊道:"灰翅!等等我!"

灰翅转过身。锯峰跑到他身边刹住脚步,倔强地说:"我要和你一起狩猎去。"

灰翅忍住叹息,对他说:"你还小,去和其他幼崽玩耍吧。"

"他们只会玩那些蠢游戏!"锯峰咕哝着,"他们竟拿石头当老鹰扑上去抓!我想去抓真正的老鹰。"

"老鹰一口就能把你吃了。"灰翅吓唬他说。

"才不会呢!"锯峰毫不示弱地说,"我已经长大了!在幼崽中,我的年龄是最大的。你们应该允许我去狩猎了。"

灰翅不得不承认弟弟说得着实有几分道理。也许他是该开始接受训练了吧,这样我们就又能多一位狩猎猫了。

"怎么了?"寂雨走上前问道,"锯峰,你是不是又不听话了?"

"他想学习狩猎。"灰翅没等锯峰回答便解释道。

灰翅看到他妈妈的眼中闪过一丝恐惧的神色,她似乎在想象外面的世界对于锯峰这么小的幼崽来说是多么地危险重重:"他

日光小径
RIGUANGXIAOJING

年纪太小了——"

锯峰竖起根根毛发："我是最大的——"

灰翅尾巴一挥，堵住了弟弟的嘴巴，锯峰愤愤地瞪了他一眼。

"他差不多也快到能狩猎的年龄了。"灰翅对寂雨说。见寂雨仍一脸的疑虑不安，灰翅接着说："还是让他跟我出去吧，这总比他自己溜出去要好。"

寂雨又迟疑了一会儿，最后无可奈何地点了下头。她转向锯峰，说道："好吧。不要离开灰翅，他叫你干什么你就干什么。"

锯峰两眼冒着亮光，欣喜若狂地点着头。接着，他兴奋地迈开大步说道："我们出发！"

锯峰刚要冲上瀑布后的小路，便被哥哥用尾巴一下子拦住了。灰翅对他说："你要学的第一件事就是不要横冲直撞。跟我来，别出声。"

虽然锯峰的眼睛仍闪烁着兴奋的光芒，但他还是老老实实地跟着灰翅走了出去。寂雨为他们殿后。此前，石歌和空树已经离开。灰翅走到外面，看到他俩正在对面的斜坡上攀爬着。

寂雨追上锯峰，犹豫了一下，还是对儿子说了句："祝你狩猎成功。"说完，她爬上岩石，向崖顶的方向走去。

灰翅明白，虽然寂雨更想和她的孩子在一起，但她清楚自己还是得把心思都放在狩猎上。

猫武士

"好啦。"灰翅对锯峰说,"你必须记住,最重要的一点是:在外面,你自己也会成为猎物。有些鸟非常强壮,它们能把一只成年猫抓走。所以,你要时刻留意头顶上方的状况,明白了吗?"

锯峰的眼睛立刻睁得大大的:"明白。"

灰翅看到弟弟好像很重视自己的警告,稍稍放心了一些。

他继续说:"接下来,你要记住的是,搜寻猎物的时候,不要跑来跑去的,这样只会把猎物吓得跑回洞中。你要用眼睛观察,同时用鼻子嗅空气中猎物的气味。现在你试试,看看能不能嗅到什么。"

锯峰停住脚步。他耳朵竖起,嘴巴张开,眼睛转来转去地在白雪茫茫的山坡上搜寻着猎物的踪迹。灰翅看到弟弟还时不时地仰头观察空中的动静,甚感欣慰。

"你察觉到了什么吗?"过了一会儿,灰翅问。

锯峰低下头,失望地说:"没有。"

"别着急,我也什么都没发现。"灰翅对他说,"猎物一般不会在距离我们山洞太近的地方活动,我们再换个地方试试。不过,首先我要教你怎样跟踪猎物:你必须在猎物浑然不知的情况下尽量地靠近它。那么你觉得该怎样才能做到这点呢?"

锯峰在雪地上蹲伏下来。"是不是要尽可能把自己缩成一团?"他问道。

"对。不过如果地上有雪,注意不要把身子放得太低,否则

日光小径
RIGUANGXIAOJING

雪会附在毛发上，拖慢你的速度。跟我学，这样往前走……"

灰翅压低身体，他腹部的毛发刚好从雪上擦过。随后，他小心谨慎地慢慢前行，锯峰在一边也学着做同样的动作。

"好。"眼看弟弟很快就学会了动作要领，灰翅不禁暗暗惊喜。接着，他又问："那气味怎么办？当你还没完全接近猎物时，在起跳之前，你该怎样做才能避免让猎物嗅到你的气味呢？"

锯峰想了一会儿，他的胡须微微发颤。接着，他嘀咕着："我不知道。"

"想想风啊。"灰翅提醒道。

"风吗……"锯峰又陷入了沉思。最后，他叫道："知道啦！因为风能传送气味，所以我要确保风是从猎物那里吹过来的，而不是从我这儿吹过去的。"

灰翅发出满意的咕噜声："你很快就会成为狩猎猫了。现在我们去看看能找到什么猎物。别忘了要时时注意空中的情况。"

灰翅当先从山坡爬上山脊。"这个地方时常有雪兔出没。"他告诉锯峰，"你要记住，雪兔的毛发在冷天会变成白色，因此除非它们跑到光秃秃的岩石附近，否则一般很难发现它们。另外，雪兔跑得很快，趁它们还没警觉时，你要尽量地靠近它们。如果你被发现了，最后又不得不去追它们的话，很可能就会让它们跑掉了。"

方才说话时，灰翅发现锯峰分心了，小家伙时不时地往远处

瞧着。"哎！集中精神！"灰翅喊道。

"对不起。"可刚走了几步，锯峰又开始东张西望起来。

灰翅停下脚步，有些不悦。不过未等开口，他就察觉了上方的岩石中的动静，一只雪白的兔子在两块大砾石间若隐若现。

灰翅轻推了锯峰一下，耳朵朝向雪兔轻轻一弹，小声对锯峰说："想不想试试自己能不能抓住它呀？"

锯峰兴奋不已，眼睛睁得溜圆。他小心翼翼地蹲伏下来，悄悄朝猎物爬去。

他忘了风向了。灰翅看出了锯峰的问题，不过他没说什么。

锯峰朝着那只雪兔走了约莫一半的距离，突然，雪兔坐直身子，竖起了长长的耳朵，鼻子不停地抽动着。接着，它倏地跳出砾石间的藏身处，从山坡上仓皇而逃，脚爪刨得雪末飞溅。

锯峰懊恼地大叫一声，连忙奋起追击。他体形瘦小，身轻如燕，脚掌灵活地掠过地面的积雪。灰翅跟在后面飞快地跑着。

起先，锯峰渐渐逼近了雪兔，可是雪兔块头很大，长得也更为健壮，它很快又把锯峰甩开了一段距离。我们快追不上了！灰翅虽心里担忧，但仍然全身发力，奋起直追。

突然，一声尖厉的叫声响起。空中，一只老鹰伸出铁爪，俯冲了下来。雪兔发出惊恐的尖叫，转身朝锯峰的方向逃窜。

锯峰猛地扑起，向雪兔撞去，地上腾起一阵雪屑。锯峰和雪兔扭成一团，锯峰的尾巴剧烈地挥舞着。

可是老鹰没有善罢甘休，它又俯冲下来。灰翅明白，如果老

日光小径
RIGUANGXIAOJING

鹰抓不着兔子,就要把锯峰视为目标了。

这时,老鹰直冲而下。灰翅尖吼一声,奋力朝老鹰跳去。他感到自己的利爪划过老鹰的翅膀。老鹰哀号一声,飞上天空。它越飞越远,在空中渐渐淡成了一个黑点。

当确定老鹰已不再是威胁后,灰翅连忙转身朝弟弟跑去。只见锯峰四肢颤抖,雪兔的尸体一动不动地躺在他身前的雪地上。

"我成功了!"锯峰激动地大喊道,"我是狩猎猫啦!"

"太好了!"灰翅夸赞着锯峰。"你做得很好。不过别忘了,"他补充道,"你还有很多东西要学。"

这只雪兔的身子比锯峰大出许多,因此多亏有灰翅出力相助,锯峰才把兔子运回了山洞。见他俩归来,洞里的部落猫聚到周围,大家一边听灰翅绘声绘色地讲着锯峰狩猎的经过,一边称赞连连。

"这下猎物们可要当心了!"狮吼友好地用尾巴碰碰锯峰。

"这是你捕到的。"灰翅指指猎物,对弟弟说,"所以,你可以第一个吃。"

听到灰翅的话,锯峰眼睛发光,马上对着兔肉撕咬起来。灰翅看着他狼吞虎咽的样子,这才想起小家伙已经有很长时间没吃饱过肚子了。这很有可能是自他出生以来最好的一顿了。

锯峰吃好后退了下来。兔子身上还剩了许多肉。"我吃饱了!"锯峰对大家说。

其他的猫刚开始进食,寂雨也叼着一只老鹰回来了。

"想不想试试自己能不能抓住它呀？"

"我们快追不上了！"

锯峰懊恼地大叫一声，连忙奋起追击。他体形瘦小，身轻如燕，脚掌灵活地掠过地面的积雪。灰翅跟在后面飞快地跑着。

突然，一声尖厉的叫声响起。空中，一只老鹰伸出铁爪，俯冲了下来。雪兔发出惊恐的尖叫，转身朝锯峰的方向逃窜。

锯峰猛地扑起，向雪兔撞去，地上腾起一阵雪屑。锯峰和雪兔扭成一团，锯峰的尾巴剧烈地挥舞着。

这时，老鹰直冲而下。灰翅尖吼一声，奋力朝老鹰跳去。他感到自己的利爪划过老鹰的翅膀。老鹰哀号一声，飞上天空。它越飞越远，在空中渐渐淡成了一个黑点。

太好了！你做得很好。不过别忘了，你还有很多东西要学。

我成功了！我是狩猎猫啦！

猫武士

"你们干得很漂亮。"她把猎物放到了吃剩的兔子旁。

"是锯峰抓到的。"灰翅对寂雨说。锯峰在一旁自豪地挺起胸膛。

寂雨看着自己的小儿子,眼里洋溢着喜悦。"太好了!"她高兴地叫了起来,"灰翅,谢谢你把弟弟教得这么好。"

灰翅蹲下来开始进食,此时他又开始想那些离开的猫正在忙些什么。他暗自想道:现在洞里的猫实在太少了,这种感觉好怪。希望他们一路上平安无事,不会挨饿。

等灰翅吃完,锯峰问道:"我们能再出去狩猎吗?狩猎实在是太刺激了!"

灰翅望了望洞口,只见白昼将尽,瀑布外已夜幕降临。

"现在不行。"寂雨不等灰翅回答便说道,"你该回窝睡觉了。明天你可以再出去狩猎。"

"可我还不累呢!"锯峰不服气地说,"我能……"不过,他话还没说完便张大嘴巴打了个哈欠。

"不许再狡辩了。"寂雨严厉地说。

她把锯峰轻推到窝里,灰翅跟在后面。灰翅在窝里躺下,又一次有了那种空荡荡的感觉。好怀念晴天在他身边睡去的那些日子啊。

不知那些远行猫现在走到哪里了……

微弱的曙光从瀑布后面渗进山洞,灰翅突然醒了。寂雨正在

日光小径
RIGUANGXIAOJING

他身旁不安地来回走着，原来是寂雨的吼声把他吵醒的。

"出什么事了？"灰翅从窝里跳了出来。

"锯峰不在窝里面。"寂雨说，"他一定是独自离开了。他明知道他不能那样做。"

灰翅把尾巴尖搭在母亲的背上，安慰着她："他不会走远的。我这就去把他找回来。"

他从瀑布后面探出身子，将几道山坡上上下下观察了一番。茫茫的雪地上一片沉寂。

"锯峰！锯峰！"灰翅大声呼唤着。

四周仍是一片寂静。

这傻崽子。灰翅想着。他攀上通向洞顶石台的岩石。爬上山洞顶端后，他又开始四下里搜寻。山风猛烈地吹打在灰翅身上。不见弟弟的踪影，他又放声呼喊，但没有得到一丝回应。

灰翅开始担心起来。他返回山洞，看到母亲正在瀑布边焦急地等待着，她的身旁围着几只猫。"对不起。"灰翅说道，"我找不到他。他不在水潭边，也不在洞顶石台那里。"

寂雨又开始走来走去。"他一定是被老鹰抓走了！"她号啕大哭起来，"要不就是被积雪埋了。"

银霜用尾巴拂着寂雨的侧身，安慰道："锯峰年纪轻轻，长得又结实。他不傻，应该能保护自己的。"

"说得对。"狮吼应和道，"说不定他很快就会出现，还抓了只比他大上一倍的猎物呢！"

猫武士

"要真像你们说的那样就好了。"寂雨喃喃地说。

灰翅也心急如焚。"我这就出去再找找。"他向寂雨承诺。接着，他转过身向一只老年猫问道："雾水，你愿意和我一起去吗？"

"什么？"雪兔挤到雾水和灰翅中间。"她年纪太大，眼睛也看不清了。"她在灰翅的耳朵旁小声说道，"她帮不上忙的！"

"不是这样的。"灰翅轻轻推开雪兔。"雾水，"灰翅说，"断羽多次和我说过，你是他所见过的最擅长气味追踪的猫。如果要问谁能搜寻到锯峰的气味，那肯定非你莫属了。"

雾水抬起头，眨了眨浑浊的蓝色眼睛，对他说："好吧，我去。"

灰翅当先出了山洞，雾水跟在后面，步履僵硬而蹒跚。她走到路的尽头，打起精神，将鼻子紧贴到岩架上，张开嘴深吸了一口空气。"他从这边走了。"雾水说，她拖起身子，在通往洞顶石台的岩石上艰难地前行。"我要是抓到那皮孩子，非揍他几下不可。"她气喘吁吁地说，"我这把老骨头可受不了这罪哟。"

灰翅爬上岩架，来到雾水身边。"不对啊。"他失望地质疑道，"锯峰到这里来应该是两天前的事了。我们那时一起过来和离开的猫们道别的。"

雾水停住脚步，瞪了灰翅一眼。"怎么？你觉得我分不清什么是两天前的陈旧气味，什么是刚留下的气味吗？"她质问道，"这层新鲜的气味浮在那层陈旧气味之上。你们这些少不更事的

日光小径
RIGUANGXIAOJING

猫呀，还自以为什么都懂似的。"

灰翅知趣地不再说话，跟着颤巍巍的雾水一路爬上洞顶石台的边缘，走到埋葬振翼鸟的石子堆旁。

"锯峰两天前来过这里吗？"雾水问。

灰翅回忆了一下当日的情形，最后回答道："没有。"

"嗯，他今天来过这里。"雾水说，"他的气味积聚在这里，这表示他在这里待过一段时间……"她停下脚步，在四周的石头上都嗅了一番，接着往下方的瀑布艰难地走去。"他后来往那个方向去了。"

说完，老年猫朝一堆大砾石旁的岔路走去。

灰翅惊诧不已，盯着她问："你确定吗？"

雾水回过头，眯起眼睛，冷冷地瞪着灰翅："你是说我已经老到连气味踪迹都分辨不出了吗？"

"我不是那个意思。可这是远行猫离开时走的路啊。"

灰翅说话的时候，红日终于破开了天边郁积的乌云，将金色的阳光洒向山坡。灰翅一下子明白了过来，似乎是被岩石砸中了身子。"锯峰离家去找远行猫了！"灰翅惊叫起来，"他沿着日光小径走了。"

雾水最后嗅了嗅砾石，回到灰翅身边。"这傻崽子，"她嘀咕着，"等肚子饿得咕咕叫的时候，他自己就会回来了。"

然而灰翅却没那么肯定。锯峰的脑子倔得像石头一样，而且他昨天还捉到了那只兔子，他很可能以为自己天下无敌了。

猫武士

灰翅照应着雾水爬下岩石后便匆匆奔回山洞。山洞中，寂雨正在焦急地和尖石巫师说着情况。寂雨看到灰翅跑来，忙转身问："你找到他了吗？"

灰翅摇摇头，解释道："雾水嗅到了锯峰的气味。情况似乎是这样，他先到振翼鸟的墓前道了别，接着便循着远行猫的足迹离开了。"

寂雨吓得倒抽一口气，瞪大了双眼。"啊，不要……"她的声音痛苦地颤抖着，"他会遭遇不测的！"

灰翅把口鼻抵在母亲的肩部："锯峰会照顾好他自己的——"

"他根本照顾不了他自己！"寂雨声音里带着哭腔，"他太小了。"随后，寂雨坐直身子。她深呼吸了一下，明显是想控制住自己的情绪。"灰翅，"她说道，"之前我让你离开的时候，你不愿意走，但是现在你必须离开。你必须找到锯峰，然后把他安全护送到新的家园。"

灰翅看了尖石巫师一眼。这只年迈的白色母猫虽然没有说话，但灰翅从她碧绿的眼睛中看到了鼓励。灰翅环视四周，只见扭枝和露叶正要出去狩猎。有他们在，部落同胞是不会挨饿的。

接着，灰翅记起了他之前见到的景象：一条洒满金色阳光的道路蜿蜒穿过山谷，而他却不得不背井离乡，踏上远行之路。

灰翅转过身，望着母亲恳切的目光，答应道："好。我去追锯峰。"

第五章

灰翅朝洞口走去,但很快便停下了脚步,因为露叶和扭枝刚刚离开就又回来了。他俩的身上都落了一层雪,正停下来抖掉身上的雪花。

"外面有暴风雪。"扭枝对大家说,"风雪不停,我们没法狩猎。"

露叶悻悻地哼了哼鼻子:"我险些给大风刮下山去。"

寂雨走到灰翅身边,焦急万分地说:"这种天气,你不能出去。"

灰翅知道她此时有多担心锯峰的安全,尤其是在这种风雪交加的天气里。"我可以试试——"灰翅道。

"不行!"寂雨打断他的话,"你是觉得我想看到自己的孩子都冻死吗?"

"她说得对。"尖石巫师走过来,用鼻子碰了碰寂雨的耳朵,"锯峰会找到地方躲避的,荫苔和其他的猫也能应付。你等暴雪停了之后再走,也不会被他们落下太远。"

时间流逝得异常缓慢,灰翅急得脚掌直痒痒。外面的天色阴

沉沉的，鹅毛大雪漫天狂舞。暴雪停后，太阳映着一片暗红的霞光，已经沉到了群山的背面。烈雹和空树出去狩猎了，但灰翅知道自己现在去找锯峰为时已晚。

悲伤和焦虑的气氛笼罩着山洞，犹如空中郁积的厚厚低云。大家都在担心锯峰会不会出事。灰翅只能祈盼一切就像尖石巫师说的那样，他年幼的弟弟自己能找到避雪的地方。

在漫长的等待中，虽然母亲的眼里饱含痛苦，但她一直保持冷静，神态庄严。她蹲伏在洞口，灰翅向她那里走了过去。

"如果你失去了所有的孩子，这对你就太不公平了。"他在寂雨身边坐下，轻声说。

"我没有别的选择。"寂雨叹了口气，"我身边还有振翼鸟陪伴，她就住在那堆石头下面。"

灰翅挪了挪身子，和母亲靠在一起。透过瀑布的光线渐渐变暗，灰翅的心好像再也无法承受住这份悲伤。

这时，灰翅听到一阵脚步声，空树和烈雹回来了，他们的四肢和腹部的毛发上都沾满了雪花。空树叼着一只瘦不拉叽的小鸟。

"灰翅，你把它吃了。"空树把鸟往灰翅面前一放，"这样你才有力气去找锯峰。"

"我不能吃。"灰翅谢绝了，他看了一眼山洞深处的同胞们，"今天大家还都没吃东西。"

烈雹用脚掌把鸟推到灰翅跟前："这可怜的小东西给一只猫

日光小径
RIGUANGXIAOJING

吃都填不饱肚子，怎么够大伙儿分呢？"

"你需要它。"尖石巫师从洞里的背光处走了出来，赞同地说，"我们也不会羡慕你吃这么一点点东西的。"

"谢谢大家。"灰翅说。

他三口两口吞下小鸟后回到窝里。虽然灰翅知道自己需要养精蓄锐，但还是久久不能入睡。他蜷在那儿，听着瀑布隆隆的水花声，思忖着自己往后是不是就听不到这声响了。

黎明将近，灰翅陷入沉睡。一只猫从他身边走过，灰翅又醒了过来。他转头望去，只见尖石巫师走到洞口，在瀑布前端坐了下来，出神地望着雷鸣般的水帘。灰翅也走上前去。

他在尖石巫师身边坐下，尖石巫师看了灰翅一眼。"我不知道自己让这么多猫离开是不是对的。"她承认道，"但我实在无法眼睁睁地看着大家这样饥寒交迫地死去，而那时我见到的日光小径似乎能使我们从这样的痛苦中解脱……"

她的声音很平静，好像是在自言自语。灰翅不知该说什么才好。"我们谁也不知道将来会发生什么。"他最后说道，"我们只能相信自己的直觉。"

尖石巫师赞同地点点头："灰翅，我们会想念你的。"

"其实我不想离开。"灰翅承认道，"但我知道自己现在必须去做一些事情。我保证会找到锯峰，我会带着他和其他猫会合，找到新的家园。"

光线开始渐渐从瀑布外透了进来，灰翅听见了部落猫起身走

动的声响。他们一只接一只地走过来,围在了灰翅和尖石巫师的身边。

"记住,你每走一步都要倍加小心。"狮吼建议道,"刚下过雪,雪地里可能危机四伏。"

我已经不是幼崽了。灰翅心里嘀咕着,不过没说出声来。他知道老年猫们只是想让他路上平平安安的。

"我可不想只身上路。"石歌坦白道。他友好地推了推灰翅:"你真勇敢。"

空树在一旁点头说道:"我们会想你的。"

不过,灰翅并没觉得自己有多么勇敢。出发的时辰已到,他现在心里也七上八下的,但他没有别的办法:锯峰需要他。

在猫群里,灰翅看到了露叶,便问她:"你想一起走吗?这是你能和月影重逢的最后机会了。"

露叶有些犹豫,她看了看自己鼓鼓的腹部,摇了摇头回答道:"我的孩子属于大山。我相信这里会越来越好。不过,等你见到月影时,请告诉他我希望他在新的家园快乐地生活。"露叶的话里并没有挖苦的意味,看来她已经接受了现实。

"我会的。"灰翅答应道。

雾水挤到众猫前面,叮嘱他说:"别忘了我告诉你的路线。绕过那些大砾石,沿着山坡走过去。"

"我记住了。"灰翅恭恭敬敬地向雾水低下头,"如果没有你,我们不可能知道锯峰的下落。"

日光小径
RIGUANGXIAOJING

雾水满意地哼了一声。

最后走过来的是寂雨。她舔了一下灰翅的耳朵，轻声说道："我来送你一程吧。"

灰翅和众猫作别，率先走出山洞，寂雨轻轻地跟在他后面。从山坡上看去，天空仍是灰蒙蒙的一片。云层中出现一个越来越大的亮点，太阳即将升起。寒风将松软的积雪吹了他们一脸。

灰翅和寂雨一起爬上通往洞顶石台的岩石，在锯峰离开时绕过的大砾石那里停下。"稍等。"灰翅轻声说，他爬上石台，来到埋葬振翼鸟的石子堆前。

"虽然我不知道你能不能看到我，也不知道你能不能听到我的声音。"灰翅低下头轻轻说，"但我保证永远都不会忘记你。"

几个心跳之后，他转过身，爬下岩石回到了母亲的身边。母子俩并排绕过砾石，走上岩架，他们正是在这里最后一次见过荫苔一行的身影。

灰翅原本担心刚下的雪会把气味踪迹遮掩住，但他发现四处的石缝中还残留着远行猫的气味，上面还有锯峰刚刚留下的气息。

"他确实是从这里走的。"寂雨说道，她的声音听起来振奋了一些。

他俩循着锯峰微弱的气味走过山坡。灰翅回首翘望，一阵战栗从耳尖传到尾尖。他依依不舍地看了瀑布最后一眼。刚才经过

的地方他还算是熟悉的,以前狩猎的时候去过。可还没等晌午,他们就走在了以前从未踏足过的路上,每迈出一步都觉得十分陌生。

母子俩跟着气味走向一个山谷,灰翅听见了淙淙水声。他俩在岸边停下,只见湍急的水流沿着陡峭的山坡奔涌而下。河面上虽已结冰,但冰面薄如蛛网,底下暗流涌动。

"这冰只能承受一只猫的重量。"寂雨说,"我就送你到这儿吧。"

虽然她的声音很平静,但眼里却满含悲伤。灰翅深知,这种和最后一个孩子作别的感觉让她十分痛苦。灰翅依偎着母亲,他俩的尾巴缠绕在一起。灰翅张开嘴,大口嗅着她的气息。

"我会找到锯峰的。"他承诺道,"我不会让他和晴天忘记我们的家园。"

寂雨长长地叹了一口气,把灰翅轻轻推开,对他说道:"快走吧,过会儿太阳再升高些,冰就要化了。"

灰翅向寂雨作了最后的道别,他踏上冰面,方才深感不安起来:这脚掌下的冰是多么地脆弱啊。如果冰面破裂,下面的急流就会把他冲到山下的岩石上撞死。灰翅提心吊胆地慢慢踱着步子,既不敢中途停下,也不敢回头张望,只能目不转睛地盯着对面河岸上的岩石。

突然,灰翅脚掌下的冰吱地响了一声。这可是不祥之兆。

寂雨尖叫道:"快跑!"

日光小径

灰翅猛地向前跳去,迅速冲向对岸。他听见身后的冰面破裂,落入河中,汹涌的水流腾起阵阵水雾,模糊了前方的视线。在冰面完全破碎的那一刹那,灰翅前脚掌落下,扒住了岸边的岩石。他感到后腿已被冰冷透骨的水流淹没,连忙没命地挣扎了一番,拖着身子爬到安全的地方。灰翅扭身透过水雾向寂雨所在的那头望去,无奈薄雾已然升起,茫茫一片,他什么都没看见。

"我没事!"他扯着嗓子拼命喊着。

灰翅在岸边跑来跑去,想尽办法要看清母亲,无奈水流太急,水雾太厚,加上岩石太滑,每时每刻他都有坠入湍流的危险。

"再见!"灰翅又大喊一声,希望寂雨能听见他的声音。说不定他母亲还以为他刚刚已命丧此河,他不敢再多想了。"我不会忘记你,也不会忘记大山!"

灰翅离开河边,试着分析接下来应该走哪条路。太阳像一个苍白的圆盘挂在云层后面,几乎不能为他指引方向。他暗忖:看来我只能祈祷锯峰走的就是这条路了。

太阳升了起来,灰翅觉得需要休息休息,他的脚掌酸痛不止。"我这辈子都没走过这么长的路。"他一边寻找避身处,一边咕哝着,心里寻思:也许这正是问题所在吧,我们总是在离家不远的地方狩猎。如果我们扩大搜寻猎物的范围,说不定能收获更多。不过我在这里倒没见到什么猎物……

风越刮越猛,冰冷彻骨。蓬松的积雪被风旋起,霎时又洋洋

猫武士

洒洒地落了一地。让灰翅庆幸的是，他在一块裂开的岩石下找到了遮蔽处，便匆匆钻了进去。他累得瘫倒在地。这时，一股浓郁熟悉的气息向他涌了过来。

其他的猫也来过这里！

不过他却没有嗅到锯峰的气味。锯峰刚留下的气味应该更浓烈啊，可我怎么闻不到他的气息呢？

灰翅的思绪回到了那条结冰的河上。锯峰没有从冰面上过河的经验，可能他太害怕了，根本没从这里过河。

灰翅琢磨着锯峰是不是进了山谷去找更安全的路了。

此时，他在心中毅然下定要找到弟弟的决心。灰翅强迫自己又走进寒风中。天没有再下雪，只有呼啸的狂风卷起片片碎雪扑面而来。

风中，灰翅的毛发根根平贴在身侧，他眨眨眼睛，先俯视山谷，又看了看其他猫走的路。灰翅明白他们很可能就在附近……

可是我得先把锯峰找到，才能再去找他们。

灰翅以最快的速度跃下山坡，他从一块砾石跳到另一块砾石。匆忙之间，他落脚时没有站稳，不慎从大石头上摔了下来，把脚掌上的皮擦破了一块。灰翅发出痛苦的嘶叫。他的腿钻心地疼，但这样一瘸一拐走了几步后，他就冻得麻木了。

走进山谷，风势终于缓了下来，灰翅松了口气。他眼前开阔起来，只见条条小溪纵横流淌，块块砾石散落其间。雪地上还挺立着几棵矮树和一丛丛灌木。灰翅肚子饿了，便一边嗅着锯峰的

日光小径

踪迹，一边开始搜寻起猎物来。可惜他除了在一簇灌木丛下发现了一只死去的老雪兔，一无所获。

灰翅凑上前闻了一下，不禁皱起了鼻子。真恶心！猫吃的是新鲜的猎物，不会像秃鹫那样以腐尸为食。但此时灰翅的肚子已饿得咕咕作响，他只好硬着头皮啃了几口冻肉。

那冻兔子肉吃得灰翅胃里冰凉，极不舒服。他实在咽不下去了，便开始细细观察起山谷来。他扭头朝来时的方向望了望，只见河水正沿着山坡奔流而下。他揣测现在锯峰是不是已经落在他后头了。光是河边的这些大石头，就够他弟弟走上好一阵子呢。

灰翅朝着山谷上方走去，不过在这么多大砾石间穿来穿去，着实拖慢了他的脚步。灰翅一边拖着跛脚郁郁寡欢地走着，一边环视四周。他找到那块最大的石头，费力地爬了上去。

他站在石头上，山谷两边的情形尽收眼底，从这儿到河边都没有看到锯峰的踪迹。但他弟弟身材瘦小，也有可能躲进砾石缝里了。

灰翅向山谷另一头远行猫可能走过的方向看去，那儿也是空旷一片，只是上方有什么东西一闪而过。原来，一只老鹰从悬崖上俯冲而下。灰翅的目光紧紧地循着老鹰，搜索着猎物的藏身之处。他心想：如果老鹰没得逞，过会儿我就去把它抓住。

霎时间，老鹰骤然下扑，可它尖号一声后又飞了上来，两爪空无一物。在那声鹰唳之下，灰翅好像听见了微弱的哭号声。

灰翅的心一下子提到了嗓子眼：是锯峰吗？

猫武士

灰翅猛地跳下砾石,不顾脚掌上伤口的剧痛,向老鹰冲了过去。老鹰发动了另一轮攻击。灰翅跑近一看,只见那鹰的面部和腿部羽毛柔软,原来是只幼鹰。

很好!看来这鹰不难对付。

灰翅不顾一切地在石头堆里爬行,那里传出猫的惊叫,声音越来越清楚了。

"别抓我!救命啊!"

"我来了!"灰翅高声回应着,"坚持住!"

幼鹰飞落到一块岩石上,它伸出一只鹰爪,想要把锯峰从狭窄的石缝中抓出来。灰翅隐隐约约看到了弟弟的耳朵尖,知道他被鹰困在那道窄缝里了。

我得把鹰引开,让锯峰逃脱。

灰翅向前一跳,在幼鹰面前蹲伏下来,龇出牙齿。幼鹰笨拙地扑棱着翅膀,豆大的黄色眼睛直直地盯着灰翅。突然,它长啸着扑了上来。灰翅想要避闪,但受脚伤拖累,步履有些蹒跚。一刹那,他惶恐地感到幼鹰的利爪已经深深陷进他脖颈上松软的毛发。灰翅奋力还击,挣脱鹰爪,跌在了几块岩石间。可还没等他站起来,幼鹰拍打着强有力的双翅,又一次把他抓住了。

"灰翅!我来了!"

灰翅听到弟弟尖吼一声,看见锯峰从裂缝中爬出,勇敢地向幼鹰冲了过来。

幼鹰疯狂地扑打着翅膀,恨不得把这两只猫都拖到空中。灰

日光小径
RIGUANGXIAOJING

翅感到身体已经离开了地面，脖颈处的剧痛迅速传遍周身，红雾模糊了他的双眼。他挣扎着想保持清醒。随后他感到幼鹰腾出一只爪子，想要把锯峰也抓住。

灰翅顿时暗喜：哈！你这好吃的家伙，你可犯了大错啦！

他旋即扭动身体，用后腿对准幼鹰的腹部一阵狂蹬。幼鹰尖号一声，松开爪子，灰翅跌落地面，骨头咯噔一声重重磕在了岩石上。

灰翅仰头望去，只见锯峰的前爪还挂在幼鹰的翅膀上，连忙大喊："锯峰！快放开！"

锯峰向地上瞄了一眼，他放开爪子，摔落到岩石上。幼鹰又怒啸着朝他们冲来，就在这一刹那，灰翅把锯峰猛地推到两块岩石间的缝隙中。兄弟俩在狭小的石缝中缩成一团，那鹰盘旋在他们上空，发出尖厉的号鸣。

锯峰此时疼痛难忍，惊恐万分，就像幼崽那样弱小无助，瑟瑟发抖。灰翅用身体把锯峰紧紧裹住，慢慢地舔梳着他，安慰着他。

"没事了。"他喃喃地说道，"你现在安全了。我可终于把你找到了。"

第六章

等鹰唳声渐渐消失，灰翅这才从石缝里探出头来。空中已不见幼鹰的踪影。"好了，我们可以走了。"他对锯峰说。

锯峰焦虑地看着他："它会不会一等我们出来就飞过来抓我们啊？"

"不会的。它已经飞走了。"

说着，灰翅从石缝中挤了出来。锯峰犹豫片刻，也跟着哥哥钻出了石缝。出来后，他一声不吭地站在那里，身子还在微微发颤。为了检查锯峰有没有受伤，灰翅把他上上下下嗅了一番。

"你身上有几处擦伤，但很快就会没事的。"他告诉锯峰。看到弟弟伤势不重，灰翅不禁松了一口气，但又随即怒容满面："你这绒毛脑子到底是怎么想的？你就那样不声不响地离家出走了？"

锯峰怯意全消，不服气地说道："我想和其他猫一起走！寂雨没权阻止我！"

"她是你妈妈。"灰翅说，"她知道什么对你最好。"

锯峰眯缝起眼睛，向后退了一步，问："你不会是来带我

日光小径

回去的吧？我是不会和你走的。如果你逼我，别怪我对你不客气！"

说罢，锯峰抽动尾巴，张开爪子，摆好了架势。看着弟弟那副模样，灰翅强忍住笑意，叹道："别激动，我不会把你拖回家的啦。我们一起去找其他猫吧。"

锯峰惊讶得双眼圆睁，有些不相信地问道："可是你不是想留在山里吗？"

"你比他们更需要我。"

听到这话，锯峰又蓬起肩部的毛发，愤愤地说："我自己好得很！"

"可你差点儿被鹰抓走。"灰翅指出。

锯峰抽动着尾巴，一脸不屑地说："哟，我这一路走到谷里，可是一个跟头都没摔哦。"

灰翅意识到这样无休止地争下去是没有意义的。"我们还要走很远才能出山。"他接着说，"前面可能更加危险。"

"不会有事的。"锯峰十分肯定地说，"我们现在是一起上路了。你刚才看到我是怎么把鹰打跑的了吗？要不是我，你早就被鹰吃啦！"

锯峰动身出发，在砾石堆里蹦蹦跳跳地前进。灰翅放慢速度，脖颈处和脚掌上的伤像尖刺一样扎心地痛。夕阳西下，消失在群山中。暮色渐浓，夜色笼罩了大地。

"我们要找个地方过夜！"他对锯峰喊道。

锯峰停下脚步，扭头瞧着他，固执地说："可我还想赶路呢。其他猫现在已经离我们老远了。"

"走夜路太危险了。"灰翅坚持道，"虽然我们在谷底，但不小心还是会摔倒的。我们明天从岩架上走。"说着，他用耳朵向上方指了指。

锯峰尚要争辩，但最终还是低头妥协。灰翅在树丛里找到一处浅坑，决定在这里避上一晚。他开始刨坑里的沙土，好把地方弄大让他俩睡得舒服些。刨着刨着，他听到锯峰的肚子咕咕叫了起来。

"你饿了吧？想去狩猎吗？"灰翅问。

锯峰摇了摇头，坚强地说："没事，我能撑到明天早上。"

直到现在，锯峰都一直没有为不辞而别而道歉的意思，灰翅便也不再指望。不过，他俩在沙坑里趴下准备休息时，小锯峰依偎着他的身子，打着瞌睡嘀咕着："很高兴你能来。"

灰翅心想：他能说这话我就很满足了。

灰翅早晨醒来时，天仍灰蒙蒙的。透过树枝的缝隙，只见空中乌云密布，这是要下大雪的兆头。锯峰紧紧地蜷成一小团，他用尾巴盖住鼻子，此时仍在酣睡。这样的远行对锯峰那样的小猫来说，着实更消耗体力。听着弟弟的呼吸声，灰翅不得不承认：锯峰只身离家上路，关键时刻袭击老鹰，的确很有勇气。

如果弟弟寻找新家园的决心如此坚定，那我一定会确保他能

日光小径
RIGUANGXIAOJING

到达那里。

不久，锯峰动了动身子，抬起头，睡眼惺忪地问："妈妈呢？"他打了个哈欠继续问道："她是不是出去狩猎了？"

"你已经不在洞里了。"灰翅提醒他，"你先在这儿缓缓劲，我去捕些猎物来。"

灰翅从坑中爬出，往山谷上方爬去。很快，他瞥到一只老鼠在一簇荆棘丛下的碎石间活动。终于有猎物了，我们可算是走运了一次。他向前一跃，结果了老鼠的小命。

灰翅回到他们的临时落脚点，看到锯峰正坐在树根上为自己清洁皮毛。小家伙看到灰翅嘴里叼着的死老鼠，顿时喜上眉梢。

"你抓到猎物啦！"锯峰高兴地喊。

"是的，都是你的。"灰翅说着便把猎物朝弟弟面前一放，没去管自己正饿得直叫的肚子。"吃些东西，保持体力。"他说。

锯峰没有和哥哥客气。"谢谢啦！"他咕哝着，风卷残云般吃了起来。他咽下最后一口老鼠肉，舔了舔嘴唇，扑闪着蓝色的眼睛，兴奋地喊道："今天一定会很顺利的！等我们赶上其他猫，定会让他们大吃一惊！"

灰翅含糊地应和着，他将周围环境观察了一番，想找到爬上岩架的最佳路线。云层越积越厚，空气中弥漫着雪花的气息。他心里想：马上就要下雪了，我们要尽快爬到高处，否则可能会陷到雪坑里。

猫武士

可是，他也看不出来走哪条路更好，于是决定就取直道上去。"走这边。"灰翅尾巴一挥，示意锯峰跟上。

他俩刚出发，就发现道路并没想象的好走。路上砾石遍布，他们只得一一爬过。他们来到一条小溪前。小溪在岩石间汩汩流淌着，溪水两岸已经结冰，但中间的水道还没冻住。灰翅跳了过去，转身望向锯峰嘱咐道："尽量跳远些。我在这儿接应着你。"

锯峰神色坚定，后退了几步，纵身向小溪对岸跃去。只见他腾到空中，尖叫一声，随即展开爪子，在对岸的冰面上落下。突然，灰翅听到冰开始破裂的声音，连忙赶在锯峰差点儿掉入急流的那一刹那叼住他的颈背，把他拎起。

"谢谢你！"锯峰直起身子，喘着粗气说道。"嘿，"他又说道，"我刚才那一跳很棒吧？"

"你刚才那一跳潇洒极了。"灰翅称赞道。

他俩没走多远，地势突然陡峭起来。最终，兄弟俩来到一面陡峭的岩壁前停了下来。岩壁向左右延伸，一眼望不到尽头。

锯峰惊呆了，他仰头望着岩壁，不知所措地问："我们这下该怎么办？"

灰翅细细查看岩壁，发现它并没开始想得那么陡不可攀。岩壁上有凸起的石块可以落脚，虽然很窄，但还是够爪子抓住往上爬的。岩壁上还有很多裂缝，里面野草丛生。

"我想我们可以爬上去。"灰翅说。

日光小径
RIGUANGXIAOJING

锯峰瞪大了双眼:"你脑子进绒毛了吗?我才不要呢!"

灰翅耸耸肩:"行,那我们回家。"

锯峰犹豫了片刻,随后,他一言未发就跳到了岩壁上,一步一个爪印向上攀去。灰翅紧紧盯着,随时准备接应。沙石和碎草雨点般朝灰翅头上落下,但最终锯峰爬上了岩顶。

轮到灰翅了。他将爪子深深插入岩缝,后腿发力往上攀爬。脚伤像利刃一样刺着腿部,痛得灰翅面部扭曲。突然,他向下滑去,但在这千钧一发之际,灰翅用后腿竭力抵住,拼尽全身之力往上使劲,终于爬上悬崖,走上山坡,来到了锯峰身边。

站在坡上,灰翅清楚地看到一条小路向他们要去的岩架上蜿蜒延伸过去。"快来。"他轻快地朝那里奔去。

灰翅以为锯峰一直跟在他身后,可忽然听到锯峰哀怨地喊着:"喂,灰翅!"他回过头,看见弟弟正拖着步子往这边赶来。

"我们可没时间让你这么磨磨蹭蹭的。"灰翅不满地说道。

"我才没磨蹭呢!"锯峰气愤地抗议,"我的腿没你的长。"

灰翅意识到弟弟说得有道理:小锯峰不仅腿短,而且由于一直待在洞里,他的肌肉也没啥力气。"好吧,我走慢点儿就是了。"灰翅叹道,脑海中浮现出其他猫越走越远的画面。

灰翅放慢脚步,以免落下锯峰,但他心里的焦躁却开始滋长。前方有块大岩石挡住了去路,灰翅问都没问一声,一下子叼

起锯峰脖颈处的皮毛,拖着他爬过了岩石。

灰翅把他放了下来。锯峰抽动着胡须,不满地嘀咕着:"我本可以自己爬过岩石的!"

灰翅生气地想:要不是你,我们还本不用吃这么多苦头呢!不过,他还是把这些话生生地咽了回去。

锯峰气呼呼地竖起尾巴,大步往前走去。灰翅跟在锯峰后面。看到雪花开始落了下来,灰翅加快步伐,追上锯峰。

"我们必须找到避身处。"他说,"我们去那块大砾石下看看。"

那块大砾石离他们只有几尾远的距离,可当他俩来到那里时,雪已经纷纷扬扬地下起来了。寒风咆哮着从岩石间刮过,灰翅不禁有些担心,小锯峰体重较轻,会不会被风吹得连脚跟都站不稳?

他一把将锯峰推进砾石和山体的间隙中,自己也赶快倒退着缩了进去。他从岩石的裂缝向外看去,只见漫天飘洒的雪花已经把大地变成了白茫茫的一片。

"我们赶不上其他猫了。"锯峰从哥哥的肩上探出脑袋,望着外面,怯生生地嘟哝着,"我们可能会冻死的!"

"不会的。"灰翅安慰着弟弟,心中的不悦顿时烟消云散,"这种天气,其他猫也走不了多远。"

灰翅真希望自己说的是对的。

锯峰蜷成一团,闭上眼睛。片刻后,灰翅便听到弟弟轻微的

日光小径
RIGUANGXIAOJING

鼾声，知道锯峰已经睡熟。最后，灰翅也打起了盹，进入了梦乡。梦中，为了追上其他猫，他翻越了一座又一座山峰，有时他能嗅到远行猫的气息，可总是追不上他们。忽然，灰翅从梦中惊醒，原来是锯峰在轻戳他的身侧。

"看！"锯峰开心地喊道，"雪停啦！"

光线明晃晃的，炫得灰翅直眨眼睛。初雪新霁，阳光照耀在茫茫的雪原上。灰翅见大雪彻底改变了地貌，不禁惊愕地睁大了眼睛。他俩先前所走的小路已经完全被雪覆盖，原先计划爬上的岩架也变得杳无踪影。

灰翅正绞尽脑汁想着路线的问题，锯峰一下子冲到他的前面，蹦蹦跳跳地跑到了雪地里。突然，锯峰脚下的雪塌了下去，他掉进雪坑，一边挣扎扑腾，一边尖叫连连。

灰翅在雪地上探着坚实的地面，警惕地靠近雪坑。接着，他伸长脖子，叼住锯峰的颈背，把他拖了上来。

"下次可别再乱冲乱撞了。"灰翅一边警告锯峰，一边把他在身旁放了下来。小锯峰将皮毛上融化的雪水连连抖落，冰冷的水溅了灰翅一身，害得灰翅直打哆嗦。

"听着，锯峰！你要看清每次落脚的地方。如果仔细观察，你就会看出白雪覆盖下石头的形状。这样你才能判断走那里是否安全。如果你看不见石头，就先伸出脚掌探一探，看看雪究竟能踩进去多深，然后再决定是不是从上面走过去。"

"我明白了。"锯峰说。

猫武士

他俩继续往上爬着。路程艰难,兄弟俩步伐缓慢,疲惫不堪。灰翅觉得自己还能记得清岩架的方向,就率先走在前面。为了找到安全的道路前进,每走一步他都要先检查一番,努力绕过挡道的砾石。

到了后面,砾石越来越少,出现在他俩面前的是一片平坦的白雪。灰翅边检查边走了几步,发现踩下去是坚实的地面。终于遇到一段能一口气跑完的路了。灰翅心想。

他往雪地上跳去,一边舒展四肢,一边享受着风吹皮毛的感觉。"快点儿跟上!"他对身后的锯峰喊。

霎时间,灰翅脚掌下的雪毫无预兆地开始塌陷,他惊叫一声,猝不及防地掉进了冰冷的水中。灰翅疯狂地扑腾着,想要保持镇静。他想爬上来,可周围的积雪又湿又深,泥泞一片,每次他身子一挪,积雪便塌陷了下来。

灰翅掉进了小溪,溪水正把他冲下山坡。他挣扎着浮在水面上,想要寻找锯峰。小锯峰正顺着岸边飞奔,脸上满是惊恐的神色。

"我该怎么做?"锯峰哭号着问。

灰翅环视四周,想努力保持平静,但他的四肢已经开始发软。寒冷像利爪一样把他紧紧攥住。这时,他看到下边不远处有根树枝从雪堆中伸出,看样子是小溪涨水时把树枝冲到那里的。

"看到那根树枝了吗?"灰翅喊道,"把树枝的那头推过来。"

日光小径
RIGUANGXIAOJING

　　锯峰跃上前去，奋力想把树枝拖出雪堆。灰翅焦急地等着，身子已被水流冲到了树枝附近。此时，他冻得全身僵硬，腿已经没了知觉，湿透的皮毛越来越沉，好像要把他拖进水中。

　　如果这办法不管用，我就只能等着被秃鹫吃了。想到这里，灰翅不禁黯然伤心。

　　终于，锯峰成功移开了树枝。灰翅激动地朝他大喊道："对，就这样。把树枝推过来，然后固定好树枝，千万别把它松开。"

　　锯峰费力地把树枝推向水面。他蹲伏下来，爪子插进树枝，用全身的力气把它牢牢地压住。

　　水流把灰翅冲向树枝，又险些把他从树枝旁边冲走，一阵恐惧袭上灰翅心头。他艰难地划动疼痛的四肢，往前使劲，终于一口咬住了树枝。

　　锯峰连忙拖住树枝使劲拉了起来。胆战心惊之余，灰翅不禁佩服起弟弟顽强的力量和勇气。小锯峰继续用力，终于把哥哥从一片泥泞中拉了出来。灰翅疯狂地扑腾了一阵，终于踩到了坚实的地面上。

　　灰翅见自己终于脱险，一下子瘫倒在地。他浑身湿透，冷得直打哆嗦。有一阵子他甚至动弹不得。朦胧之间，他意识到锯峰正在用力为他舔梳，就像在他们年幼时寂雨为他们做的那样。灰翅感到弟弟伸长身体把自己裹了起来。他长叹一声，开始放松身子，感受着锯峰粗糙舌头的抚慰。最终，灰翅的毛发干了，暖流

传遍了他的全身。

他终于恢复了体力,坐了起来。

"我还以为你要死了。"锯峰睁大眼睛惊恐地说。

"我没事了,这都是你的功劳。"灰翅对锯峰说。

想到自己被锯峰所救,灰翅不禁尴尬万分:真不敢相信,我之前还对锯峰千叮咛万嘱咐的,自己却犯傻朝雪地直奔了过去!

灰翅不想再靠近那条被积雪遮住的小溪,便直接朝上方走去。这次,每走一步他都小心翼翼地检查一番,以免又掉到水里去。

"快看!"

锯峰恐惧的声音从后方传了过来。灰翅看到有一只鹰在空中慵懒地盘旋。四周没有避身之处。山坡上白雪茫茫,平坦一片,连一块能遮身的砾石也没有。

灰翅又仰头看了看。老鹰好像还没发现他俩,但很快它犀利的目光就能在雪地中发现这两只猫了。

"我看到了!"灰翅喘着粗气,突然灵光一现有了主意。想到这里,灰翅虽舒了一口气,但还是打了个寒战。"我们在雪地里挖个坑,把自己埋起来。"

老鹰向山的更高处飞去,它掠过山坡,用滚圆的眼睛搜寻着地上的猎物。灰翅知道时间所剩无几,他猛地刨开积雪,把锯峰塞了进去。

"我会闷死的!"锯峰在灰翅往他身上堆雪时抗议道。

日光小径
RIGUANGXIAOJING

"你不会的。现在别说话，别动弹。"

这时，灰翅已没时间再挖个坑了，于是俯下身子，直接钻到了积雪里。他感到积雪已经完全覆盖住了自己。寒冷如利爪般刺透了他的皮毛，他紧紧咬住牙关，以免老鹰听到他牙齿打战的声音。灰翅的耳朵里塞满了雪花，但他仍能看到老鹰的影子从他们头上直冲而过。

这里没你的猎物，快点儿飞走吧……灰翅大气都不敢喘，只能在心里默默祈祷着。

老鹰的影子从雪地上滑向远方，接着从灰翅的视野中完全消失了。灰翅又等了一会儿，实在忍不住了才从积雪里钻出来，他感觉浑身上下的骨头已冻成了冰柱。灰翅仰头察看了一番，见空中不再有威胁，这才长长地舒了一口气。

接着，他一边继续盯着空中，一边转向埋着锯峰的雪堆，开始往外刨雪。

锯峰爬了出来，抖落身上的雪块，问："它飞走了吗？"

"暂时飞走了。来吧，我们快跑起来暖暖身子，我们还要找一个更好的遮蔽处，防止老鹰再飞回来。"

两只猫拖着麻木的腿，跌跌撞撞地往山坡上跑去。一开始，灰翅满脑子都是找地方避身，等最后停下来一看，他才发现早已经跑过了原来要走的那个岩架。现在他俩离那参差的山岭只有几尾远的距离了。

"对不起。"他喘着粗气对锯峰说，"我们跑得太远了。"

锯峰仰望着山脊，兴奋得两眼发光，说："不如我们一直爬到山顶吧。我还从来没到过这么高的地方呢！"

　　灰翅理解这小家伙的激动心情，轻轻地发出咕噜声："好吧，那我们上去。"

　　寒风无情地吹打着他俩的毛发，兄弟俩拖着身子爬上陡峭的岩石，来到了山顶。山顶空间有限，只勉强够他俩并肩站在上面。

　　"哇！"锯峰睁大眼睛眺望四面连绵不绝的群山，惊叹道，"我从来都不知道这里竟有这么多的山！我从没想过世界竟有这么大！"他伸长脑袋，又接着问道："我们在这里能看到瀑布吗？"

　　"看不到的。"灰翅回答道，"我们走得太远了。我想瀑布应该是藏在那座悬崖的后面。"说着，他伸出一只脚掌朝那个方向指了指。

　　这时，灰翅转了个身。他面朝升起的太阳，激动得全身微微发麻：正如尖石巫师所说的那样，我们的新家就在前面的某个地方，我们会找到它！

　　突然，锯峰又发出一声尖叫。灰翅吓了一大跳，差点儿从山顶掉下去："怎么了？又有老鹰来了？"

　　"不是！我看到其他猫了！"

　　灰翅眯缝起眼睛朝锯峰指的方向望去。只见很远的地方，有一队小小的身影正在山坡上走着。

日光小径
RIGUANGXIAOJING

"来吧！"锯峰蹦蹦跳跳地说，"我们出发！"

"少安毋躁，可别掉下去了。"灰翅对他说，"我们要仔细规划一下路线。山顶风太大了，这里又毫无遮挡，我们要先想办法下去，同时也得保持前进，这样才能追上他们。"

兄弟俩开始并肩研究起地形来。让灰翅欣慰的是，他们要走的方向有更多的遮蔽处。

"我们朝那棵倒下的树走过去怎么样？"锯峰建议着，竖起尾巴指了指雪地里的一堆枯枝。

"好。"灰翅赞同地说。他暗暗惊叹小锯峰对路线的选择有这么好的判断力，竟知道只有从能藏身的地方走才能避开危险的大鸟。"不过，我来带头。"他补充了一句。

"只要你别又掉到雪下的小溪中就行啦。"锯峰忽闪着眼睛说。

这次兄弟俩走得还算顺利，他俩从一块砾石跳到另一块砾石。当踩到雪下松动的石子堆时，他们十分谨慎地往前走着。

不过没走多远，锯峰就停了下来，说道："我闻到猎物的气味了。"

灰翅吃惊地看着他，起初以为弟弟一定是弄错了。他可什么都没看见，但是很快，他也嗅到了一股微弱的气味。"哇，你很擅长发现猎物气息啊。"灰翅对锯峰说，"不过最好还是你去追踪吧。"

锯峰依着自己的直觉蹲伏下来，在追寻气味踪迹时，他的脚

步轻轻提落。灰翅见弟弟的追踪姿势完全正确,不由得暗自欣喜。小锯峰爬到一小堆石头边,一只小山鼬从里面蹿了出来。锯峰跃起,张开利爪,一把刺穿了山鼬的身体。

"我抓到它了!"他惊叫道,好像没想到自己竟会成功。锯峰弯下身咬了一口,把剩下的山鼬肉推到了灰翅面前。

"是你抓到的。"灰翅拒绝道,"应该你吃。"

锯峰摇摇头,斩钉截铁地说:"我们应该一起吃,分享食物才是正确的做法。"

灰翅开始吞食起来。吃完后,他用舌头舔干净嘴边的肉汁,发出一阵咕噜声:"谢谢。我现在感觉好多了。"

接下来,他们要从一片砾石间走过,小石子让他们的脚掌下不住地打滑。幸好,他俩在一条狭长的岩架前刹住了脚步,这岩架正是他们原先计划要走的路。

灰翅吸了一口气,一股久违的熟悉气味迎面扑来。这时,锯峰也嗅到了这股气息。"这就是其他猫走的路!"他兴奋地大喊道,那开心的样子就好像他们已经追上了其他猫似的。

"别高兴得太早。"虽然灰翅也激动得脚掌发麻,他还是警告锯峰,"我们还有不少路要走呢。"

日落时分,太阳沉入了群山。暮日从他们的身后斜下,在这对兄弟的前方投下狭长的影子。

"我们要停下来找地方过夜了。"灰翅说。

"我不要。"锯峰反对道,"我想继续赶路。虽然我们可能

日光小径
RIGUANGXIAOJING

看不清路,但我可以跟着气味踪迹走啊!"说罢,他紧紧闭上眼睛,把鼻子贴近地上的积雪,就这么一路嗅着向前走去。灰翅连忙冲到一边护着接应,生怕弟弟掉落悬崖。然而,这小家伙信心十足地向前挺进,尾巴还翘得老高。

"看到了吧?"锯峰停住脚步,睁开双眼,得意扬扬地说。

灰翅也想早点儿找到其他猫,便屈从了内心的愿望:"好吧。不过如果有危险,我们要及时停下来。"

锯峰迫不及待地点点头,率先走在了前面。

这是个多云的夜晚。虽然几近满月,可月亮藏在云层中时隐时现。有时,灰翅甚至连自己的胡须都看不见。锯峰在前面带路,他循着气味踪迹,谨慎地沿着岩架慢慢走着,俨然一副十拿九稳的模样。灰翅紧紧尾随其后,突然,他一头撞在了弟弟身上。"怎么了?"灰翅问。

"我有点儿拿不准了。"锯峰回答。

朦胧的月光中,灰翅隐约看见锯峰正四处探望,好像气味踪迹突然消失了。最后,锯峰直起身子,对灰翅说:"气味踪迹从这里转过去了。"

灰翅停顿了一下,想着是否应该就地歇息,等待天明,可他知道锯峰不会就此作罢的。最后,他说道:"那我们就跟着气味踪迹走吧,不过可要多加小心。"

锯峰带头向山上爬了一小段路,又向岩架折回。

"怎么了?"灰翅受伤的脚掌不慎踩到了一块尖尖的石头,

心有不悦地问道,"为什么不直接顺着岩架走呢?那样岂不更容易些吗?"

"我不知道。"突然,锯峰脚掌下的石子打滑,他一下子又滑到了岩架上,"不过其他猫就是从这里走的。"

虽然灰翅的嗅觉没锯峰那么灵敏,但他也闻到了其他猫的气味。他来到弟弟身边,一脸茫然地回头望去。正在那时,一束月光从云层中透了出来,一条宽大的裂口呈现在了他们面前,路面已经完全断开。

"快看!"灰翅大叫起来,想起刚才绝境逃生的惊险,他的四肢不由得瑟瑟发抖,"要不是你擅长气味追踪,我们刚才就掉下去了!"

听到这话,锯峰眼里闪着自豪的光芒,他循着气味踪迹,更加信心满满地走在了前头。

不久,小家伙的步伐开始蹒跚。灰翅的腿也是疼痛不已,脚伤又开始折磨他了。小锯峰一定是筋疲力尽了。

"我们走得够远的了。"灰翅说,"现在我们需要休息。我确定明天就能赶上其他的猫。"

锯峰刚要开口反驳,但他叹了口气,不得不承认道:"我实在是太累了。"

兄弟俩在路边一块悬垂的岩石下蜷起身子。锯峰几乎立刻就睡着了,他的胡须微微颤动,好像在梦中他还在追寻着气味踪迹呢。

日光小径
RIGUANGXIAOJING

灰翅做了个梦。梦中,他回到了山洞,四周是坚实的石壁,洞顶隐匿在一片阴影中。他听到了周围众猫的低语声。

"我们又该动身了。"荫苔说。

"我们应该先去狩猎。"晴天反对道,"我的肚子正在怀疑我的喉咙是不是断了。"

"不管怎样,先把月影叫醒吧。"玳尾接着说。

越来越多的猫加入了争论。朦胧中,灰翅心里有些纳闷,他听到的怎么都是那些离开家园踏上日光小径的猫的声音啊?

他睁开眼睛,只见太阳即将升到山顶,淡蓝的天空中飘着几缕白云。灰翅张大嘴巴打了个哈欠,舒展了一下僵硬的四肢。想到还要在茫茫雪地中跋涉一天,灰翅不由得心里有些发怵。

随后,他意识到此时梦中猫的话音还回荡在耳边。他又听到大家的议论声,接着晴天的声音清晰地在耳畔响起:"这下好了,荫苔,我们终于看到太阳了。今天的路应该好走些了吧?"

"锯峰!锯峰!"灰翅一跃而起,疲劳顿消。他戳戳弟弟的身侧:"他们就在这里!"

锯峰睡眼蒙眬地盯着他看了一会儿,忽然缓过神来,跳起来站在哥哥身边:"那我们还等什么?"

灰翅带头,兄弟俩顺着岩架向前全速跑去。在一个转弯处,积雪已经被踩硬实了,他俩撑起脚掌,滑过雪地。

"我找到他们的气味了!"锯峰激动地说。

与此同时,灰翅看到下坡不远处,远行猫们正围着一截空树

桩走着。清晨的第一缕阳光正照耀在他们身上。又有几只猫从树桩里走了出来,弓起身子,伸着长长的懒腰。

这时,清溪最先看到了他俩,她大叫起来:"快看!灰翅和锯峰来啦!"

其他的猫顺着清溪的目光看到了他们,陆续上前围了过来。

玳尾和另外几只猫最先跑上前来,她开心地说:"灰翅!你真的来啦!"

这时所有猫都聚了过来。晴天眼里洋溢着喜悦:"真不敢相信!我还以为永远见不到你们了。"

"你们这一路能自己走过来,真的很不容易。"高影接着说。

"不过,你们为什么要来这里呢?"荫苔问道。

短暂的寒暄过后,灰翅见到众猫开始面面相觑,大家眼里最初的惊喜淡去,转而泛起了忧虑的神色。

"山洞里一切都好吗?"清溪问。

"寂雨还好吗?"晴天接着问道。

"大家都很好。"灰翅打消了他们的疑虑。

锯峰走上前,自豪地挺起胸脯,对大家说:"是我出来找你们的!还记得我当时投的是离开的票吗?然后,灰翅就也跟过来啦。"

"噢,这么说,你是独自上路的了?"晴天友好地捅了捅锯峰,说,"我怎么一点儿都不感到意外呢?你可真敢冒险啊,幸

日光小径
RIGUANGXIAOJING

亏那时灰翅找到了你。"

"我知道。"锯峰感激地看了灰翅一眼,随后他开心地叫了一声,又接着说,"其实我也救过他的命呢!"

"确实如此。"灰翅说。接着,他转向晴天,问道:"你们还好吗?"

"我们还不错。"他哥哥回答道,"暴风雪拖慢了我们的脚步,但我们很确定所走方向是对的。"

"我们去过山顶。"灰翅用尾巴指了指那座山峰,向大家汇报,"在那里,我们看到了大山之外的地方。还有不少路要走,但你们翻过下一座山就能看到了。"

"太棒了。"晴天眼里闪着兴奋的光芒。

荫苔环视四周,挥动尾巴示意大家都聚到一起:"我们要尽快动身。"

"我们还是先吃饱肚子再上路吧。"月影打断了他的话。

这时,灰翅看到疾水和寒鸦啼正一起拖着只雪兔,艰难地朝坡上爬来。

"干得漂亮。"荫苔称赞道。他俩来到众猫面前放下猎物,看到灰翅和锯峰也在那里,疾水和寒鸦啼惊讶得直眨眼睛。

众猫围上前来开始进食。玳尾紧挨灰翅坐着,她轻声说:"很高兴你改变了主意。"

灰翅看了看四周,见大家也是一脸兴奋的样子。"我也很高兴。"他说。

第七章

众猫进食完毕,开始清洁皮毛。荫苔来到灰翅和锯峰身边,问道:"尖石巫师还好吗?"荫苔的眼里掠过一丝担忧。他眨眨眼睛,接着说:"从我们离开山洞之日起,仿佛都过了几个月了。"

"她很好。"灰翅回答道,"只是她十分担心你们,唯恐自己做出了错误的决定。"

荫苔说:"做出决定的是我们自己,是每只踏上这次远行的猫。尖石巫师只是给了我们这个机会。"

灰翅在心里苦涩地想:你去试试和尖石巫师那么说。

众猫集结好队伍,准备动身。很显然,荫苔是这次行动的指挥,但灰翅注意到晴天一有想法就会不假思索地提出来。

"我们为什么不朝那棵树走呢?"晴天摆着尾巴建议道,"然后我们可以越过小溪,这样就不用走那片岩地了。"

荫苔点头同意:"这主意不错。"

众猫出发,荫苔领头,晴天和清溪紧随其后。锯峰跟着晴天的脚步一路小跑,这小家伙对自己先前的冒险经历感到十分自

日光小径
RIGUANGXIAOJING

豪。除了锯峰之外，年幼的猫还有鹰扑、落羽和寒鸦啼。寒鸦啼是落羽的哥哥。现在这四个小家伙还没完全长大，所以爬过大砾石时显得力不从心。荫苔的女儿雨拂花和碎冰就走在这些幼崽身边，好在他们需要时提供帮助。

疾水和云斑并排走在队伍后面，他俩不太说话，时刻保持着警惕。斑毛和月影正并肩走在他俩后头。"你看到我昨天是怎么把老鹰吓跑的了吧？"月影得意地说，"要不是我那么英勇，那会儿寒鸦啼就被它抓走了。"

斑毛眼睛一翻，不屑地咕哝着："是啊，说得好像我们其他猫都没出力一样。"不过她的声音很轻，只有灰翅能听见。

灰翅暗想：看来月影离开山洞后性格一点儿也没变，他还是那么讨厌。

高影正沿着她弟弟月影的脚印大步走着。听见月影的自吹自擂，她未发一言。灰翅记得那时在山洞里，她也一直沉默寡言。不过她一旦发话，总是很有见地。

都是同窝生，怎么一个如此睿智，一个却是十足的绒毛脑子呢？

众猫跟着荫苔继续前行，不知不觉地，猫儿们便两两并排走到了一起。灰翅向身边瞅了一眼，看见玳尾跟了上来，走在了他的旁边。

"我可以和你走一起吗？"玳尾温柔地问。

"当然可以。"灰翅回答。

他们继续赶路,玳尾向灰翅倾诉起来:"我喜欢走在队伍后面。我喜欢看着大家平安走在前面的感觉。"

灰翅发出咕噜声,表示理解。他们顺着山谷向上爬去。渐渐地,灰翅的心情开朗了起来。太阳照在他们身上,暖暖的。

"和一个月之前相比,现在明显暖和了。"玳尾说,"寒冷的日子就要结束了。"

不久,众猫来到一个水潭前,小溪的水面在这里变宽,然后冲下山崖。阳光很强烈,潭面上的冰已经开始融化。大家都围到潭边,有的在饮水解渴,有的开始浸泡酸痛的脚垫。

灰翅坐在斑毛身边,他伸长脖子舔着泉水喝了起来。冰凉的泉水里满溢石头的清香和山里空气的甘甜。"能找到你们真好。"灰翅说,"我太担心锯峰了。"

"是啊。他那么小,只身跑来,太危险了。"这只玳瑁色母猫说道,"但是他做得很好。那时……"

说着说着,斑毛突然迅速将一只脚掌伸进冰冷的水中,啪地把一条鳞光闪闪的大鱼掀到了身边的岩石上。大鱼扭来扭去,不停地用身子拍打着岩石。斑毛利爪一挥,结果了它的性命。

"你这招是从哪儿学的呀?"灰翅吃惊地问。这时,其他猫也聚了上来,个个惊叹不已。

斑毛耸了耸肩,解释道:"以前天没转冷的时候,我常在瀑布下面的水潭里抓鱼。"说着,她低头咬了一口鱼肉,然后把鱼推到大家面前:"来,你们也尝尝。"

其他猫依次上前咬了一口鱼肉。灰翅不确定自己是否喜欢这种味道，他觉得还是山中带着土腥味的野兔更可口些，但落羽津津有味地把鱼肉咽了下去。

"你可以教我捉鱼吗？"她向斑毛问道。

斑毛金色的眼睛闪闪发亮，她看着落羽说道："当然可以，我们到了新家之后就教你。"

"我也说不清楚是否喜欢这味道。"寒鸦啼舔了舔嘴唇，好像并不喜欢鱼肉的味道，"斑毛，你别见怪，我想我已经吃惯兔子和老鹰了。"

"嘿，这可是食物啊！"月影兴致勃勃地说，他紧紧盯着剩下的鱼肉，好像还想再吃上一口。

"我觉得味道很棒！"清溪发出咕噜声，雨拂花应和着点点头。

轮到晴天吃的时候，清溪在一旁打趣道："我猜等我们到了新家，你就会想要多吃点儿鱼了吧。"

"呃……"晴天的口气有些不确定，他用尾巴拂了拂伴侣的皮毛，说，"不过如果我们的孩子喜欢吃鱼，我也会吃的。"说完，他和清溪深情地对视了一眼。

灰翅轻轻碰了一下哥哥，悄悄地问："清溪是不是怀孕了？"

晴天点点头，满脸幸福地眨了眨眼睛："她感觉是这样的。我知道时机不太好，毕竟刚出发就怀孕了，但是……我已经等不

及要做爸爸了。"

听到这话，灰翅心头顿时涌起一股浓浓的妒意，不过他还是强颜欢笑地说："清溪会是一个好妈妈的。"

大家吃了自己的那份鱼肉，都忍不住想偷个闲，于是纷纷在潭边的石头上晒起太阳来。

巧的是，水潭对面有只乌龟也趴在那里晒太阳。疾水指指乌龟，揶揄道："嘿，玳尾！原来你家是住在这里的呀！"

玳尾用脚掌轻轻掸了一下灰白相间的母猫，打趣道："这么说来，疾水，哪里雨哗哗直下，哪里就是你家喽？"

这时，晴天正望着在他脑袋上方盘旋的小鸟，向荫苔问道："你想不想让我试试看能不能抓只鸟过来？"

荫苔朝他们要走的方向望了望，摇摇头："我们还有不少路要赶呢。"

"急什么呀？"月影嘟哝着，"不管这新家在哪里，它都跑不掉的，是吧？"

"是啊。"寒鸦啼附和道，"我们好像都走了几年的路了。"

众猫纷纷应和。

"你们这帮懒家伙！"玳尾呵斥道，"我们才走了四天，现在连大山都还没出呢。"说着，她竖起颈部的毛发："我们都知道这个任务不容易。"

未等其他猫发话，高影站了起来。她用尾巴指了指远处山腰

上那几棵挺拔的松树,建议道:"要不我们今天就争取走到那些松树下吧。"

"好主意。"斑毛赞同地说。

方才一触即发的紧张气氛顿时冰消雪融。灰翅见众猫纷纷起身准备出发,不禁舒了一口气。大家动身后,灰翅慢慢落到队伍后方,走到清溪身边,说:"晴天告诉我你怀了幼崽了。这太棒了!"

清溪害羞地盯着脚掌。"我还没准备好要告诉大家这个消息。"她喃喃地说,"我不想让大家觉得我会拖累他们。"

"没有谁会那么想的。"灰翅安慰道,"不管我们在哪里安家,你孩子的诞生都会是一个极好的开始。"

晌午刚过,荫苔停止前行,众猫也停住脚步,纷纷聚到他身后,他们此时已经走到了岩架的尽头。前方有一道大斜坡,坡上碎石遍布、非常滑脚。这道斜坡通向一面陡峭的悬崖,悬崖下方则是幽深的山谷。

"我可不喜欢这种路。"鹰扑嘴里嘀咕道。

"我也不喜欢。"寒鸦啼接着问,"我们一定要从这里走吗?"

"是的,我们只能走这条路。"荫苔不等众猫反对,就神色坚定地说,"我们结对慢慢走。年幼的猫可以走在里边。"

"晴天,我能和你走一起吗?"锯峰扭动着身子爬到碎石坡前。

灰翅暗暗佩服小锯峰的勇气。他想了想谁最需要他的帮忙，于是向寒鸦啼走去，对他说："如果你愿意，可以和我一起走。"

寒鸦啼感激地看了灰翅一眼。"谢谢。"虽然他的胡须紧张得微微发颤，但他还是尽力使声音平稳下来，"我没法不担心那面悬崖，太险了。"

"你不要看下面就行。"灰翅提醒他说，"紧紧靠着我，落脚时先确定脚掌踩在了硬实的地方，再把身子移过去。"

寒鸦啼认认真真地听着灰翅的话，问道："我可以用尾巴保持平衡吗？"

"好主意。眼睛看向前方，不管怎么样，都要保持冷静。"灰翅说。

寒鸦啼点点头："我准备好了。"

这时，荫苔已经开始爬上碎石坡，他慢慢地稳步朝前面的山腰走去，那儿有堆砾石，还有片荆棘丛。晴天把锯峰带在身边，跟着荫苔爬了上去。

接下来是清溪和落羽。清溪靠外侧走，因此离悬崖边更近。晴天担心地回头看了一眼，好像很想回去帮清溪一把。

"我不会有事的。"清溪对他喊道，"你自己落脚时小心些。"

灰翅和寒鸦啼对视了一眼，并肩上了碎石坡。虽然灰翅没有往下看，但他知道自己离悬崖只有几尾远。忽然，他脚掌打滑，

日光小径
RIGUANGXIAOJING

踢到了几块光滑平坦的石头,石头纷纷滚落悬崖。一刹那,灰翅真怕自己也会和那些石头一起掉下去,不过他还是设法保持住了平衡。

"你还好吗?"寒鸦啼问道,他双耳贴平,眼睛瞪得大大的。

"没事,我们接着走吧。"灰翅没多说什么。

他朝前方瞄了一眼,只见荫苔已平安到达。前方一块平坦的大石头上落了一层白雪。晴天把锯峰轻轻推到大石头上后,这才艰难地爬出碎石坡,在锯峰身边坐了下来。

"加油!"锯峰大喊着给大家鼓劲,"这路也没那么难走!"

很快,清溪和落羽也安全到达。灰翅见坚实的路面就在前方,心情这才放松了一些。他壮着胆子回头瞅了一眼,只见身后大家正陆续稳步走来。

我们不会有事的。

突然,一声尖叫打破了周遭的寂静:"老鹰来了!老鹰来了!"

锯峰大声嚷嚷着,他在那块石头上跳来跳去,摆着尾巴指向天空。灰翅抬头看到两只老鹰正向碎石坡上无处藏身的猫俯冲下来。

一时间,众猫惊慌失措。大家乱了阵脚,开始逃命,碎石子在他们的脚底滑来滑去。灰翅脑海中浮现出一幅恐怖的景象:有

猫武士

的猫失足跌入谷底,有的猫尖叫着被老鹰抓走。

寒鸦啼原本还差一尾远就能抵达安全的地方,此刻却惊恐地愣在那里。灰翅见状猛地叼起他的颈背,把他拖出斜坡,推向晴天和荫苔。随即,灰翅果断掉转方向,朝部落猫走去。

他想加快速度,无奈脚掌却开始打滑。灰翅注意到,斑毛此时已无法刹住脚,她惶恐地哀号着,正无奈地向下滑去,挣扎着想要站稳脚跟。

"我来了!"灰翅喊道。

他向部落猫和斑毛之间的地带跑去,众猫踩落的石子如雨点般朝他头上落下,灰翅连忙左右躲闪。他跑到斑毛上面一处没有落石的地方站稳,瞅准斑毛下方一个能落脚的地方,便急转方向跑了过去,准备在那里把斑毛接住。

斑毛盯着灰翅,眼里满是恐惧,她用力摆着尾巴,徒劳地在碎石坡上划拉着脚掌。

灰翅来到那个落脚处,把爪子深深插入石缝,稳住脚跟,绷紧身子,准备承受斑毛滑下来时的重量。随即,斑毛滑到了灰翅身上,灰翅感到自己脚掌下的大地开始移动,他也慌乱起来,庆幸的是他终究还是接住了斑毛。

斑毛发疯似的又想爬上坡去,但四周实在没什么结实的东西能让她抓住以停止下滑。

"不要动!"灰翅喘着粗气说。这时,老鹰已俯冲下来接近了他们。见老鹰张开利爪,翅膀尖掠过部落猫的头顶,灰翅不禁

日光小径

心惊胆战起来。

大多数猫已经安全到达，可是鹰扑和雨拂花仍落在后面，而此时灰翅也还没救下斑毛。

看来我们注定要成为老鹰的美餐了。

正当斑毛奋力挣扎时，月影从他们头顶上方的斜坡跳了下来。"快来，走这边。"他一边对斑毛说，一边撑起肩膀抵住了她。

斑毛跌跌撞撞地一步步向碎石坡的尽头走去，月影承受着她部分的重量。灰翅跟在后面，脚掌划拉了一通才设法站稳。

他们终于走上了坚实的地面，月影把斑毛推到前面，吃力地爬到她身边。接着，月影和斑毛一起冲到了一块悬垂的岩石下面，大家都躲在那里，灰翅飞奔着跟了上来。很快，雨拂花和鹰扑也及时从鹰爪下逃脱，匆匆跑了进来。

众猫在岩石下缩成一团。"大家都好吗？"荫苔环视着大家问道。

"我们还好。"晴天回答。

"就是差点儿吓得丢了魂。"玳尾接着说道。

斑毛垂着头蜷缩在那里，她仍蓬着一身毛，浑身瑟瑟发抖。"对不起。"她喃喃地说，"刚才我被吓蒙了，差点儿害你们丢了性命。"

"别再担心了。"月影挺着胸膛说，"下次你就有经验应付了。"

玳尾靠近灰翅，贴着他的耳朵说："月影救斑毛的行为，我还是很佩服的。不过他永远不会知道这点，因为我根本就不会告诉他。"

灰翅被她逗乐了，他点点头对玳尾小声说："虽然他勇气可嘉，但他还是个讨厌的毛球。"

疾水一直紧盯着悬垂岩石边上的动静，回头对大家说："那两只鹰就在那里。它们知道我们在这儿，看来它们准备守上一整天了。"

此前，灰翅险些被老鹰抓走，那种绝望的感觉现在想起来仍令他不寒而栗："如果这是能让大家平安无事的唯一办法，我们不如就在岩石下一直等它们飞走吧。"

"那要等多久啊？"鹰扑质疑起来，"我不知道其他猫怎么样，反正我是要吃东西了。"

众猫窃窃私语起来，有些猫愤愤地附和着鹰扑的话。

"我们要保护好自己。"荫苔向灰翅点了一下头，做出了决定，"我们就在这里等着吧。"

猫群里咕哝了几声，渐渐安静下来，有的开始舔脚掌缓解酸痛，有的蜷起身子睡觉。起初，大家似乎很高兴有休息的时间，但随着时间慢慢过去，他们又开始焦虑起来。

云斑从岩石下探出脑袋，又猛地缩了回来。他瞪圆了双眼，大惊失色地汇报道："又飞来了两只老鹰。它们就停在这块岩石顶上。"

日光小径

这时,从空中传来几声鹰唳,灰翅打了几个寒战。这些老鹰仿佛摆出了和众猫一决胜负的架势。它们知道我们就在岩石下面。

夜幕降临,可老鹰没有要飞走的意思。更糟的是,有只老鹰还跳了下来,把脖子伸进岩石下探察情况。眼看那黄色的鹰喙咔吧咔吧地张合着,灰翅害怕得心扑扑直跳,他迅速把玳尾推到身后护着,以防鹰喙伤害到她。众猫纷纷后退,贴着石壁瑟瑟地缩成一团。老鹰用它那双黄眼睛恶狠狠地盯着他们看了好一会儿,这才扑打着翅膀飞走,不过大家都知道那四只鹰仍守在那里。

"我们可不是老鼠!"老鹰飞走后,晴天对大家说,"别把我们当成猎物!我们给老鹰们点儿颜色瞧瞧,让它们知道,在这里,我们才是狩猎者。"

"那我们该怎样做呢?"雨拂花问。

晴天的目光扫过蜷在一起的众猫,冷静地说:"我们出去抓一只老鹰下来。"

听到这话,灰翅顿时吓了一跳。他看了看周围,只见其他猫也惊恐地面面相觑。

"这是不可能的。"荫苔坚决地说道,他的声音有些不容置疑,"外面共有四只鹰呢。"

晴天无所畏惧地反驳道:"我们这里的猫更多。"

灰翅暗暗佩服哥哥的勇气,心里涌起一线希望,犹如冰锥开

始消融时流下的水滴。他向大家劝道:"至少我们先听听晴天有什么办法吧。"

荫苔先迟疑了片刻,然后把头一点。

"我相信四只猫就能抓下一只鹰来。"晴天解释道,"我、高影、疾水和寒鸦啼。"晴天的目光掠过被点了名字的猫,接着说道:"我们四个都能跳得很高,可以合力把一只老鹰给拽下来。"

灰翅上前一步,说:"我也想帮忙。"

晴天回答:"正有需要你出力的地方。你跑得最快,我想让你去把其他老鹰引开。你带上三只猫一起行动。"

荫苔挤到前面,站到晴天身边,平静而威严地说:"你需要我们怎么做,把你的具体计划告诉我。"

晴天用一只脚掌拨过来几颗圆石子,一边把石子排开,一边说道:"那四只鹰在这里。灰翅带领他的猫把三只老鹰引开。我带着猫上去把第四只鹰围困住。"

众猫注视着晴天,纷纷聚了上来。灰翅在脑海中过了一遍晴天的计划,最终点头同意:"这办法应该能行。"

"要不我们就在这里一直等到天黑,然后悄悄溜走怎么样?"玳尾建议。

晴天大怒,他转向玳尾,大声斥责:"然后呢?明天怎么办?后天、大后天又怎么办?就这么让老鹰一直追着我们?我们要先制住它们,这样,那些家伙才不敢再来惹我们。"

日光小径
RIGUANGXIAOJING

"晴天说得对。"高影表示支持。

其他猫虽没有那么确定，不过他们也都接二连三地同意了晴天的计划。

"好。天色已晚，我们要立即行动。"晴天干脆地说道。

荫苔镇定地开始部署捉鹰计划："玳尾、云斑、清溪，你们跟着灰翅去引开三只老鹰。尽可能让剩下的那只鹰留在岩石附近，这样晴天他们好跳出去抓住它。"

听到荫苔点了清溪的名字，晴天慌了神，他抽动着胡须反对道："清溪跑得可能不够快。"

荫苔惊诧地抽了抽耳朵："她跑得几乎和灰翅一样快。"

灰翅注视着哥哥，心里知道晴天为什么反对荫苔给清溪安排这么重要的任务：他是在担心他们还没出生的幼崽。

"我不会有事的。"清溪坚持着，话里有话地又说了句，"灰翅会照顾我的。"说完，她调皮地用尾巴尖拂了拂晴天的耳朵。

"那我们剩下的要做些什么呢？"锯峰急躁地抽动着尾巴说，"你们知道的，我之前袭击过一只鹰，我有经验对付它们！"

荫苔说："你们剩下的猫就留在这里。如果有需要，随时冲出来接应。"接着，他严肃地对锯峰说："你得时刻做好准备，随时发动袭击。"

锯峰迫不及待地点点头，马上在悬垂的岩石边俯下身子，随

时准备跃出去。

灰翅抽了抽耳朵，向玳尾、清溪和云斑示意出发。他们不顾危险一起从岩石下方走出来，借着暮色在岩石间匍匐前进，一直爬到了离岩石有段距离的地方。

"行动！"灰翅发出了命令。

他们一下跳出岩石，高声叫着吸引老鹰的注意。四只鹰纷纷飞来，在他们头上的悬崖上飞落。这时，那四颗脑袋朝他们扭了过来，一瞬间，恐惧涌上灰翅的心头，他浑身颤抖起来。

两只鹰扑扇着笨重的翅膀飞到高处，随即俯冲下来。

"云斑！玳尾！跑到那块砾石那里，把老鹰引过去！"

两只猫接到命令，飞奔过白雪皑皑的斜坡，两只老鹰拍打着翅膀追了过去。当老鹰从灰翅和清溪头上飞过时，他俩赶紧挤在一起躲在砾石下面。

"我来把另外两只引来。"清溪轻声说道。

灰翅还没来得及作答，清溪已经悄悄跑了出去，假装崴了脚，在雪地上转着圈小跑起来。另外两只鹰起身向她飞来，她猛地冲回那块砾石，和灰翅会合。

"好险！"灰翅咕哝着。

"不过这招管用，对吧？"

两只鹰飞了下来，一只停在岩石上，另一只落在地上向里面窥视。灰翅见晴天他们爬出岩石，准备向落在岩石上的那只鹰发起围攻。

日光小径
RIGUANGXIAOJING

我们得把地上的那只鹰引到远处。灰翅心里琢磨。

他用尾巴指了指附近的一处灌木,希望清溪能明白他的用意。清溪会意地点点头:"我准备好了。"

随即,他俩一起跳到空地上,跑到落在地上的那只老鹰的前面。老鹰长啸一声,飞身追逐。灰翅回头望去,看见晴天奋力一跃,高高跳起,抓在了岩石上的老鹰脖子上。老鹰想飞起来,但晴天重重地挂在它身上。另三只猫见状一跃而上,合力把老鹰从岩石上拖了下来。

这一幕看得灰翅瞠目结舌,他竟然忘了留意脚掌下的路。霎时间,他飞奔着的脚掌卡到了什么硬邦邦的东西,他失足绊了一跤。"兔子屎!"灰翅低嘶着定睛一看,原来雪地里掩着一截长满瘤子的树根。

一阵剧痛朝他腿上袭来,灰翅的脚步踉跄了起来。他感到老鹰正向他俯冲过来,忙拖着脚掌奋力向前移动。忽然,在昏暗的光线下,清溪那身虎斑皮毛在他眼前一闪,灰翅意识到清溪掉转方向跑来救他了。她用肩膀抵住灰翅,把他向一丛灌木推了过去,接着用力把他推进荆棘枝间的窄缝中。

灰翅心里充满了恐惧,此时眼前已模糊一片。他扒拉着荆棘,身子往里直拱,好腾出地方让清溪也钻进来。可他刚转过身来,就看见清溪朝外滑了出去,她挣扎着想把爪子插进地里,但一切努力都是徒劳。

怎么回事?剧痛使灰翅一时间没回过神来。随后,他看见老

鹰抓住了清溪，那鹰爪残忍地插进了她的臀部。清溪惨叫连连，但那只鹰扇动着翅膀，拎起她飞离了地面。

"灰翅！救救我！"

第八章

灰翅顾不得腿上的剧痛，急忙从灌木丛下爬了出来，猛地向上跃起，但他伸出的前掌只碰到了清溪的尾巴。老鹰展翅飞到了高处，发出得意的尖啸。

"快还击！"灰翅一路疾追，朝清溪大喊，"先想办法让它松爪！"

只见之前追赶玳尾和云斑的两只老鹰在空中盘旋了一圈，随即朝它们的同伙飞去。灰翅用眼角的余光瞥见晴天他们已经制服了第四只鹰，几只猫咬住它的脖子，几口便结果了老鹰的性命。

另三只鹰在空中越飞越高。清溪被抓上了天，她的呼救声渐渐消失。灰翅惶恐至极，穷追不舍。他从一块砾石跳到另一块砾石，在松散的石头间一蹿而过。他拼命地加速，脚垫已被磨得血肉模糊。

"灰翅！别追了！"他隐约地听到玳尾在身后喊着。

云斑和玳尾追上灰翅。云斑上气不接下气地说："你现在追不上她了。"

灰翅万念俱灰，他长嚎一声，失落到了极点。霎时间，他刹

住脚步，发现自己已经追到了悬崖的边缘。方才要是再跑几步，他就会坠下山谷。

"清溪！"灰翅沉浸在愧疚和悲伤之中无法自拔，他喘着粗气，侧腹剧烈地起伏着，"都是我害了你！"

云斑身子靠紧灰翅。玳尾颤抖着声音安慰他："你已经尽全力了。"

灰翅待在崖边，不肯离去。他想象着自己掉下去在岩石上摔得粉身碎骨的情形，不由得脑袋一阵眩晕，身体左右晃动。云斑见状忙把他从崖边硬拖了开来。

"快来。"这只黑白相间的公猫劝道，"我们要去和大家会合了。"

灰翅转过身离开了悬崖。这时，晴天和高影迎着他们跑了过来。

"我们成功了！"晴天胜利地高喊，"我们把那只鹰给解决了。"

这时，就连平日里一向沉默矜持的高影也难掩兴奋之情，她那双绿莹莹的眼睛闪动着。

寒鸦啼也跑了过来站在他们身后。他的一只耳朵被扯破了，还好身上的其他地方没有大碍。"这下这些鸟就不敢再来骚扰我们了。"他心满意足地说。

忽然，晴天一怔，他环视四周，不解地问："清溪呢？"

灰翅本想开口回答，但悲伤再度袭上心头，说不出话来。

日光小径

"对不起。"玳尾轻声说,"一只老鹰抓走了她。"

晴天顿时瞪大眼睛,怔怔地站着,仿佛变成了一座冰雕。"这不可能!"他吼道,"清溪跑得那么快,怎么可能被老鹰抓走!"他转向弟弟,质问道:"灰翅,当时你为什么不帮她?"

"我……腿受伤了。"灰翅结结巴巴地说,"是清溪帮我逃到了灌木丛里。"

晴天的目光里立刻多了几分愤恨:"你把她丢在外面了?"

灰翅无助地摇着头,他本想为自己辩解:"情况不是那样的……"但他很快就把话咽了回去,因为他不知该说什么来向大家证明自己的无辜。要是说清溪的死不该由他负责,这种话他自己第一个不会相信。

"好了。"云斑用一只脚掌拂着灰翅的侧腹,喃喃地说,"这不是任何猫的错。"

"是这样。"晴天站了起来,迈着步子探察起了地形,"老鹰是往哪个方向飞走的?"

大家都直盯着灰翅。这时,荫苔从那块悬垂的岩石下走了出来。高影急忙上前向荫苔汇报情况。

荫苔走到猫群前,他把尾巴搭在了晴天的背上,说道:"我们现在已经无法救出清溪了。"

"我们必须去救她!"晴天抗议道,他的声音里满含温情和痛苦,"她已经怀了我的孩子!"

听罢,众猫大惊失色,纷纷叹息。一想到这些小生命还没出

猫武士

生就和他们的妈妈一起丧生鹰腹,灰翅更是悲不自胜。

荫苔摇摇头,喃喃地说:"我们失去了太多太多……"

荫苔一直把尾巴搭在晴天的肩上,他好不容易才把晴天劝住。这两只猫一起往悬垂的岩石走去,其他猫还等在那里。玳尾已先走一步,回去公布清溪的死讯。云斑则陪着灰翅走着。

他们一行回到岩石下。大家都已沉浸在悲痛的气氛中,四下里一片肃穆。此时,甚至连月影都瞠目结舌,不再像平日里那般絮叨。

众猫围住晴天,静静地表示哀悼。然而灰翅知道,此时无论说什么都不能缓解晴天的悲伤。他们甚至不能使他相信清溪死得干脆利落、毫无痛苦。

灰翅爬到角落里躺了下来,把头搭在脚掌上。没过多久,玳尾来到他的身边,紧靠着他,他俩的皮毛贴在了一起。

"这不是你的错。"她轻轻说道。

灰翅心里痛苦地想:但是这事怪我,这事绝对怪我。

那天晚上,大家都没怎么睡好。拂晓时,天又冷又暗,众猫从岩石下爬出,来到了空地上。灰翅也钻了出来,荫苔正把老鹰的尸体往他们面前拖。

"我们需要吃东西。"荫苔把猎物放到猫群中间,"我们需要保持力气。"

晴天是最后出来的,他的眼睛黯然无神,充满悲伤。起初,

日光小径

他从猎物旁边走开,但高影把他轻推了过去。最后,晴天蹲伏下来,吃了几口。

等他吃完,荫苔开口问道:"晴天。你想回山洞吗?"这位一贯雷厉风行的领队此刻听上去有些不太确定。"清溪是在这大山里离世的,也许你会想要留下。"

晴天迟疑了一下,接着摇了摇头:"我向清溪保证过我们会找到更好的家园。为了她,也为了我们的孩子,我要找到这个地方,兑现我的承诺。"

看到哥哥展现出的勇气,灰翅感到了撕心裂肺的痛,他再次陷入极度的悲伤和自责中。

"清溪为了我们大家逃离鹰爪,牺牲了自己。"荫苔对晴天说,"为了纪念她,我们要永远将她铭记在心。"

晴天低下了头,但是没有说话。

"好。"荫苔接着说,他发现自己很难再发出像往常那样干脆利落的声音,"我们继续向前,走到那些松树那里。我们要在中午前赶到那儿。"

众猫继续前行。一路上,悲伤的气氛一直笼罩着他们。灰翅发现晴天身边的猫都不太自在。他硬着头皮走到哥哥身边,做好了心理准备:就算晴天把我的耳朵撕下来,我也毫无怨言,但我不能对他不闻不问。

不过这时,月影走上前,对晴天轻声说:"来,今天我来陪你走。"

猫武士

他们朝松树的方向走去时,云斑放慢脚步,落到队伍后面,走在了灰翅的身边。为了避免尴尬,云斑并没有说什么安慰的话,他们就这样一起静静地走着。

正如荫苔所料,当他们走到那片松树时,已接近晌午。棵棵松树在风中摇曳着。高影跳上最高的那棵松树,小心翼翼地在一根多刺的松枝上站稳,她脚掌下的那根细枝来回摇晃个不停。

"我看到出山的路了!"她喊道。

"哇!我们就快到了!"玳尾兴奋地喊道。

"路是什么样子的?"疾水问道。

然而,猫儿们激动的议论声很快安静下来。灰翅知道大家此时都想起了清溪,都在为她没能和大家一起走到这里而深深难过。

"现在该走哪条路?"荫苔抬头望着树上的高影问道。

"从这道斜坡下去。"高影回答,她用尾巴指了指方向。说完,她用爪子插进树皮,沿着树干,慢慢下了树。"在这座山峰下有道狭窄的溪谷通向山脊的尽头。那里的路是平的!"她一边说,一边从几尾高处的树干上跳下来,脸上满是胜利的喜悦。

众猫继续赶路。阳光有些晃眼,大风吹乱了他们的皮毛。他们走过一片宽阔的石坡,灰翅感到有些心神不安——两只老鹰正高高盘旋在他们的上空,不过它们并没靠近猫群。

寒鸦啼说:"看来它们已经吸取了教训,不敢再对我们怎么样了。"

日光小径

灰翅什么也没有说,他不知道该不该支持寒鸦啼的观点。也许这只能说明它们昨天饱餐了一顿。

他希望自己能有勇气走到晴天旁,向哥哥忏悔。清溪遇害,自己难辞其咎,灰翅好想告诉哥哥自己是多么地难过。但是,他知道他无论如何也开不了口。最后,灰翅在离晴天几步远的地方走着,把痛苦深深地压在心底。

很快,地面愈发平坦,石头越来越少,积雪越来越薄,又粗又短的草皮露了出来。大山的样子也发生了变化。岩石遍布的陡峭山峰渐渐变成了地势平缓的圆顶山包。

众猫绕过山侧,从一道陡坡走下狭窄的山谷。谷内的树木高大而葱翠。灰翅以前只见过瀑布边那些饱经风霜的松树,现在,看到此处的大树长得是如此枝繁叶茂,不禁惊得瞪大了眼睛。

他们向下走得更远了。突然,灰翅发觉一棵树的树干上有些许动静,只见一个赤褐色的小家伙正在往上爬。灰翅很快反应了过来:是松鼠!和老年猫故事里说得一模一样!

想到这里,灰翅纵身扑了上去。不料,疾水的动作更快,她那灰白相间的身影从灰翅旁倏地闪过。只见她利爪攀着树干,在松鼠后面穷追不舍。那小东西刚想沿着树枝逃生,就被疾水一把抓住。疾水嘴巴一张,一口结束了它的小命。

她把猎物往下一抛,得意扬扬地跳下树来,高兴地大喊:"太好了!我们还没离开大山,就能捕到猎物了!"

大家都围上来,各自咬了一口松鼠肉。只有晴天还在原处,

他转过身去,咕哝道:"我不饿。"

灰翅硬是逼着自己吃了一口下去,不过那东西味同嚼蜡。他眼望晴天,搜肠刮肚地想要找到话来安慰哥哥,好让他不再那么悲伤。

谷底,一条浅浅的小河正在山石间汨汨流淌。远处有条绿草如茵的小路通向一大片平原。

"我们成功了!"雨拂花兴奋地喊,"我们就要走出大山了!"

"快了。"荫苔用鼻子碰了碰女儿的肩部,"首先我们得想办法过河。"

大家散开,沿着河岸来来回回地走着,以求找到能安全过河的最佳方法。虽然岸边的水较浅,但河水中央有一道深深的暗沟,那湍急的河水看上去甚至能把一只猫卷走。

"快过来!"鹰扑从远处河水上游向大家喊道。等众猫聚上前来,她继续说道:"或许我们能踏着这些石头过河。"

灰翅也看到了这一段水域中破开浪头的凸起岩石,然而某几块岩石之间的距离未免也太宽了,有一两块石头甚至会不时被水花浸没。

"我可不觉得我会喜欢这个过河的办法。"寒鸦啼嘀咕着。灰翅发现有几只猫和寒鸦啼一样心存顾虑。

"看样子我们也别无他策了。"荫苔说,"鹰扑,你想的办法很不错。我先过去。"

日光小径
RIGUANGXIAOJING

灰翅看着荫苔那跳跃在石头上的矫健身影，顿时感到过河这事变得容易了许多。接下来是晴天。灰翅看着哥哥过河时那草率匆忙的样子，不禁担心他是否真把自己的安全当回事。

起初，灰翅退到后面打算让其他的猫先过河，然而锯峰一下子跳到了过河的石头上，灰翅只有连忙跟了上去，这样万一弟弟遇到麻烦，他也好帮上一把。可没想到的是，锯峰一边稳稳地在石头上跳来跳去，一边兴奋得尖叫连连。最后，小家伙几乎滴水未沾就到了对岸，自命不凡地竖起尾巴在岸边走来走去。

灰翅转过身来，有几只猫还在河的另一边。现在正在过河的是疾水，她的动作迟缓不定，每跳一次都犹犹豫豫，哪怕一点儿水花溅到身上都畏首畏尾。她好不容易到了河中央，可又在一块平坦的石头上停了下来。"我不喜欢河水漫过脚掌的感觉。"疾水抱怨道。

"那就别傻站在那儿！"月影毫不留情地对她嚷嚷。

疾水愤愤地朝月影低嘶了一声。气愤之余，她没算准两块石头间的距离就跃了出去。这一幕吓得灰翅顿时面部扭曲了起来，只见疾水落脚不稳，脚掌在又湿又滑的石头上划拉了一通。转眼间，她尖叫一声，掉进河里，在水里慌乱地扑腾着脚掌。

灰翅想起自己之前落水时的狼狈情景。他环视四周，希望此时也能找到根树枝救下疾水，但他没有看到任何能派上用场的东西。

这时，还没等大家反应过来，落羽就从河岸跃入水中，向疾

水划了过去。灰翅眼睁睁地看着这一切，顿觉紧张得喘不上气来。落羽游泳的姿势虽然算不上优雅，但她动作迅速利落，那一招一式里透着十足的自信。就在疾水开始下沉的那一刹那，她赶到了疾水的身边。

落羽把头高高地伸出水面，紧紧咬住疾水颈背处的皮毛。虽然疾水的个头比她大了许多，落羽还是推着这只灰白相间的母猫，奋力挣扎着向岸边游去。

当她俩向岸边靠近时，灰翅和荫苔在岸上蹲伏下来接应，一起把疾水拉上了岸。落羽跟在后面吃力地爬了上来，将皮毛上的水花纷纷抖落。

"太棒了！"锯峰喊道，他那双湛蓝的眼睛盯着落羽，目光里满是钦佩，"你真勇敢！"

"我只是做了任何猫都会做的事。"落羽谦虚地说。

"大多数猫是不敢往河里跳的。"鹰扑说。

疾水躺在岸上，浑身发颤，不住地往外吐水。"真对不起。"她大口喘着气说，"我真蠢，刚才害落羽冒险了。"

"好啦，现在没事了。"玳尾一边安慰着疾水，一边伏下身用力把她皮毛上的水舔掉。

为了让疾水身上的毛快点儿变干，灰翅和云斑也一起上来帮忙舔梳。同时，落羽也舔梳自己的皮毛。当斑毛主动问落羽需不需要她也帮忙舔梳时，落羽谢绝了，说："没事，已经干了。快点儿，我们可别在这里待上一整天。"

日光小径
RIGUANGXIAOJING

这时，阳光渐渐褪去了颜色，阴影向猫群周围拢了过来。众猫沿着河边的小路跋涉着，他们冷得瑟瑟发抖，每迈出一步都倍感疲倦。

"我的毛凉飕飕的。"疾水咕哝道，"我全身都湿透了，正常猫不该遭这种罪。"

锯峰正走在灰翅身边，他轻轻地嗤笑了一声："我觉得疾水应该把她名字改成避水了！"

最终，荫苔在一丛灌木边停下，竖起尾巴示意大家停止前进。"我们就在这里过夜。"他向众猫宣布道，"你们有想去狩猎的吗？"

"天太黑了。"鹰扑反对道。

"但我可以嗅到猎物。"月影说，他迫不及待地舔着嘴巴，"我来看看能追踪到什么猎物。"

"我也是！"锯峰兴致勃勃地补充道。

"你们想去试试，这很好。"斑毛说，"但我真怀疑你们能不能抓到什么东西。"

两只狩猎猫离去后，其他的猫开始在灌木丛中寻找能临时睡上一觉的地方。灰翅朝哥哥走近了一些，他希望他俩还能像在山洞里那样睡在一起。然而晴天转过身去，在一根低低的树枝下蜷了起来。灰翅叹了口气，只好去找其他地方休息。他找到一处草丛趴了下来，这时，荫苔走了过来。"你不该把清溪的死归罪于自己。"这只黑白相间的公猫开口说道，"当初每只猫既然选择

了离开,就知道他们今后可能会面临危险。"

"但那明明就是我的错。"灰翅阴郁地坚持道,"她是为了帮我,才忘记留意自己的安危的。"

荫苔同情地凝视着灰翅,目光里充满了理解:"如果当时你是她的话,你也会做出一模一样的事。要是清溪还在世,她是不会怪你的。"

灰翅把头转了过去,他避开了荫苔那锐利的目光,粗声粗气地说:"要是她真能生还,她就没必要怪我了。"

荫苔没有再说什么,灰翅听见了他离开的脚步声。灰翅蜷在草窝里,闭上了眼睛。不一会儿,他感到有只猫蜷在了他的身边,玳尾的气息扑面而来。

灰翅刚要睡着,便听到重重的脚步声,接着传来锯峰得意扬扬的声音:"快看我们捕到了些什么!"

灰翅和玳尾爬了起来,其他猫也纷纷站了起来。大家上前围住了锯峰和月影。他们面前的地上放着一只褐色的小鸟和一只肥大的老鼠,那只老鼠的个头差点儿可就赶上一只猫崽了。

"刚才谁说的我俩晚上不能狩猎的啦?"锯峰沾沾自喜地说。

大家在山里饿了好几天,眼前的猎物无疑好似山珍海味。众猫顿时精神大振,就连晴天也吃了几口。

"每当这时,我们都要记起尖石巫师。"待众猫吃完猎物,荫苔说,"感谢她为我们指明方向,我们这才得以离开大山,去

日光小径
RIGUANGXIAOJING

寻找猎物常年丰沛的地方。"

灰翅抬头仰望星空，在心里说道：尖石巫师，我打心底里感谢你。如果我能当面告诉你我们已经走了这么远就好了。

黎明时分，灰翅醒了，他爬了起来。四周的猫儿们也都从灌木丛里的窝中探出身子。这时，太阳刚刚在空中升起，那金色的光辉洒向山谷，照亮了大地。在大家过夜的那道狭窄山口前方出现了一片地势平缓的绿地，一条平坦的路向远处模糊的地平线延伸过去，好似在欢迎着他们的到来。

"哇！"斑毛轻叹道，"这就是日光小径，就像尖石巫师说的那样。"

这时，谷中有阵微风向他们吹来，传来了远处陌生刺耳的声音。灰翅支棱起双耳，想要辨明这嗡嗡声是从什么地方发出的。他以前从未听过这种声音。

玳尾来到他身边，问："我怎么觉得真正艰难的旅途才刚刚开始呢？"

灰翅点了点头："我懂你的意思。"

这时，晴天出现了，他从河里爬上岸，抖落胡须上的水珠，迈步向荫苔走去，眼睛里重新充满了坚毅的神情。灰翅看得出他的步伐也更坚定了。"就这样。"晴天说，"我们今天就走出大山。为了清溪，我会帮你找到新的家园。"

"好。"荫苔用尾巴碰了碰这只年轻公猫的肩膀。

灰翅不由得挺起胸膛。如果晴天在经历了那么惨重的伤痛后，还能专注地投身于这次远行，那么他灰翅也能做到。昨晚吃的猎物现在还没消化，他琢磨其他猫也是如此。大家在河边喝了点儿水，准备出发。

疾水轻快地走着，之前她已抽空为自己梳理了一番，现在她看上去已经从落水的心理阴影中走了出来。

灰翅加快脚步，赶上疾水，问："你还好吗？"

"还不错。"疾水尴尬地舔了舔胸部的毛发，"但我还是觉得自己好蠢，竟然从那块石头上掉了下来。"

"别再为那事纠结了。"灰翅发出了咕噜声，"至少我们发现了落羽擅长游泳。这种技能以后可能会派上用场。"

大家向前走着，两旁的大山渐渐向后退去，连最后一抹积雪也从眼帘中淡去。众猫从谷口走了出来，忽然他们停住了，个个目瞪口呆。

小河在一片平坦的绿草地上蜿蜒流过，草地上点缀着枝繁叶茂的大树。最近的那片草地被一些闪闪发光的网状物和几道茂密的灌木丛围了起来，里面有一些奇怪的动物，它们长着坚硬黝黑的脚掌，身子就像一团团白云，正弯下黑黢黢的脸啃食青草。

众猫小心翼翼地上前打探个究竟。离他们最近的那只动物转头看了他们一眼，发出怪异的咩咩声。灰翅吓得往后跳了一步，这让他感到有些丢脸。直到他发现大家和他一样，也都吓得向后退去，心里这才舒坦了些。

日光小径
RIGUANGXIAOJING

"我很确定这些动物是绵羊。"荫苔说,"记得老年猫们讲过关于绵羊的故事。它们并不危险。"

"只是很庞大罢了。"寒鸦啼紧张地咽了口唾沫。

锯峰又爬到灌木丛的边上:"我很好奇它们的肉会是什么味道。"

灰翅用尾巴轻轻掸了下小家伙的耳朵:"你可别打它们的主意!"

众猫离开了那些动物,沿着河边继续前行。灰翅想到马上就要走进这片一望无际的草地,不禁有些惴惴不安,他在心里揣测其他猫说不定也有同样的担忧。

"这有点儿可怕啊。"玳尾坦言道,她来到灰翅身边,和他一起并肩前行。

"我知道。"灰翅表示同意,"没有任何可以藏身的地方!"然而,他突然发现自己竟有些向往这里:我能在这里尽情地奔跑,这可能是最适合我舒展腿脚的地方了。

灰翅凝望着这片草地,忽然,他察觉到一丝动静,只见有个褐色的小东西正在草丛里跳跃着。是兔子!灰翅没有多想,在草地上飞奔了起来。顷刻之间,大地和天空在视野中化成茫茫的一片。虽然那兔子猛地掉转方向,但灰翅的目光早已紧紧锁住了目标。

时间仿佛变慢了下来。灰翅感到皮毛下的肌肉在一张一弛地伸缩,他的脚掌从柔软的草叶上弹起,使他全速前进。转眼,灰

翅跑到猎物跟前,他扑倒兔子,一口就结果了它的小命。

灰翅站直身体,感到有些许眩晕。大伙儿正在草地那头远远地望着他,已然瞠目结舌。这时,一只羊的咩咩叫声使灰翅清醒了过来,他这才意识到自己离这些奇怪的动物已仅有几步之遥。他叼起兔子,拖着有些踉跄的脚步,一路小跑回到河边。

"你可真是……好快。"云斑说。

"你太厉害了!"锯峰补充道。

灰翅也不知道刚才是哪儿来的一股劲。他把兔子放下,后退几步,尾巴一挥,招呼大家道:"来吧,快吃吧。"

斑毛摇摇头,小声说:"谢谢,但我还不饿。"

"我也不饿。"高影说,"我想说……灰翅,你刚才干得真漂亮,不过昨晚我们都吃得很饱了。"

"尽管如此,我们也要在有猎物时都吃一些。"荫苔在兔子旁蹲伏下来,"谁能知道下一餐会是什么时候呢?"

众猫看着荫苔朝兔子咬了下去,这才纷纷上前吃了几口。灰翅是最后一个吃的,他吃饱后,还有些兔肉剩在那里。他又咬了一口,不过他的肚子已经胀得再也咽不下去了。

"我实在是吃不下了。"他惊愕地看着剩下的兔肉,对大家说,"如果没有谁还想吃,那么我们只有把它丢在这里了。"

碎冰此时也满脸惊诧。"这究竟是什么样的好地方啊?"他懵懂地问,"猎物竟然多得吃都吃不完!"

第九章

　　太阳升得更高了。众猫继续沿着河岸前行。一路上，一望无际的草地被茂密的灌木丛和闪闪发光的网状物围了起来。猫儿们路过时，绵羊们好奇地盯着他们，那目光弄得灰翅浑身上下很不自在，他知道大伙儿和他有一样的感受。

　　荫苔和往常一样带队前行，晴天和高影走在他的身边。不久，他在一棵大树下停住脚步，把众猫集结到了一起。

　　荫苔开口说："我们现在的位置已经不在高处了，因此基本上看不到多少前面的路。但是我们会继续朝太阳升起的方向走去。"接着他用尾巴示意道："我们要走到尖尖的石头那里。"

　　灰翅朝这位猫首领所指示的方向看去，只见前面的路延绵向下伸往遥远的地平线。远方有几座山峰，那幽暗的轮廓在蓝天的映衬下显得格外分明。灰翅心里有些忐忑地想：这路可真长啊！

　　"我们怎么可能跑那么远！"锯峰深深吸了口气。他抬头看了灰翅一眼，那双湛蓝的眼睛中充满了忧虑。"这路会把我们的脚掌都给磨没了的。"

　　荫苔斗志昂扬地说："一步一个脚印地走，就能到达那里。"

众猫依然沿着河边继续前进,灰翅不知道是否只有他觉得这淙淙的流水有一种抚慰心灵的力量。虽然水声远不及瀑布的声音洪亮,但在这片陌生的土地上,也唯有这河水的流动声能让他有一种似曾相识的感觉了。

河边草药丛生,郁郁葱葱。云斑和斑毛一边走,一边嗅着它们的气味。每看见一处新的草药,斑毛就兴奋得胡须发颤。

有几丛灌木一直长到了河边,众猫不得不从灌木间穿过。他们的皮毛掠过多刺的荆棘和尖尖的细枝,惹得原本躲在里面的小鸟纷纷惊叫着飞了出来。

一看到有鸟,月影和鹰扑一跃而起就要去抓,不料却被荫苔叫住,他俩只得愣在那里。

"我们现在还不饿。"荫苔对他俩说,"没有必要浪费猎物。"

月影和鹰扑面面相觑,满脸不解。月影说道:"就这样让猎物给跑了,好像很不应该吧。"

灰翅深有同感,他想起了那只他们之前没吃完的兔子,第一次觉得这只黑色公猫说出了大家的心里话。

寒鸦啼在灰翅身边走着,他瞪大眼睛东张西望了一番。"这片草地好柔软啊!"他叹道,"动物也多,不但有绵羊,还有好多鸟。"不过,他语气中的兴奋劲很快便没了影儿:"可是在这灌木丛后,谁知道还潜伏着什么东西正对我们虎视眈眈呢?"说完,他不禁全身颤抖了起来。

日光小径

灰翅理解这只小公猫的顾虑。"别忘了,我们跑得比大多数动物都快。"他低声说,"如果情况不妙,我们就及时逃命。"

尽管如此,众猫走着走着,还是不由得彼此越靠越近,一有什么风吹草动就紧张得不行。灰翅不禁担心大家这样下去还能撑到几时。这拔腿就跑的法子看似比较靠谱,其实并没让大伙儿真正宽下心来。

忽然,灰翅耳朵向前竖了起来。他听到一阵隆隆的响声,每走一步,那响声就愈发震耳。声音来自那道密密匝匝的矮灌木外。他嗅了口空气,发现里面有股浓烈刺鼻的气息。

"那恶心的味道是啥?"锯峰咂着嘴问道。他用舌头扫了一圈下巴,难受得好像是吃了口秃鹫食似的。

"不知道。"荫苔尾巴一挥,把大家聚到一起,"大家相互之间跟紧了。我们去察探察探,看看是什么东西。"

灰翅肩部的毛立了起来。他环视四周,只见大家也毛发参立,个个都瞪大了眼睛。

"我先过去瞧瞧到底是什么。"晴天挺身而出。

灰翅的心一沉,恐惧让他的腹部不由抽搐了起来。凶险未定,他断不能让哥哥孤身前往。"我和你一起去。"说着,灰翅迈步上前,毅然站在了晴天身边。

晴天看了看他,又把目光移向别处。"那就来吧。"晴天没有多说什么。

灰翅耷拉着脑袋,黯然神伤起来:他还在怪我害了清溪⋯⋯

而且他没有错。

"谢谢你们。"荫苔赞许地点了点头,"一旦发现危险,你们就立刻回来。"

灰翅跟着哥哥费力地钻进那道浓密的灌木屏障。灌木丛里到处是刺,尖细的树枝刮得他肩膀生疼,他有一撮毛被带刺的枝子活活扯下,痛得灰翅气上心头,发出了一声低嘶。

"我真弄不明白。"晴天嘀咕着停了下来,抬起脚掌,把一根扎进脚垫的刺拔了出来,"为什么这些灌木丛都呈直线生长?这说不通啊。"

"我想也许这里的东西就是这样的。"灰翅答道。

灰翅比晴天瘦些,他率先钻过灌木来到另一边。可刚一出来,一阵恐惧就袭上他的心头,他不由僵住了。就在离他一尾远的地方,一只只庞然大物呼啸着冲过,它们全身发着诡异的亮光,刺得灰翅头晕目眩。一阵恶臭扑面而来,熏得灰翅险些岔过气去。

我就要死了!

还没等他来得及向晴天发出警报,晴天已钻出灌木来到他身边。"这讨厌的刺!"晴天低嘶道,"把我身上一半的毛都扯掉了……"

突然,晴天惊得倒抽了一口气,话也没了下句。

灰翅背对着大风站稳身子,大声说:"这一定就是尖石巫师所说的雷鬼路了!"

日光小径
RIGUANGXIAOJING

晴天点了点头:"这听上去是很像阵阵雷声,那些肯定就是怪物了。尖石巫师提醒过我们要避开这些家伙。"

一时间,周围稍稍安静了些,没有怪物从他们身边跑过。灰翅前脚踏上路面。路是黑色的石头铺成的,踩上去感觉非常平滑。远处,路的对面长着厚厚的灌木,灌木丛后是一棵棵大树。如果他们能够穿过这条路,就可以在那些树下躲避怪物了。

"只要怪物们不发动袭击。"灰翅说,"我们就可以从这条路上过去。"

话还没说完,轰鸣声又响了起来。很快,那声音越变越大。"小心!"晴天大喊一声。

说时迟,那时快,晴天一把抓住灰翅的肩膀,把他一下拖了回来。转眼间,又一只怪物呼啸着飞驰而过。

"谢谢!"灰翅喘着粗气说,"它肯定一直是在暗处躲着,刚才伺机扑了上来。"

这时,路面上又静了下来。灰翅听到荫苔在灌木丛那头问道:"你们看到了什么?你们还好吗?"

"稍等!"晴天回答道。他随即叮嘱灰翅:"继续盯着。如果发现有更多怪物等在那里,随时告诉我。"

灰翅紧张地屏住了呼吸,他眼睁睁地看着晴天踏步走到雷鬼路的中间。道路正中有一条白色的直线。

"那是雪吗?"灰翅一边问道,一边在心里纳闷为什么雪偏偏只落在了那个地方。

晴天低下头嗅了嗅那道线，回答道："不是雪。我也不知道这是什么。"

正在他说话的当口，灰翅听到又有一道隆隆的响声渐渐靠近。那声响很快就变成了咆哮。"怪物来了！"灰翅高呼道。

晴天迅速跳回安全地带，只见一头猩红色的怪物闪着道道亮光，发出阵阵怒吼。它那黑色的圆形脚掌在地面上疾驰而过。

"如果它们一直在那里埋伏着，我们就没法过路了。"灰翅说。

"不过很明显这些家伙的眼神不太好。"晴天若有所思地说，"刚才那个就径直从我们身边跑过去了，而且在它发现我之前，我有足够的时间逃脱。我想，只要我们多加小心，就能通过这条路。"

灰翅可不像他哥哥那样有信心，不安地说道："或许刚才那怪物是个老家伙，所以跑不快呢？年轻的怪物跑得快，还没等我们跑到那条白线，它们可能就把我们捉住了！"

晴天严肃地看了他一眼："这趟远行本来就艰险重重。我们现在不能半途而废。"

灰翅嘀咕着表示同意："我们最好回去汇报一下。"

他俩从灌木丛里钻了回去，向荫苔和其他猫把方才所见描述了一番。

"那我们该怎么办呢？"寒鸦啼瞪大眼睛，愕然问道，"那些怪物会吃了我们的！"

日光小径
RIGUANGXIAOJING

高影的鼻子里发出哧的一声:"如果不能智取怪物,我们还有何用?就算它们确实体形庞大,浑身恶臭,但这些家伙听上去可是相当愚蠢啊。"

"尖石巫师说过它们好像是不能离开雷鬼路的。"雨拂花思索了一番后说,"看样子她说得不错——我们从没在河边的草地上见过那些怪物。只要我们能走过那条黑石头路,我们就安全了。"

"你分析得很好。"荫苔朝女儿赞许地点了点头,"我们结伴过路。晴天、灰翅,你们见过怪物的样子,就负责盯梢吧。"

这时,斑毛立刻自告奋勇地说:"我先过去。早过去早轻松。"

"我和你一起去。"雨拂花说。

荫苔点点头,对她俩说:"祝你们好运。"

灰翅和晴天把两只母猫带到那道灌木丛前。当他们来到雷鬼路的边上时,四下里一片寂静。

斑毛急躁地在草地上挠着爪子,说道:"我们还等什么?"

灰翅竖起尾巴,示意大家保持安静。接着,他支棱起耳朵,在黑石头路边上蹲伏下来。他听见远处的隆隆声正在从两个方向同时传来。

怪物们来了。

轰鸣声越来越近,一股臭味扑面而来。四只猫连忙缩到了身后的灌木丛里。

猫武士

"它们长得好大啊!"雨拂花惊恐地喊道。

她和斑毛又一次接近路边,心里更加惴惴不安。"我们必须过去。"斑毛轻声说道,她的口气十分坚定。

"我和你们一起过去。我去对面帮你们盯着另一侧的情况。"晴天说。

三只猫肩并肩站成一排,等待着时机的到来。他们耳朵直竖,几双眼睛密切注视着路况。这时,又有一只怪物高吼着从路上跑过,但速度却没有刚才那几只那么快。太阳照在它那闪亮的皮毛上,发出刺眼的光芒。

"它是在搜寻我们吗?"雨拂花问道。她正蹲伏在长长的草丛中,草尖儿弄得她身上痒痒的。

其他猫在她身边的地上趴着。好在怪物跑了过去,没有停下。

"它没发现我们。"斑毛长长地吁了一口气,"快点儿,雨拂花!"

两只母猫猛地冲上黑石头路。晴天跟在她们后面跃了过去。这时,灰翅听到又有怪物呼啸而来,忙发出警报。不过,待那两只庞然大物闪着眩光飞驰而过时,他的朋友们已安全到达了对面。

"看来这法子行得通。"灰翅喃喃自语。虽然他仍在浑身发抖,但那颗紧绷的心已经释然。他朝灌木丛那头的同伴们远远地喊道:"他们没事!下一对过来吧。"

日光小径
RIGUANGXIAOJING

云斑和疾水出现了,他们一起站在黑石头路的边上做好了准备。一切都很安静。

"你那边安全吗?"灰翅向晴天高喊。

晴天挥动着尾巴:"安全!快来!"

云斑和疾水迅速穿过路面,双双安全抵达。一切仍是那么安静,灰翅甚至开始琢磨那些怪物是不是已结束狩猎回巢去了。

然而,当寒鸦啼和落羽从灌木丛中钻出时,又有一只怪物尖啸着冲过,灰翅这才意识到他们还没脱离危险。他心存侥幸地寻思:至少怪物们发出的恶臭恰好能遮住我们的气味,所以它们是不可能追踪我们的。

周围又静了下来。灰翅朝雷鬼路的两边看去,并大声向晴天询问另一侧的状况。晴天挥了挥尾巴,示意一切安全。寒鸦啼和落羽顺利通过。接着,碎冰和鹰扑在黑石头路边站定,做好了过路的准备。

灰翅和晴天确认安全后,他俩便跳上了黑石头路。可是他俩刚抵达路中间的那条白线,晴天就突然尖叫了起来:"怪物来了!"

碎冰和鹰扑忙朝灰翅这边撤去。可是就在此刻,灰翅也看到一只怪物朝他这边跑来,而且它的速度比晴天那边的更快。

灰翅吓得毛骨悚然:现在它们竟开始结对来捕捉我们了!

"别回来!往前走!"灰翅号叫道。

这时,鹰扑吓得已不知所措,她慌乱地扒拉着地上的黑石

头，恨不得马上钻到地下去。见此，碎冰飞身一跃，一口叼住鹰扑的颈背。一刹那，凶猛的怪物狂啸着奔过，两只猫随即消失在了灰翅的视野中。

片刻之后，扬起的尘埃落定。只见路的对面，两只猫正瘫在地上气喘连连。不过万幸的是，他们毫发未伤，灰翅刚才那颗悬到嗓子眼的心这才放了下来。

"怪物们好像已经知道了我们在这儿。"

荫苔的声音把灰翅吓了一跳。灰翅转过身，这才发现这只黑白相间的公猫已经站在了自己的身边。"我们剩下的猫一起过去。"荫苔补充道。

接着，荫苔发令示意其他的猫穿过灌木丛。深深的草丛中，众猫依次在雷鬼路边排开。为了能照顾到弟弟，灰翅站在了锯峰身边。"没有我们的命令，自己不许乱动！"他警告锯峰。

这时，一根草茎拂过玳尾的鼻子，她忍不住打了个喷嚏。

"安静！你会把所有怪物都引过来的！"月影低嘶道。

可是，黑石头路上依然静悄悄的。"我想没啥问题。"灰翅说，"晴天，情况还好吗？"

晴天在路的对面挥动尾巴："很好！行动！"

剩下的猫儿们立即向前蹿去。灰翅踏着平坦的雷鬼路朝对面飞奔起来，炙热的路面像火一样灼烧着他的脚掌。很快，他跳进路边的灌木丛中，大伙儿那熟悉的气息扑鼻而来，灰翅甚是欣慰。

日光小径
RIGUANGXIAOJING

刚才和晴天全力配合的一幕幕使灰翅心怀喜悦。可是，当灰翅转向哥哥，却发现晴天正目不转睛地盯着树看，而哥哥的目光又变得冷峻起来。

"大家都没事吧？"荫苔问。

"我有些担心鹰扑。"斑毛回答，"她刚才受到惊吓了。"

"都是我的错。"鹰扑尴尬地舔了一下胸前的毛发，说，"现在没事了。"

众猫继续前行。"能在树下走着简直再好不过了。"玳尾说，"这样怪物就看不到我们了。"

"而且有这道厚厚的灌木挡着，我们也用不着再听它们发出的噪声了。"寒鸦啼表示赞同。

但是，当灰翅从灌木丛中钻出来的时候，他却感到忐忑不安。脚掌下的植物好像要把他绊倒，他举步维艰。另外，他的周围噪声阵阵，鸟鸣声、树枝的断裂声、树丛里猎物的逃窜声……此刻，他多么怀念大山中清新的空气和那片难得的宁静啊。

"还要走多远？"碎冰抱怨着，"我的脚掌扎了许多尖刺，我都要变成一簇到处是刺的金雀花丛了！"看来有情绪的猫不只是灰翅。

"就是。我们连天空都看不到，还怎么捕鸟？"疾水补充道。

"别像幼崽一样幼稚！"月影从蕨丛中踏了过来，"你们闻闻猎物的气息！这里到处都是猎物，只要我们张开嘴，它们就能

掉进肚子里来。"

"在大家停下过夜前,我们还要再往前走些路。"荫苔回头喊道,"现在没有时间狩猎。"

月影愤愤地低嘶了一声。

"我们应该了解一下这片树林究竟延伸到了多远的地方。"晴天说,"我去爬到树上看看。"不等任何猫回应,他就向最近的那棵树上跳去。只见他纵身一跃,直接跳到了有大树一半高的地方,爪子牢牢地扣住了树皮。

"哇!"玳尾的目光紧紧盯着晴天,"我一直知道他擅长跳跃,但这一跳也太酷了吧。"

没过多久,晴天就迅速地下了树。"我站得不够高,看不到什么。"他说,"我要换棵更高的树。"

众猫继续向前走,纷纷左右张望,寻找着更高的大树。这时,荫苔在一棵巨树前面停住脚步。只见这棵大树长得盘根错节,参差的树杈一层叠着一层。"来试试这棵吧。"他向晴天提议道,"我想这定是棵橡树……在部落早前的栖息地那里长着茂盛的树木,我的母亲曾经给我描述过它们。"

晴天又蓄积力量奋身一跳,高影随后跟了上去。不过她跳得没有晴天高,只能从更靠下的树干开始往上攀爬。

"我也要上树!"锯峰兴奋地尖叫道,"我也会爬!"

"待在地上。"荫苔命令道。

锯峰不服气地抽动着尾巴尖,但是没有犟嘴。

日光小径
RIGUANGXIAOJING

灰翅仰头看着树上,只见晴天和高影消失在了光秃秃的层层树杈中。过了一会儿,树顶上传来胜利的叫喊声。

"晴天爬到树顶了。"锯峰满眼羡慕地说。

这两只猫的身影重新在树冠中出现。他们所到之处,被擦落的细枝纷纷落下。晴天和高影跳下橡树,累得气喘吁吁。

"这片树林没多远就到头了。"晴天喘着气说。

"太好了!"玳尾开心地说,她满意地挥了挥尾巴,"我又能看到天空了。"

"树的那边有什么?"荫苔问。

"呃……"晴天看上去有些心神不定,"我也不确定。好像有些雾。"

灰翅看到晴天和高影交换了个意味深长的眼神,便在心里琢磨他俩究竟向大家隐瞒了什么事情。不过他很清楚,这时候就算他继续追问下去也无济于事,他们兄弟俩曾经那亲密无间的关系已经不复存在。

众猫继续沿着树林往前走,荫苔和晴天走在最前面。光越来越亮,树林的边缘也越来越近。但是,在他们就快走出树林的时候,荫苔停了下来。灰翅和其他猫一起挤上前想看个究竟。

一条平坦的道路从树林中蜿蜒了出去,路的两边没有灌木遮挡。灰翅嗅着空气,沿着树林边缘上的草地捕捉着气息,但他没闻到什么熟悉的气味。

他的朋友也一脸茫然。这种味道不像是猎物的气味,灰翅的

139

猫武士

狩猎直觉也并没有被唤醒。相反，他本能地竖起颈部的毛发，几只脚掌微微作痛，倒是很想要撒腿逃命的样子。

"我们应该从哪条路——"

鹰扑的话还未说完，一阵刺耳的狂吠声便从路的那头传了过来，顿时淹没了树林里的所有声响。

"是狗！"碎冰惊呼道。

"狗是什么？"锯峰问，他朝声音传来的方向好奇地张望。

"就是一种你绝对不会想见到的动物。"荫苔回答，他尾巴一挥，示意众猫聚上前去，"从前天气暖和的时候，我们在山谷里见过狗，但从没接近过它们。"

荫苔说完，一只巨大的褐色动物从路的拐弯处朝他们跳了过来。它落地站稳，龇牙咧嘴地朝猫儿们狂叫不止。

荫苔高声发令："散开！"

猫儿们四下逃窜，有的钻到蕨丛里，有的往树上爬去。灰翅把锯峰推到一丛荆棘中，自己也跟着挤了进去。他绝望地划拉着荆棘枝，想要腾出空间好同时容下他俩。

不对！灰翅突然反应了过来。我们本来应该逃跑的，可现在反倒被困住了。

他无助地拉扯着身上的藤蔓，可植物的卷须已经将他缠住。一尾远外，那只狗正在沿着树丛嗅着气味。灰翅知道，他们随时都有可能暴露。

正在这时，他听到另外一个声音：那声音调子很高，清脆嘹

日光小径
RIGUANGXIAOJING

亮,还夹杂着一丝不快。狗听见那声音,立刻呜呜叫着回应。灰翅透过荆棘丛向外看去,只见一个高大瘦削的动物正在用两条后腿走路,它有着松弛的彩色皮毛,还长着一张无毛的粉色脸庞,样子十分奇怪。

锯峰也从灰翅身后伸出了小脑袋。"噢,哇!"他惊讶地喊,"这是两脚兽吗?它长得好怪异啊!"

这只两脚兽似乎没有闻到猫儿们的气味。它径直向狗走去,步子很稳,好像它用两条腿走路也能很好地保持平衡。随后,两脚兽把一根柔软的藤蔓绕在了狗的脖子上,把它拉走了。

狗又呜咽起来。这家伙可不想离开,它还挣扎着往蕨丛那里使劲,妄图捉住躲在里面的猫儿们。

两脚兽和狗从路上消失了,可猫儿们还是一动不动。又过了一阵子,大家才纷纷从藏身的地方探了出来。

"我这一辈子都没见过这么可怕的东西!"落羽浑身不住地发颤,几乎站不稳脚跟,"你们看见它的牙齿了吧?"

"没事的。"寒鸦啼舔了一下落羽的耳朵,安慰道,"它已经走了。"

灰翅发现就连荫苔也在努力恢复镇定。"我们碰到两脚兽和狗是迟早的事。"他说,"还好大家都平安无事,那我们就继续赶路吧。"

所有的猫都十分乐意回到浓密的树林中来,这样他们就能离那条路远远的,也能把那只狗的臭味抛到脑后了。不过,方才矮

树丛间的那番挣扎已经让大家备感疲倦,而前方似乎还有更多荆棘正不怀好意地等着他们,准备随时袭击他们的口鼻和脚掌。

"我都没敢想我们还能走到这里!"灰翅兴奋地喊道,他终于来到了树林的边缘地带。

不过,他意识到,刚才在林子中的时候,空中就已经飘起了冰冷的毛毛细雨。现在大家都来到了林子外的树下,皮毛也很快被雨水打湿了。

"这比下雪还糟!"疾水咕哝着。

灰翅朝前方望去,霎时间,眼前的这幅景象让他的心狂跳不止。晴天在大橡树上看到的东西原来就是这个!只见一排排石头堆成的巢穴出现在他们面前,每一座都方方正正,有棱有角,有的比树还高出一些,巢穴的壁上还有一些四四方方的洞在发着光。这时,各种陌生的气味扑面而来:有些温暖的气息诱惑着他,让他的肚子也咕咕响了起来;有些气息害他连连反胃,他又十分厌恶地撇了撇嘴。他还嗅出了两脚兽的气息,就是之前留在那条土路上的两脚兽气味。

"这些一定就是两脚兽巢穴了。"荫苔说。

"这里是两脚兽的地盘!"碎冰补充道,"雾水和我说起过它们,我那时还以为是她乱编的故事呢。"

灰翅心里也同意他俩的看法。在雨中,他看见一些两脚兽正低头在这几堆石头间匆匆跑着。

"那我们现在该怎么办?"云斑问,"我是不想再靠近那

日光小径

里了。"

"我也不想。"落羽表示赞同,"说不准那边还有更多的狗呢!"

这时,荫苔用尾巴指了指前方。众猫望了过去,他们的目光越过巢穴,看到低低的云层下面,有几座尖尖的山峰在雨中若隐若现。"我们要往那个方向走。"荫苔说,"那里就是太阳升起的地方。可是,天就要黑了,我们得先在巢穴间的干燥处找个角落过夜才行。"

第十章

众猫弓起身子冒雨穿过草地,来到了一条宽阔的黑石头路上。石头路一直通往两脚兽巢穴。

"这是条雷鬼路。"高影在路边停下说,"会有更多怪物出现的。"

不过,四下里一片寂静。荫苔领头在雷鬼路上靠边走着,其他的猫则竖起毛发,紧随其后。

突然,一声沙哑的咆哮响起,只见一头怪物朝他们冲了过来,开始它速度很慢,但后来越跑越快。

"它发现我们了!"雨拂花尖叫道。

"往这边跑!"灰翅看到两面高高的红石头墙间有一条狭窄的小路,连忙跑了过去,"跟我来!怪物到不了这里!"

就在怪物朝他们扑来的那一刻,众猫跟在灰翅身后冲上了小路。怪物懊恼地呼啸而去,两只眼睛迸射出黄澄澄的凶光。

"它没抓到我们!"玳尾松了口气,"灰翅,你真棒。"

"我们仍需要找个干燥安全的地方过夜。"灰翅说。这时,两脚兽巢穴里一个个小太阳似的东西发出了道道明亮的光线,在

日光小径

路上投下片片黄色方形亮光,衬托得黑夜的暗影显得愈加浓厚了。

灰翅带头走进窄巷,两面高高的石墙困得他感觉几乎窒息。走过石墙,他们来到一块方形的石头空地上,周围有几处更小的巢穴。灰翅四下里环视了一番,发现有处巢穴正敞开着,便小心翼翼地走了过去。巢穴里头黑漆漆的一片,怪物的恶臭熏得他差点儿透不过气来。

"这一定就是怪物巢穴了。"锯峰说,他爬到灰翅身边,瞪大了眼睛朝黑暗深处看去。

"不过怪物的气息倒是挺陈旧的。"灰翅说,"这可能是一处废弃巢穴。"

这时,雨拂花跳进来朝四处张望了一番。"我们今晚就在这里过夜。"她轻快地说,"至少这儿能避避雨,我们可以轮流值夜。"

荫苔点点头,他上前站到女儿身边。灰翅见他垂着尾巴,眼里满是疲倦,心想:荫苔一路带领着我们,还要为一切负责,真是太辛苦了。

"你看上去很累。"雨拂花轻声说,她把鼻子贴着父亲肩部的皮毛,"你去睡吧。我来值第一轮夜。"

"我和你一起值夜。"灰翅立刻自告奋勇地说。

"可是我饿了。"疾水走进巢穴,不满地说,"我们睡觉之前不去捕点儿猎物来吃吗?"

"这里太危险了。"晴天指出,"而且离开树林后,我们也没闻到过猎物的气味。"

"我之前提议狩猎的时候,大家要是能行动起来就好了。"月影愤愤地说。

"他说得对。"鹰扑补充道,"来到这两脚兽的地盘真是个愚蠢的决定。"

"不是这样的,这里是我们藏身的最佳之处。"高影指出,她愤怒地抽动着尾巴,"我们能避开狗,还能远离在树丛里对我们暗中观察的家伙们。"

灰翅在心里默默地同意她的看法:和露天的地方相比,这里着实要更安全些,不过两脚兽领地仍是个令猫毛骨悚然的地方。真希望黎明能早点儿到来。

他和雨拂花一起坐在巢穴入口,眼睛密切注视着前方的动静。灰翅听到了远处怪物的咆哮声、两脚兽的尖叫声,还有狗的狂吠声。突然,一声号叫让他的毛发直立了起来。

有猫!

雨拂花凑上前,附在灰翅耳边说:"我还从没想过,要是和其他的猫相遇我们该怎么办!你觉得他们……是宠物猫吗?"

灰翅想了起来,老年猫兽在故事中讲过,有一些猫选择和两脚兽一起生活,他们吃两脚兽给的食物,在两脚兽的巢穴里睡觉。在山洞里的时候,灰翅还觉得这种故事都是老年猫们瞎编出来的。可是在这个逼仄拥挤而又险象重重的地方,他相信那些故

日光小径
RIGUANGXIAOJING

事都是千真万确的。

"你觉得宠物猫是什么样的？"他问雨拂花，"他们能听得懂我们的话吗？"

"他们一定会很羡慕我们的。"雨拂花说，"我们比他们要见多识广。"

灰翅的肚子正饿得咕咕作响，他低头看了看自己脏兮兮的皮毛，心里暗忖：我们现在这副模样真的有什么值得羡慕的吗？

猫的号叫声并没有靠近他们。渐渐地，灰翅感到倦意袭来。忽然，一声吼叫把他惊醒，只见一头怪物冲进了前面的空地，那对黄色的大眼睛在墙上扫来扫去。

雨拂花和灰翅忙退回到巢穴里面。

"它发现我们了吗？"灰翅问道。惊慌之余，他想竭力镇定下来："这巢穴不会就是它的吧？"

"你去把它引开！"雨拂花命令道，她一跃而起，"我去通知大家。"

灰翅吓得瑟瑟发抖，他惶惶地想：让我把它引开？可我要怎么引？

不过，正当他僵在那里的时候，另外一个巢穴洞口打开了。怪物爬进去之后，洞口又哐啷一声滑动着关上了。随之，怪物停止了号叫。

"好险啊！"灰翅惊呼，"它一定是睡觉了。"

雨拂花瞪大眼睛，惊恐地看着灰翅，压低声音说："这么

说，很可能这些其他巢穴中都有怪物睡在里面！"

灰翅点了点头："为什么两脚兽的巢穴离怪物巢穴这么近？难道它们不害怕怪物吗？"

雨拂花没有说话，她耸了耸肩，坐下来继续放风。灰翅吓得还没缓过劲来，他只知道自己再也不敢把眼合上了。不过，当他再次回过神时，雨拂花正轻轻碰着他的侧腹。

"是换岗的时候了。"她说，"你去好好休息一下吧。"

灰翅跌跌撞撞地往洞里走去。忽然，他不小心绊了鹰扑一下。鹰扑醒来，灰翅对她说："轮到你去值岗了。"

"好吧。"鹰扑迷迷糊糊地说着，她站起来走到雨拂花身边。雨拂花起身通知寒鸦啼去值夜，然后才睡了下来。

灰翅在鹰扑刚才睡觉的地方卧下，地上满是灰尘，还留着鹰扑的余温。很快，灰翅便合上了眼睛。

突然，灰翅的尾巴被一只脚掌重重地踩了一下，他又醒了过来。透过巢穴里昏暗的光线，他认出了月影。

"对不起。"月影说，"我出去狩猎。"

灰翅点点头，心里考虑着自己要不要也跟着去。但是，他累得腿都抬不起来。"祝你好运。"他对月影说。洞口处，玳尾和碎冰正在站岗，月影和他们轻声作别后便离开了巢穴。

月影走后，灰翅进入了梦乡。他梦见自己正和寂雨一起站在悬崖上凝望着远方。起伏的山峰在阳光的照耀下无比壮观。

可是好景不长，一声可怕的号叫打断了灰翅的美梦。

日光小径
RIGUANGXIAOJING

灰翅跳了起来，只见碎冰和玳尾迅速跑出巢穴。碎冰一边跑，一边大声疾呼："月影遭到袭击了！"

灰翅和其他猫一起跑出巢穴。在空地那头的墙后面，月影正发出尖厉的吼叫，叫声里还夹杂着另外两只猫的声音，好像这三只猫正在激战。

灰翅、高影和晴天朝着空地飞跑过去。他们把其他同伴远远甩在后头，纵身跃上了墙头。灰翅俯视下方，毛发奓立。只见月影正在一片草地上翻滚，另外两只猫在他的皮毛上猛挠一通。月影顽强反抗，朝那两只猫狂咬乱抓。

灰翅完全怔住了：这就是宠物猫吗？他看着那两只猫肥硕的身影和他俩颈上像植物卷须一样的东西，不由得心里发毛：老年猫口中的宠物猫可从没有这么凶猛好战啊！

灰翅跳下墙头，落到了离他最近的那只宠物猫身上。这是一只黑白相间的公猫，它身形庞大、毛发蓬松。晴天和高影朝另一只姜黄色母猫扑了过去。

黑白相间的宠物猫迅速翻身，将灰翅一把掀倒在地，对准他的耳朵猛抓起来。灰翅耳朵上传来一阵剧痛，他顿时勃然大怒。他后腿立直，对准宠物猫的喉咙咬下，不料只咬到满嘴厚厚的毛发。灰翅呛了几口，他感到一对前掌正对着他的肩部猛击。这只宠物猫可没看上去那么好对付！

灰翅啐出毛发，抬起后腿向宠物猫的腹部蹬去。幸亏他还拥有强健的肌肉和锋利的爪子。

宠物猫扭动身体躲开了，笨拙地向灰翅出了毫无章法的几掌。灰翅挣扎着起身，就在这时，月影从灰翅身边冲过，他径直奔向宠物猫的身侧，一头把它撞了出去。看到敌方联手行动，黑白相间的宠物猫掉转尾巴，拔腿就跑。灰翅喘着粗气，环视左右，只见晴天和高影正在姜黄色母猫身后穷追不舍。

两只宠物猫匆匆爬上远处草地边上的窄木墙。木墙被他俩压得晃来晃去，但是他俩稳住脚步，转过身来，发出低嘶。

"这里不欢迎泼皮猫！"姜黄色母猫警告道，"如果今晚还不离开，你们就会有大麻烦了。"

两只宠物猫又发出低吼，随即消失在了篱笆那头。

"你们滚得越远越好！"月影朝他们嚷道。

"你想什么呢？"高影说，"就这么自己单独溜出去了？你是跳蚤脑子吗？"

"泼皮猫？"晴天插嘴道，"那些宠物猫说的是什么意思——泼皮猫？这是指不和两脚兽住一起的猫吗？"

灰翅虽然很高兴能听懂宠物猫的话，但同样感到困惑不解。由于刚才激战了一番，现在他的肌肉酸痛，被那只强壮公猫扯裂的一只耳朵也在不停地滴血。他想：在抵达新家之前，我们难道必须与一路上遇到的每只猫厮杀吗？在大山里，猫与猫之间是不会打架的。那里只有我们。想到这里，他心里不禁十分沮丧。

他和朋友们从墙上爬了回来。其他的猫儿们在巢穴入口处挤成一团。

日光小径
RIGUANGXIAOJING

"谁晓得宠物猫还会打架啊？"寒鸦啼说，"在老年猫的故事里，他们明明都胆小如雀！"

"也许你们该和他们谈谈。"雨拂花说，"你们本可以向他们解释一下我们只是路过这里。"

晴天翻了翻眼睛："哦，是吗？是在他们要抓破我们喉咙时向他们解释吗？他们那时可没谈话的心情。"

听着他们的交谈，荫苔不安地挪动着脚掌。他说道："我们要尽快离开这个地方。我们经不起其他的打斗了。"

说完，他立即起身出发，其他猫紧跟其后，年幼的猫儿们拖着疲倦的步子蹒跚而行。灰翅和玳尾断后，他俩都打起十二分的警惕，密切注意着左右的动静。

荫苔带队走在两脚兽巢穴间的窄石头路上。接着，他们穿过静静的雷鬼路，快速跑过片片被围了起来的草地。灰翅意识到，荫苔决定沿直线向他们先前所见的那几座山峰挺进。

当他们穿过一处两脚兽巢穴旁的草地时，一阵刺耳的狗吠划破夜空。众猫顿时惊恐不已，连忙四下张望。灰翅看到了一条狗：一层亮晶晶的薄板把巢穴的洞口挡了起来，后面有只白色的小家伙正在朝他们大叫，它正为跑不出来而干着急呢。

"看呀！"月影说，他上前一步，"嘿！跳蚤皮！有本事你过来咬我们啊！"

"你跳蚤脑子啊！"云斑忙把月影推到大家后面，"要是两脚兽把它放出来怎么办？"

猫武士

灰翅跟在同伴们后面，他一直在注意着宠物猫的动向。虽然一只宠物猫也看不见，可他们的气味却到处都是。

大家走到两脚兽地盘的边缘，眼前又变得开阔了，众猫不由得都松了口气。那几座高低起伏的山峰已清晰地映入眼帘。

"它们还没我们住的山里大呢。"疾水略带失望地说。

"尖石巫师是不会让我们去和原来的家一模一样的地方的，对吗？"斑毛说，"我们的新家应该是一个完全不同的地方。"

"我好怀念大山啊。"落羽咕哝着。

雷鬼路边上，灰翅正在又黑又硬的石头上磨着爪子，他十分理解这只白色年轻母猫的心情。他也挂念着远在山里的那些猫，真不知他们现在怎么样了。真希望他们能知道我们现在平平安安的，如果有办法能实现这个愿望就好了！

"走吧！"锯峰忽然向前迈步走去，"如果我们在这里干站上一整天，那我们哪儿也去不了。"

见这只小猫如此自信满满，灰翅在心里强忍住笑，和其他猫一起跟上前去。空中云层密布，没有太阳为他们引路，不过几座山峰的轮廓却是分外清晰。

在饱受两脚兽地盘里噪声和恶臭的折磨后，大家在这片空旷的大地上走着，甚是惬意。四周绿草茵茵，处处是动物的声响和气息。很快，他们就遇到了另一道灌木丛。这时，月影突然转身，钻进一片乱枝中。稍过片刻，他叼着一只褐色的小鸟钻了出来。

日光小径

月影把鸟放到地上,先吃了一口,然后把剩下的鸟肉向荫苔推去。

荫苔抬起一只脚掌谢绝了。"谢谢。不过,还是让我们大家自己狩猎吃吧。"他说,"这里的猎物够大家捉的了。"

众猫接令,兴奋地四散开来。灰翅跑到草丛里,四下搜寻着猎物的踪迹。他看到晴天正追着一只鸟跃入半空,锯峰正低着鼻子追踪一条气味踪迹。

灰翅嗅着空气,搜寻着猎物的气息。突然,他吓得步步后退,只见一头黑白相间的巨大动物正朝他逼近。更可怕的是,那动物还率领着一大群同类在灌木丛的豁口处缓慢地穿行。这一幕吓得灰翅心都快跳出来了。

这些家伙比绵羊还大!老年猫们的故事浮上了灰翅的心头。它们会是奶牛吗?这时,一头奶牛发出了低沉的哞哞声。灰翅顿时想了起来,雾水讲故事的时候,她就喜欢学这种声音来吓唬幼崽们。

灰翅蹲伏在长长的草丛里,吓得一动不动,以防被奶牛看到追上前来。还好,这一大群动物从他身边笨拙地走了过去,丝毫没有注意到他。灰翅爬了出来,离得老远绕开了它们。

在那群奶牛的外边,灰翅看到有只受惊的兔子跑了出来,便拔腿追了过去。他十分享受在奔跑时那种风从皮毛间拂过的感觉。不过,他的脚掌总是被长长的草叶缠住,因此速度也受到了影响。

兔子跑到了一丛灌木前,一下子钻到了树根下的洞里。兔子屎!灰翅看着窄窄的洞口,悻悻地想。

"嘿!"

灰翅转过身,只见玳尾的脚掌下踩着一只小鸟。"我抓到了一只!"她兴奋地说,"你想一起吃吗?"

灰翅离开兔子洞,心里仍在琢磨自己能不能钻到地底下去追那只兔子。其他猫已经在灌木丛里聚在了一起。和灰翅一样,有些猫啥也没能捕到。好在其他猫捕了很多的猎物,那些运气不佳的猫也不至于会饿着肚子。

"我抓了两只乌鸦!"晴天向大家炫耀着,他挥着尾巴指向两堆乱蓬蓬的黑色羽毛。

在他们开始进食之前,荫苔朝大山的方向站直身体。他凝望着远方,群山在地平线上已经化为一抹淡影。"谢谢你,尖石巫师。"他说,"感谢你指引我们来到这个地方。"

每只猫都大快朵颐了一番,可是,仍有不少猎物没有吃完。"我总觉得就这么丢弃猎物很不合适。"雨拂花遗憾地咕哝着。

当众猫继续前进时,灰翅回望了一眼,发现一只体形瘦长的红毛动物从草丛中偷偷地溜了出来。起初,灰翅本能地绷紧了身子,以为那又是只狗。待他定睛一看,这才发现这家伙的口鼻比狗的更尖,而且有股更浓烈的腥臭味。只见它一口叼起猎物的残骸,几口便吞了下去,那双贼溜溜的眼睛还时不时地四下张望。

日光小径

灰翅轻推了一下走在一旁的碎冰，问道："你知道那是什么吗？"

"不知道。"碎冰说。

"它看上去一脸坏样。"灰翅说。他加快了脚步，但决定不去惊动其他猫。

天色渐渐暗了下来，众猫已经穿过了数条雷鬼路，绕过了一片红石头堆成的两脚兽巢穴，那里犬影浮动，狗吠声声。在巢穴区的另一侧，地势向下倾斜，伸向一片沼泽洼地，上面杂草丛生，芦苇簇簇。

"我们不能走这条路。"疾水反对道，她朝坡下看去，满脸都是嫌恶的表情，"这会把脚掌弄湿的。"

荫苔向左右看去。灰翅跟随他的目光也环顾左右，这才发现这片泥沼地的两边都望不到尽头。"我们只能从这里过。"荫苔做出决定。疾水刚想开口争辩，荫苔接着说："弄湿脚掌又不会要了我们的命。"

不过，当猫儿们走到坡底，他们才意识到，如果仅是弄湿脚掌就能平安离开这个地方，那简直是再好不过了。他们刚一从沼泽上走过，脚掌下方的地面就开始松动了起来。深入沼泽腹地后，众猫的身子开始下陷，大家不得已踏着齐腹深的泥淖艰难地前行。沼泽地里臭气冲天，一团团摇蚊像巨浪一样在空中翻滚。

"恶心死了！"鹰扑惊呼，"我再也弄不干净我的皮毛了。"

疾水蹚着泥水，艰难地从一簇草走向另一簇草，她的嘴里还不住地嘀咕着什么。这时候就连落羽看上去也十分不自在。

锯峰是体重最轻的猫，一开始他走得比谁都轻快。可后来，他突然在一丛草边滑倒，之后身体便不住地下陷，两只前掌在泥水里无助地扑腾着。

"救命啊！"他哭号起来。

雨拂花吃力地走到草丛边，她俯下身子，一口咬住锯峰的颈背，把他拽了出来。锯峰在地面上重新站稳，全身的皮毛上都粘满了泥巴。

"谢谢！"他气喘连连地说。

当大家走出沼泽，每只猫都浑身湿透，又冷又脏。他们此时只想找个落脚处好好休息休息。

这时，他们看到不远处有一个木头做的洞穴。灰翅暗忖：这一定是另一种两脚兽巢穴。

众猫拖着沉重的步子朝洞穴走去，荫苔仍在前面领路。走到洞口边后，荫苔谨慎地停住了脚步。灰翅越过荫苔的肩膀向内望去，只见巢穴里面有着大垛大垛压紧的干草。一想到可以在里面做个温暖舒适的窝，灰翅不禁觉得倍加疲倦。接着，他看到地上几块凹形的石头里有些水，不由得舔了舔嘴唇。之前在过沼泽地时，他喝过几口发臭的水，而现在他已经是口干舌燥。更妙的是，洞穴里鼠香四溢。灰翅听到老鼠们正在干草垛里吱吱直叫、来回奔窜呢。

日光小径
RIGUANGXIAOJING

"我们还等什么?"月影问,他用肩推搡着众猫,从荫苔身边走过,"这里猎物多得到处都是!"

荫苔点了点头说:"看上去很安全。里面没有两脚兽。"

众猫见荫苔放行,便一拥而入,迫不及待地四下搜寻起猎物来。灰翅伸爪扣住一只老鼠,心想:我们今天已经吃过一次了啊。不过,再吃点儿肯定也不成问题。我们可不能白白浪费了这里的猎物!

不久,众猫在温暖的干草里蹲伏下来,开始分享猎物。就像在大山中的家里那样,他们各自先咬了一口,再彼此交换着享用。数道美味下肚,灰翅的腹部胀得圆鼓鼓的,连皮毛都撑得紧绷了起来。

趁大家还在吃着美食,雨拂花开口说道:"我在想啊,我们渴望的一切东西在这里都应有尽有,我们还要再去寻找什么呢?我们会不会已经到家了啊?"

第十一章

　　一时间,众猫皆默不作声,惊诧不已。月影第一个开口打破了沉默。"这地方挺适合我。"他一边说,一边用舌头舔着下巴。

　　"就是,这里又暖和,又干燥。"疾水赞同地说。

　　"而且还没狗的气味。"碎冰补充道。接着,他抽了抽鼻子说:"这里还有另一种气息,但我辨别不出是什么。不过,既然不是狗或鹰的气味,就不会有危险。"

　　荫苔好像在思考着什么。最后,他说:"应该没问题。而且这里离大山很近,我们能时不时地回去看望山里的猫。"

　　众猫兴奋地交头接耳起来,他们望着彼此,两眼冒光。

　　"我们可以在这堆干草里做窝。"落羽说,"以后在这里养幼崽一定很不错。"

　　灰翅没有跟着大家一起计划。他不免感到些许失望。这地方没什么问题,可总觉得哪里不对劲,它没给我找到新家时的那种激动踏实的感觉。

　　他环视四周,努力设想着自己和部落猫们生活在这里的画

日光小径

面。一想到要被这四周的木墙圈在里面,他就焦躁不已。这些墙没有山上的洞壁那么自然。另外,他也很想知道这奇怪的气味究竟是什么。

不过,随后他又惭愧地想:既然别的猫都认为没问题,我不也就该开开心心地住下来吗?

"你怎么看?"他向一旁坐着的玳尾问道,"你觉得这是我们一直想要找的地方吗?"

玳瑁色的母猫看上去惊讶不已。"我很确定就是这里。"她回答道,"难道你不这样看吗?"

灰翅摇了摇头。

"大山外面的所有事物都很陌生。"玳尾指出,"只要我们习惯新的生活方式就可以了。"

灰翅很想叹口气,不过还是忍住了。他承认道:"我想,你是对的。"之后便在玳尾身边蜷起身子准备入睡。

没等灰翅合上眼,他便看见晴天坐在硬邦邦的地面上,两眼正凝视着阴影处。这时,一束月光从墙上的缺口处透了进来,照在了晴天身上,为他那浅灰色的皮毛镀上了一层银色的幽光。灰翅见到哥哥是如此地孤单,心中不禁隐隐作痛。

要是清溪还在就好了。

猫儿们一窝蜂地钻到温暖的干草中做好窝,很快便纷纷入睡。他们感到十分安全,甚至没有一只猫提议值夜。

忽然,灰翅被一阵陌生的噪声吵醒。他眨眨眼睛,只见灰白

的曙光从墙上的缝隙中透了进来。他听到外面有沉重的脚步声,意识到正是这声音把他吵醒的。

他一跃而起,转身面向入口。外面一片朦胧,他看到有一大片苍白的东西正在朝他们的避身处移动。那沉重的脚步声越来越响。

"快醒醒!"他尖叫起来,一边用力推着其他猫,一边用脚掌拍打他们的耳朵好把大家叫醒。"快跑!"

灰翅向入口处又望了一眼,意识到那片东西已经离他们越来越近。他定睛一看,原来是一群绵羊。他从来没见过这么多的羊。所有绵羊都正朝这个巢穴奔来。它们的践踏声和叫唤声好像吞噬了一切。绵羊的气味——就是之前猫儿们嗅到的那股怪味——此时也涌了过来。

"我们出不去了!"落羽吼道,"它们会把我们踏扁的。"

这时,最前面的绵羊已经跑了进来,它们前拥后簇地进了入口。眼看众猫已无路可逃,很快,尖尖的羊蹄就会纷纷践踏在他们身上。

"快来这边!"雨拂花喘着气说。

灰翅跟着她从乱蓬蓬的草堆上冲了过去,他看到木墙底部有个小缺口。猫儿们依次挤了出去。此时巢穴里已挤满了喧嚷不安的羊群。

灰翅在一旁正等着出去时,突然一道痛苦的尖叫声响了起来,只见鹰扑不慎跌了一跤,一只羊正踩到她的身上。灰翅连忙

日光小径
RIGUANGXIAOJING

跳上前,不过晴天跑得更快,他一口叼住鹰扑的颈背,把她向缺口处拖了过去。晴天把鹰扑推到了外面,自己也挤了出去。灰翅跟着挤过缺口,荫苔最后一个钻了出来。

众猫都奋力逃到空地上之后,荫苔问:"大家都到齐了吗?"

灰翅清点猫群,欣慰地发现没有猫被落下。除了鹰扑之外,大家看上去都没受什么伤。鹰扑正站在地上,一条前腿扭出了反常的角度。

"你还能走路吗?"荫苔问。

"我试试。"鹰扑回答,她咬紧牙关,急促地呼吸着。接着,她跛着脚走了几步,表情十分痛苦。

"我想你是走不了路了。"灰翅说。这时,他发现木墙边上有簇夹杂着荨麻的深草,便让鹰扑靠着他的肩膀走向草丛,让她卧在了草上,躲开刺骨的晨风。

灰翅挥动尾巴叫来了斑毛。"你对草药最了解。"他说,"我们现在该怎么帮她?"

斑毛看上去也有些迷茫。最后,她回答道:"用雏菊叶或者接骨木。不过我不知道周围有没有这两种植物。寒鸦啼、落羽,你们能去找找看吗?"

两只年轻猫跳开寻草药去了。云斑上前仔细检查鹰扑的伤势。他戳了戳鹰扑的腿,她顿时疼得吸了口气。

"我以前见过这种伤。"云斑说,"她的腿骨从肩部关节里

脱臼了。"

"难道她无法康复了吗？"疾水惊恐地问。

"不，她会好的。"云斑回答，"有一次，几只老年猫从岩石上滑了下来，我见过寂雨是怎么治疗其中一只老年猫的。草药只能缓解疼痛，但对脱臼无效。"

云斑把脚掌放在了鹰扑的颈部和肩部，鹰扑顿时痛得气喘连连。"这会很疼。"云斑对她说，"不过很快就会过去的。"接着，云斑向灰翅抽动耳朵，对他说："过来把她按住。把脚掌放这儿……还有这儿……我发令时，一定要牢牢按住，别让她动弹。"

灰翅把脚掌按云斑示意的地方放好，说道："我准备好了。"

"很好。开始！"

云斑将鹰扑的腿猛地一拉，灰翅的脚掌差点儿被震下来。鹰扑发出一声尖叫。云斑向后退了几步，灰翅看到这只母猫的腿已经复位。她躺在那里瑟瑟发抖，呼吸里带着轻微的喘息声。

"你的腿能动了吗？还疼吗？"云斑问。

鹰扑伸了伸那条腿。"只剩一点点痛感了。"她说，"噢，云斑，谢谢你！"

"做得好。"荫苔用尾巴碰了碰云斑的肩部。

云斑耸耸肩说："我只是运气好罢了。幸亏之前见过寂雨是怎么处理这种伤的。"

日光小径
RIGUANGXIAOJING

就在这时,寒鸦啼和落羽叼着满嘴的草药跑了回来。"是这些草药吗?"落羽问,她把自己嘴里的那份在斑毛面前放下。

斑毛把叶片理好,向云斑问道:"你觉得这些可以吗?"

云斑用脚掌仔细挑选出了几片草叶。"这些很像我们大山里的草药。"说着,他把叶片递给鹰扑,对她说,"把这些嚼碎服下,它们能缓解伤痛。"

在鹰扑吃草药时,荫苔走过来对她说:"你需要休息。我们今天就留在这里。"

灰翅听到部落猫群中发出了几句牢骚声。

"好冷啊!"疾水抱怨道,"要是我们待在这里的话,身上都会湿透的。"

她说得没错。凛冽的微风中夹着刺骨的毛毛雨,可是大家什么办法也没有。荫苔严厉地瞪了疾水一眼,说:"如果你愿意,可以回到巢穴里和羊群待在一起。"

疾水满脸尴尬,她在地上慌乱地磨着前掌:"我想留在这里或许也不会太糟。"

"我们可以去狩猎。"晴天建议道,不过听上去他对狩猎也并不十分热心。

"可我们还不饿。"高影指出,"没必要在吃不下东西的时候狩猎。"

月影点点头,呻吟着说:"我想我是一只老鼠也吃不下了。"

最后，众猫在荨麻草丛中安顿下来，开始打起了盹。当灰翅醒来时，空中仍阴云密布，虽然风势已经减缓，但蒙蒙细雨正下个不停。他估计这时已差不多是午后了。

灰翅站起来舒展腿脚。这时，他看到晴天从巢穴旁走了出去。

"你要去哪儿？"灰翅追上晴天问道，"一切都好吗？"

晴天盯着灰翅看了一会儿，回答道："我没事，只是想自己待上一会儿。谢谢。"

看着晴天走开，灰翅感觉腹部好像被什么东西踹了一脚。对于清溪的死，如果晴天能冲我大发一顿脾气，我反倒会好受些。灰翅实在受不了这种冷冰冰的礼貌，因为这让他感觉自己在哥哥的眼中已经成了一只陌生的猫。

灰翅拖着尾巴，回到了深草间。

此时，玳尾正在那里等着他。"就让他悲伤去吧。"她一边轻轻说着，一边用尾巴抚着灰翅的侧腹，"最终，一切都会好起来的。"

此刻，灰翅多么希望她说的话是真的啊。

随后的几天里，灰翅开始相信，他们在绵羊巢穴的遭遇正预示着前方的路将更加艰难。雨一直下着。透过雾气，他们只能通过时不时瞥一眼那些尖尖的石头来确定方向。

如果我们连日光小径都看不到，还怎么去寻找新家呢？

日光小径

更糟的是，越往前走，猎物也越发稀少。鸟儿们和其他小动物都去躲雨了。鹰扑恢复得很快，但当猫儿们跨越两片草丛中的障碍时，高影的脚掌被草茎深处一条又尖又亮的藤蔓划破了。

"我没事。"她咕哝着，然而她的脚却跛得很厉害。

斑毛和云斑去搜寻草药，可是斑毛对发现的每种草药都深表怀疑。"我可不想让大伙儿吃到会让他们得病的草叶。"她说道，"这些叶子我之前几乎都没见过。"

时光一天天地过去，甚至连锯峰都失去了昔日的活力。灰翅非常理解：锯峰年龄最小，个子最矮，腿也最短。即便如此，小家伙还是得紧紧跟上大家的步伐。

"我受够这些雨了。"锯峰抱怨道，他费力地穿过潮湿的草丛，草叶上的雨水打湿了他的皮毛，"而且，我好饿！"

"等到了目的地就能找到猎物了。"落羽安慰他。

"可我连要去哪儿都还不知道。"锯峰抱怨道。

"也许你本该留在家里，那儿才是你该待的地方。"晴天毫不留情地斥责道。

锯峰被哥哥训了一顿，吓得直往后缩。灰翅看着他那副可怜巴巴的样子，不禁心生怜悯。"现在每只猫的心情都不怎么样。"灰翅蹭了蹭锯峰的侧身，悄悄地安慰着他。

走着走着，一片树林出现在众猫面前。大家走进林子，锯峰又开始嘀咕起来。他和灰翅一起走在队伍的后面，可他不是抽抽耳朵，就是甩甩尾巴。最后，他干脆停下来四处张望。

"你毛毛躁躁地折腾什么呢？"灰翅生气地问。

"我觉得我们被监视了。"锯峰回答。

灰翅忍住没有发火。"也许只是不想被抓住的猎物罢了。"他说道。

锯峰抽动尾巴，不过没有作声。没走几步，小家伙又停住了。"那是什么？"锯峰问，他的耳朵微微抖动着。

"是根落下来的树枝！"灰翅一边回答，一边恼怒地抽着尾巴，"快点儿跟上！我们已经落在大家后面了。"

然而，锯峰的脚掌好像生了根似的不肯移动。他眯缝起眼睛，脸上露出桀骜不驯的神情。"我们被跟踪了。"他肯定地说。

"不会的，哪有的事！"灰翅环视四周，正想要证明弟弟的错误，"呃……"他顿时感到自己傻透了，因为就在此时，一只长腿棕灰色虎斑猫从他们刚刚路过的蕨丛中钻了出来。

"看到了吧？"锯峰气恼地说。

灰翅和这只陌生的猫盯着彼此看了好一会儿。

"你们不是附近的猫，对吧？"陌生猫最后开口问道。

"不是。"锯峰尖声说。他瞪圆了眼睛，上前将这个不速之客打量了一番。"我们是从很远的地方来的！从大山里来的！"

陌生猫看上去很吃惊。"你是指高石山吗？"说着，他朝那几道尖尖的山峰的方向努了努嘴，虽然站在树林里的他们并不能直接看到那几座山。

日光小径
RIGUANGXIAOJING

"不，"灰翅说，"我们——"

灰翅还没说完，晴天便带着几只猫走了过来。"出什么事了？"晴天问。

"哇，你们的数量还挺多的嘛。"陌生猫说，不过似乎并没被他们的数量吓倒。

"我们只是途中路过这里。"荫苔对他说。

"噢。"陌生猫回答道，"我还以为你们是从高石山那边过来的呢。"

"他是指前面那些尖尖的石头。"灰翅解释道。

"已经有猫在那里生活了吗？"云斑挤上前问。

"听说是这样。"陌生猫回答，"不过我自己从没见过。我听过一些故事，据说那些猫很凶，不好惹。"

"他们是'泼皮猫'吗？"灰翅问。他想起了两脚兽地盘上宠物猫的话。

陌生猫被逗乐了，他哼了一声，说道："'泼皮猫'是宠物猫对我们的叫法。那些软弱的笨蛋。"说着，他好奇地扫视群猫，又问道："你们在这里干什么？那只小猫说你们是从很远的地方来的。"

"我们需要一个新家。"荫苔简洁地说道，怀疑地看着陌生猫。

虎斑猫点点头，没有再问什么。"那么，祝你们好运。"说罢，他消失在了蕨丛中。

"这么说的话,原来还有另一群猫住在那些尖尖的石头附近啊!"寒鸦啼兴奋地说。

"是高石山。"锯峰纠正了他的话。

落羽嗤之以鼻:"它们也没多高啊。"

"这附近有其他猫居住,我想这是个好的迹象。"雨拂花眨眨眼,若有所思地说,"我指的是和我们一样的猫,不是宠物猫。"

"是的,这意味着这里有猫儿们生活所需的空间和猎物。"斑毛赞同地说,"这样就不会有两脚兽、怪物或者狗来骚扰我们了。"

"也许是吧。"晴天看上去没那么确定,"不过我们需要的是一块完全属于自己的地方,一片能提供填饱所有猫肚子的猎物的土地。"

荫苔点点头:"你是觉得其他猫可能对我们怀有敌意?"

"我们刚刚遇到的猫看上去并没有敌意。"玳尾指出。

晴天哼了一声:"那是因为我们在数量上占绝对优势!"

玳尾只是耸了耸肩。

尽管荫苔和晴天都有些顾虑,当猫儿们穿过树林时,大家的心情还是轻松了许多。虽然雨还在下,不过头顶上的树枝为他们遮住了大部分的雨点。

忽然,灰翅的余光瞥见了一些动静。他转过身,看见附近的一棵树干上有只松鼠正往上爬。晴天离树更近,他飞身一跃,利

爪出鞘,当他落回地面时,已经抓住了松鼠。

"真厉害!"寒鸦啼兴奋地高喊。

荫苔见大家已停止前进,索性让他们去休息狩猎。眨眼间,月影和碎冰一溜烟消失在了树林里。

"别跑得太远!"荫苔在他们身后喊着,"也别惹麻烦!"

灰翅张开嘴分辨着空中的气息,嗅到了老鼠的味道。他试图追踪猎物,但空气中夹杂了太多的气味,最后老鼠的气息在一簇蕨丛前彻底消失了。

我连猎物都看不见,这还怎么抓啊?

与此同时,斑毛向前走了几步。她脑袋微倾,静听着周围的声响。然后,她向大家喊道:"快来看我发现了什么!"

灰翅小跑过去。只见清澈的水在两块长满苔藓的大石头间涓涓流淌,形成了一个小型瀑布,最后落入一泓水潭。潭水又汇成一条小溪向树林深处流去。

斑毛蹲伏在水边,用舌头舔着嘴说:"有鱼!"

落羽见斑毛将脚掌迅速伸入溪水中,挥掌间就把一条小鱼打到岸上。不久,她又用同样的办法抓到了一条更大的鱼。

落羽发出佩服的咕噜声:"你说过要教我抓鱼的。现在我能试试吗?"

"当然可以。"斑毛回答,"过来坐下。你要确定别让自己的影子投在水面上,那样会把鱼吓跑。然后,你一看到鱼,就要迅速出掌。"

猫武士

"好,我来试试。"落羽专注地盯着水里的动静,但她把脚掌伸进水中后,只打起一片水花。"真倒霉!"她咕哝着,"可你做起来好像很容易的样子!"

雨拂花也悠闲地走过来看她俩捕鱼。"好吧。"她沉思片刻,说道,"我之前对那个木头巢穴的判断是错误的,不过你们觉得我们可不可以在这个地方住下来呢?"

灰翅仍在为没捉到老鼠而生着闷气,他希望雨拂花的判断再次失误。在这密林里,他感觉自己被困住了——好像空气都沉重得让他无法正常呼吸。他还是怀念之前经过的那种宽阔的空地。

"不行。"荫苔对他的女儿说,"我们必须爬到高石山顶上。尖石巫师为我们指出了日光小径,路的尽头正是那些山峰。我们必须先到达那里,然后再决定在何处安身。"

雨拂花点点头,她接受了父亲的意见。灰翅见此,长长地舒了口气。

这时,月影和碎冰带着猎物回来了。灰翅吃完自己的那份后,躺在岩石上开始旁观斑毛给落羽上另一堂捕鱼课。这两只母猫显然开心不已。不过,落羽把身子前倾得太厉害了,以至于扑通一声掉到了水中。从水里钻出来后,虽然她冷得浑身发抖,可脸上还是笑嘻嘻的。

"当一条鱼要比抓一条鱼简单多了。"落羽从水中爬上岸,呛了几口水。她抖动皮毛,把亮晶晶的水珠甩到空中。

"你看着点儿!"疾水连忙跳开,厉声说,"不是每只猫都

日光小径
RIGUANGXIAOJING

想当鱼,谢谢!"

灰翅正在一旁看着这些母猫。突然,他感到脚掌下的地面在震动,同时,空中响起了阵阵犬吠声。

"有狗!"他大声喊了起来。

荫苔跳了起来,他发出命令:"从这边跑!"

只见三只狗从灌木丛中跑了过来。它们大小不一,颜色各异。灰翅惊呆了,他闻到几只狗发出的恶臭气息,甚至感受到了它们毛发间发出的热量。

"快!"玳尾迅速奔向灰翅,把他向前推去,"快跑!"

众猫惊惧万分,他们在灌木丛里乱跑一气,好不容易冲出树林,越过一片空旷的草地。灰翅回过头,看见几条狗紧追不舍,它们迈开长腿,踏着地面直奔而来。

它们追上来了!

前方,一道又尖又亮的荆棘屏障挡住了众猫前方的路。

"别走那边!"荫苔尖叫着,他掉转方向,绕过几条狗,朝一道灌木丛跑去。

众猫越跑越快。风吹得灰翅的毛发紧贴在身上,片片草叶从他腹下擦过。落羽渐渐落在了后面,灰翅折回头从后面又推又拱地将她顶向灌木。他冒险抽空朝旁边瞥了一眼,只见晴天也在帮锯峰逃脱。

这道灌木幽幽地立在前方,里面阴暗多刺,密密匝匝。灰翅看不到出去的路,不过没时间犹豫了,他带着落羽一头扎了进

快来看我发现了什么!

有鱼!

落羽见斑毛将脚掌迅速伸入溪水中,挥掌间就把一条小鱼打到岸上。不久,她又用同样的办法抓到了一条更大的鱼。

你说过要教我抓鱼的。现在我能试试吗?

当然可以。

好,我来试试。

过来坐下。你要确定别让自己的影子投在水面上,那样会把鱼吓跑。然后,你一看到鱼,就要迅速出掌。

真倒霉!可你做起来好像很容易的样子!

落羽专注地盯着水里的动静,但她把脚掌伸进水中后,只打起一片水花。

去。灰翅扒拉着里面的乱枝直往前钻,他的毛发被刺扯坏了好几处。他闭上双眼,免得眼睛也被刺扎伤。

他刚吃力地钻出灌木,一只怪物就呼啸着飞奔而过,震得他耳朵嗡嗡作响。怪物那圆形的黑脚掌踢起一片泥水,溅了灰翅一脸。灰翅眨巴着眼睛,想要看清自己的位置。其他猫正在近处的灌木丛中往外钻。

"等一下!"灰翅尖叫起来。

然而,他的警告还是迟了一步。荫苔已经从灌木丛中跳了出来,他越过雷鬼路边上狭窄的草丛,恰恰落在一头咆哮的怪物面前。一刹那,灰翅听到一声恐怖的闷响,荫苔的身体被撞到了空中。

怪物尖啸着往前冲去,除了那死一般可怕的寂静,什么也没有留下。

第十二章

恐惧几乎将灰翅吞噬，但为了阻止其他猫直接跑上雷鬼路，他还是扑上前去。"荫苔受伤了！"他大声喊道。高影刚从灌木丛中钻出来就被灰翅拦下。随后，寒鸦啼从荆棘中钻了出来，也被灰翅成功地拦住了。

高影迅速朝两边看了看，她冲到雷鬼路上，一口叼住荫苔后颈处的皮毛，把他拖回深草之中。灰翅则拦下了所有钻出灌木丛的猫，把他们推向领头猫躺着的地方。一只只怪物在灰翅身后呼啸而过，他的视线已变得模糊不清，耳朵也被震得生疼。

这时，晴天推着锯峰钻出了灌木，他是最后出来的猫。见到荫苔躺在那里的身体，他不禁瞪大了双眼，而锯峰则号啕大哭起来。他俩跟着灰翅来到这只被撞的领头猫面前。

云斑俯下身，用一只脚掌轻轻碰了碰荫苔。稍后，他抬起头，宣布道："他死了。"

"不！"雨拂花一头扑到荫苔身上，把口鼻埋进父亲的皮毛里。

众猫惊恐万分，他们简直不敢相信这个事实。灰翅上前把口

鼻靠在荫苔的头上。荫苔的身子尚有余温,毛发有些蓬乱,上面沾满了灰尘。要不是细细的血流从他的鼻子和嘴巴里渗了出来,他看上去就像是睡着了一样。

悲伤深深刺痛了灰翅的心,那种感觉比被荆棘扎了还疼。灰翅悲痛地想:荫苔已经带领我们走了这么远,现在他怎能就这样离我们而去呢?

这时,晴天静静地走到雨拂花面前,轻轻推了她一下。"走吧。"他低声说,"我们不能在这里久留。这里不安全。"

雨拂花抬头盯着晴天,那双蓝色的眼睛里悲愤交加。她尖声说:"我是不会把他丢给怪物们的!"

"可你什么也做不了——"晴天说。

碎冰打断了晴天的话:"雨拂花说得对。我们不能把荫苔丢在这里不顾。我们可以把他抬到雷鬼路对面去。"

灰翅向他们刚才过来的灌木丛那儿望了一眼。他仍能嗅到狗的气味。此时他们已无路可退。

碎冰、斑毛和月影上前抬起荫苔的尸体。灰翅在一边帮忙,晴天则注意着怪物的动静。后来,那隆隆的轰鸣声终于暂时消停了下来,他们连忙踏上硬邦邦的黑石头路。所有的猫都拥在领头猫的遗体周围。灰翅看见荫苔的尾巴无力地拖在地上,心中不禁再次被悲伤淹没。

他默默在心里叹息:可怜的部落同胞……

大伙儿齐心协力,终于合力把荫苔抬到了对面灌木带下的草

日光小径
RIGUANGXIAOJING

丛里。

"这里没有石头。"雨拂花的声音颤抖了起来,"我们不能像在山里那样安葬他了。"

斑毛用鼻子温柔地触了触雨拂花的耳朵:"我们可以用灌木中的树枝和柔软的草叶代替石头。这样,你爸爸就能有个像样的安息之处了。"

迟疑片刻后,雨拂花微微点了点头。她和斑毛守在她父亲的身边,其他的猫则四散开来去寻找树枝和草叶了。

这时,灰翅注意到晴天正孤独地走着,只见他步伐僵硬,两眼茫然。灰翅在心里猜测:他一定是在思念清溪。可惜无论清溪死在哪里,大家都没法用石头或树枝将她安葬。灰翅是多么渴望自己能向哥哥道歉啊,然而他却如鲠在喉,无语凝噎。

灰翅在一丛灌木里找了些细枝和大的叶片带了回去。当他刚要把它们放到荫苔身上时,雨拂花伸出尾巴拦住了他。

"等等。"她说道,"请让我再陪他一会儿,好吗?"

猫儿们也都陆续回来了,他们把找到的枝条和叶子放下,一起围坐在荫苔的遗体旁。

"再见。"雨拂花轻声说道,"你是最优秀的父亲。女儿永远不会忘记你。"

"你是最称职的领头猫。"高影补充道,说着,她僵硬地向雨拂花低下了头,"是你带领我们走出了大山。"

她说完后,其他猫纷纷表示哀悼。

猫武士

"是你教会了我如何追踪猎物。"

"是你在别的猫想要放弃时鼓励我们继续前行。"

"你相信这次远行会成功,也让我们大家都深信不疑。"

轮到灰翅时,他伸长了脖子,用鼻子碰了碰荫苔的头部。"谢谢你的勇气。"他说道,"为了纪念你,我们会继续往前走的。"

"也为了纪念清溪。"晴天插话道,他那双蓝眼睛里满含悲哀。

玳尾点点头。"我们也都很怀念她。"她喃喃地说,"她既坚强自信,又温柔可亲。"

"她本会成为一位非常优秀的妈妈的。"斑毛补充道。

锯峰虽没说什么,可他把身子紧紧地靠在了晴天身上。

夜幕降临,但众猫仍聚在荫苔周围。当苍白的曙光开始驱散颗颗星辰,雨拂花把第一根树枝放在了她父亲身上。其他的猫也依次静静地用树枝和叶子将荫苔掩住。之后,大伙儿跟着雨拂花,向天空泛白的方向走去。

虽然悲伤使众猫凝聚在了一起,但他们却各自陷入了哀思,就连锯峰也停止了抱怨。高影仍拖着受伤的脚掌一瘸一拐地走着,但她强忍着痛苦,一声未吭。

他们沿着日光小径走过几块草地,来到一块两脚兽地盘。这时,四周响起刺耳的狗吠声,大家吃了一惊,不过,沉浸在悲伤中的猫儿们已全然顾不上害怕,他们心神恍惚地跑到一堵木墙

日光小径
RIGUANGXIAOJING

下，翻过墙头，来到另一边的大片空地上。

灰翅环顾四周，意识到他们已经来到了两脚兽地盘的尽头。前方，高石山的轮廓在天空的映衬下显得格外清晰。尖尖的山峰近在眼前，灰翅激动得脚掌微微发麻。

众猫踏着又短又硬的野草前行，来到了一小片松树林前。

"这地方应该可以捕到猎物。"月影淡淡地说。

斑毛摇摇头说："我不饿。"

其他猫也这么说，大家便纷纷瘫在树下休息了起来。

"你说荫苔都不在了，我们继续走下去还有意义吗？"玳尾在灰翅身边坐下问道，"要不我们别往前走了，一起回大山去算了？"

灰翅也不知自己身上哪儿来的一股力量，立即对玳尾的话表示反对："不行！我们都已经走了这么远！如果这次远行无果而终，这对清溪和荫苔都是不公平的。"

此时，鹰扑也蜷伏在附近。听到这话，她转过头，话里带刺地对灰翅说："可一开始你还不想来呢，你还记得吧？"

灰翅强迫自己镇定下来，他回答道："也许是这样吧。但我既然都已经走了这么远，那么和你们一样，那个地方也会是我的新家。"

落日将猩红色的余晖洒向大地，在松树的枝杈间投下狭长的阴影。地上，柔软的松针落了一片，猫儿们蜷在上面安顿下来，准备就在松树下过夜。

猫武士

灰翅梦见自己正卧在山洞里温暖的窝中睡觉，然而一声声悲哀的哭号穿透了瀑布的阵阵轰鸣。

"荫苔！荫苔！"

灰翅猝然惊醒。几尾远之外，雨拂花的身子正剧烈颤抖着。睡梦中的她仍在不住地呼唤着父亲。

灰翅心生同情。他站了起来，走过去在雨拂花身边坐下，开始用尾巴轻轻抚摩她的侧腹。渐渐地，她的哭声变成了轻轻的呜咽声。不一会儿，呜咽声也归于沉寂。灰翅坐在一旁，此刻，他的心就像厚厚的积云一样沉重。透过斑驳的松枝，他看到月亮又要变圆了。

我们已经走了将近一个月了。这趟远行什么时候才是个头啊？

夜里，风渐渐地越刮越猛，猫儿们头上的树枝被吹得瑟瑟作响。凛冽的寒风中，大伙儿纷纷醒来。"月亮和星星已经给我们照亮了路。"高影打了个哈欠说，"那我们何不继续往前走呢？"

众猫均表示赞同。他们从几棵松树间穿过，走上了一片草地。大风把棵棵野草吹倒在地，那些草非常扎脚。夜空下，高石山的轮廓变得阴暗模糊，而通往那里的路也越发陡峭了。

灰翅停下脚步，深深地吸了几口寒冷的空气。这时，他的内心又悄然升起了希望。这个地方很有家的感觉。灰翅回头望去，只见黎明的第一缕曙光中，远处的风景在他眼前层层铺开。遥远

日光小径

的地平线上,一片参差不齐的山影若隐若现。

那就是我们出发的大山!天啊,我们竟已经走了这么远!

"真难以置信!"他身边的寒鸦啼替他把心里话说了出来,"我从没想过世界竟有这么大!"

地势越来越陡,块块砾石挺立在株株劲草间,但猫儿们信心满怀地从一块石头跳到另一块石头上。

"我觉得自己现在跳得不像以前那么轻松了。"云斑气喘吁吁地说,"这些日子吃了太多好东西,我都长胖了。"

渐渐地,地上的草越来越稀,众猫分散开来,发现他们正踩着石头往前走。最后,灰翅爬上几尾远高的山峰,来到了尖石头的顶端。那一刻,满满的成就感传遍了他的全身。

"我们成功了!"玳尾兴奋地说,她跟着灰翅爬了上来。

和他们在大山上的家比起来,这些山峰又矮又窄,但灰翅仍为这种熟悉的感觉而欣喜不已。这时,他看到大伙儿恢复了一些往日的乐观心情,就连雨拂花也变得稍稍开朗了一点儿。

他们站在山顶眺望远方。就在这时,太阳划破天边的地平线,将金色的光辉洒遍大地,把温暖的阳光送到了他们的脚掌边。

灰翅的内心激动不已:我们已经来到了日光小径的尽头!

他朝那片沐浴在阳光中的大地望去,看到了几片茂密的树林将空旷的草地分成了几块。这些树林能为他们提供理想的庇身之所。此外,还有条波光粼粼的河正蜿蜒流向远方。

猫武士
MAOWUSHI

"那儿是不是其他泼皮猫居住的地方？"他把心中的想法说了出来，"看上去那里到处都相当宜居。"

"我想这就是我们的新家。"斑毛喃喃地说。

"对！"落羽轻推了她一下，"那里还有条河呢，你可以在河里捕捕鱼，我可以在河里扑腾扑腾。"

"还有树林。"晴天补充道，"那里一定有很多猎物。"

灰翅希望哥哥可别盼着住在树林里。我宁愿住在空旷的地方，在那里我才能自由地呼吸。

虽然大伙儿开始乐观了起来，但忧伤的薄雾仍在他们头上未能散去。灰翅满心遗憾地想：要是清溪和荫苔也都能走到这里就好了。

这时，高影开口说："来吧，我们一起去探探。"说罢，她从最高的岩石上跳了下来，拖着受伤的脚掌向下走去。

"我们到那里后，我就去找些草药来治疗那只脚掌上的伤。"斑毛说。

高影带领众猫往山下走。这时，小锯峰急匆匆地冲到了她的前面。见状，高影厉声喝道："锯峰！快回来！你不知道前方可能会有什么样的危险在等着我们。"

锯峰等大家赶上来后，乖乖地和灰翅走在了一起。小家伙的耳朵平贴在脑袋上，一副老老实实的样子。

众猫在巨大的砾石间走着，两边的大石头把山下的风景挡了个严严实实。当他们走到一处更为空旷的山坡上时，寒鸦啼大吃

日光小径
RIGUANGXIAOJING

一惊。"快看那边！"他高喊道。

灰翅转过身，只见山坡上有个巨大的洞。那洞好像张着大嘴，牙齿错落不齐。

寒鸦啼轻快地跳上前，探头探脑地朝洞里张望起来。他大喊了一声，随即去听洞里的回音："哇，这洞好深啊！"

高影跟上来走到洞口，她朝洞里瞥了一眼，轻蔑地说："我们又不是兔子，我们不住地底下。快走吧。"

大家又继续赶路。这时，斑毛追上高影，轻声对她说："你脚掌受伤了，真的不该再往前走了。"

高影点点头："行。不过我们至少还是走到森林边的那片荒原上吧。"

众猫走过石头地，踏过一片野草，来到一片被圈起的绿地上。绿地上有一些绵羊，这里的草也柔软了许多。猫儿们对绵羊已经很熟悉了，就没去关注它们，不过大家仍贴着草地边上的灌木丛前进，时刻警惕着狗或怪物的袭击。

"又是一处两脚兽地盘。"一片红石头巢穴进入众猫的视野，云斑评论道。

"我能嗅到狗的气息。"月影一脸厌恶地皱着鼻子说。

"那我们就离它远点儿。"高影说。随后，她带领众猫兜了一大圈绕开了那里。

灰翅望着眼前从斜坡上延伸开去的荒原，忽然感到腿脚发沉，脚掌也酸痛起来。他很想停下来，好好休息一下：我已经厌

倦长途跋涉了。就算这里不是我们的新家,我们也该在此多逗留几天,等大家养好伤、吃饱肚子后再走。

当那片荒原近在眼前时,一阵熟悉的呼啸声把灰翅的耳朵震得生疼。

"哦,不!"疾水惊呼,"又有一条雷鬼路!"

众猫小心翼翼地向前移动,他们沿着一道狭窄的灌木丛走着。高影发出命令,大家在雷鬼路边停了下来。灰翅惊恐地盯着路面,只见来自两个方向的怪物们正快速地在路上跑着,它们发出猫头鹰般的怪叫,可那叫声比任何猫头鹰发出的都响。这是目前为止最宽的一条雷鬼路!我们该怎么过去?

他朝朋友们看了看,发现许多猫都吓得发抖。大家对荫苔的死仍心有余悸。

"我不想过去。"落羽低声抱怨道。她蹲伏下来,把鼻子搭在了脚掌上。

"难道我们不可以就留在这边吗?"鹰扑问道,"要不我们回高石山那儿吧?那地方宽敞着呢。"

"是的,但那儿没有猎物。"晴天指出,"我们生活的地方需要有树、有草、有灌木,这样才能有东西吃。"

"好吧,那你们过去吧,不用管我。"落羽固执地说。

碎冰走到落羽跟前,把尾巴搭在了她的背上。"大家一起走了这么远。"他温和地对她说,"我们是不会丢下任何一只猫离开的。我会照顾你,我保证。"

日光小径
RIGUANGXIAOJING

听到这话,落羽颤抖着站了起来。

这时,灰翅发现玳尾看上去也很害怕,他用身体轻抚着她的皮毛,喃喃地说:"你不会有事的。"

玳尾向后贴平了耳朵:"荫苔才刚刚出事,这也来得太快了。"

灰翅点点头:"我知道。可是,日光小径已经把我们指引到了这里,这只不过是另一处障碍而已。"

众猫聚集到雷鬼路边,身子不住地发抖。黑石头路从他们面前向两边延伸开去,几乎望不到尽头。灰翅看了看晴天,只见他勇敢地走近路边向两头张望。当怪物们呼啸而过时,他又及时跳了回来。灰翅不禁很佩服哥哥的胆量。

"好了。"碎冰说,"我们分开行动。晴天,你带领第一小队,到对面后帮我们盯着怪物。疾水、高影、云斑、寒鸦啼,你们和晴天一起过去。"等点到名字的猫聚到一起站好后,他继续说道:"雨拂花、斑毛、玳尾、落羽,你们和我一起走。灰翅,你带领最后一队过去。锯峰、鹰扑、月影,你们几个跟着灰翅。"

灰翅点点头,做好了带队过雷鬼路的准备。

听到碎冰的计划后,大伙儿似乎都感觉好了一些。晴天带领他的小队来到雷鬼路旁,等待一只闪着蓝光的怪物疾驰而去,直到它的咆哮声渐渐消失。

"行动!"晴天大喊了一声。

他带着几只猫迅速穿过雷鬼路,只见他们快步如飞,几乎脚不沾地。晴天在高影旁边跑着,确保她不会落下。他们刚跑到对面,另一只怪物就出现了。接着,他们走进深草中,消失在了灰翅的视线里。

"嗯,还不错。"碎冰说道。他挥动尾巴,示意几只猫走到路边。

不过,这次路上的怪物们来来去去跑个不停。过了好一会儿,碎冰他们才等到下一个合适的时机。这时,晴天从对面出现,用尾巴示意他们过去。

"好!行动!"

这队猫才刚刚跳上雷鬼路,晴天就突然又尖声喊道:"不行!退回去!"

几只猫在晴天的发令声中撤退。就在这时,一只鲜红色的怪物不知从哪里冒了出来,它低吼着匆匆而过。碎冰叼住落羽的颈背,迅速把她拖到了安全地带。

"吃屎去吧!"玳尾在怪物身后冲它咒骂道,好像已经忘了自己之前有多么紧张了。

碎冰他们再次在雷鬼路边上站好。这些猫刚刚险里逃生,此时他们更加小心谨慎。不过,这次路面很快就安静了下来,他们飞奔过去时也没有受到怪物的威胁。

接着,灰翅竖起尾巴,示意剩下的猫集合。为了让自己的脚掌不再紧张得发抖,他先让锯峰、月影和鹰扑在雷鬼路边上排开

日光小径
RIGUANGXIAOJING

站好。随后,他弯下身子把耳朵贴到地面上,但没察觉到有任何震动。

"好……行动!"

他率先跃到雷鬼路上,几只猫紧随其后。可他们刚跑到路中间,灰翅就听到一只怪物呼啸着跑了过来,它的咆哮声越来越响,仿佛吞没了整个世界。

"快点儿!"灰翅尖声喊道。

眼看灰翅就要跑到路边,突然,晴天从草丛中跳了出来。他冲过灰翅,径直朝雷鬼路中央跑去。灰翅惊恐万分,他刹住脚步回头一看,原来锯峰正蹲在怪物即将经过的路上,小家伙已经被吓得动弹不得。在这千钧一发之际,晴天一口叼住锯峰的颈背,三步并作两步跃了回来。霎时,他们身后的巨大怪物在雷鸣般的隆隆声中跑了过去。

"你这傻小子!简直是蠢透了!"晴天放下锯峰,瞪着眼睛向他咆哮道,"你不知道不能像那样停在路中间吗?"

锯峰缩到草丛中,仿佛这样就能避开哥哥的怒火。"我……我很抱歉。"他吞吞吐吐地说。

"这也怪我。"灰翅说道,"我本该发现他没跟在身后的。"

不等晴天再次说话,疾水就挤了过来。"晴天,冷静点儿。"她厉声说道,"我们刚才都被吓到了。"接着,她俯下身子,快速舔了舔锯峰的脑袋。"来。"她轻声说,"你可以和我

一起走一会儿。"

锯峰挣扎着站起身,心怀感激地望了疾水一眼。

一时间,每只猫的身子都在颤抖,他们的毛发又脏又乱。大家蹒跚着走上面前杂草丛生的斜坡,他们心中的兴奋已荡然无存,满腔的勇气也已几乎消失殆尽。

第十三章

斜坡上方通向一片荒原,那里野草丛生,簇簇金雀花正茂盛地生长。蓝天下,灰翅踏上这片空旷的大地,微风夹杂着兔子的气息扑面而来,他放松身体,完全陶醉其中。

我愿意一辈子住在这里。

天快黑时,他们来到了一处凹地,周围的金雀花丛和小岩石块都为猫儿们提供了绝佳的避身处。凹地底部还有一个小水塘,里面积了些褐色的泥水。

"我们暂时就待在这里吧。"高影说,"大家可以休息一下,探探周围的情况。之后,我们再考虑这里是否就是尖石巫师希望我们找到的地方。"

众猫在这片凹地里住了下来。这段时间里,大家也就是打打盹、捉捉兔子。过了几天,晴天第一个带领队伍去探察周围的环境,他还带上了斑毛、落羽和月影。

他们回来后,晴天向大家汇报道:"我们走到了河边。那里有道大瀑布轰隆隆地流向峡谷。"

"不过瀑布后面没有山洞。"落羽遗憾地说。

次日，灰翅带着云斑、雨拂花、锯峰和玳尾一起出发。明媚的阳光照耀着大地，湛蓝的天空中飘着缕缕白云。一阵微风从前方的森林里吹来，捎来了万物生长、欣欣向荣的气息。

"这儿感觉真好！"玳尾感叹道，她停下脚步，弓起身子，伸了个长长的懒腰。

"这里既不下雨，又没有雷鬼路，还猎物丰富。"雨拂花赞同地说，"我们已经很满足了。"

"我们还需要更好地了解这个地方。"灰翅提醒她，"这里可能还有未知的危险。"

几只猫继续向前走着，这时，他们来到一个向下延伸的陡坡前。灰翅看到前面有一簇绿叶正在风中瑟瑟作响。开始他不确定是什么动静，后来才知道那只是树顶的叶子在动罢了。

"我们去看看吧！"锯峰迫不及待地向前一跃。

灰翅用尾巴卷住小家伙的脖子，把弟弟拖了回来。"行，我们去看看。"他严肃地说，"不过，你得乖乖和我们待在一起，别像只发了疯的雪兔似的到处乱窜。"

锯峰点了点头，跟在灰翅身后继续前行。不过小家伙仍急不可耐地伸缩着爪子。

他们走过草地，发现周围长满了茂盛的蕨丛和灌木。灰翅挤到大家前面，他停下脚步，惊叹了一声。

在他的前方，地面向下形成了一片开阔的圆形山谷。山谷四周镶着浓密的蕨丛和灌木，谷底有四棵参天橡树。

日光小径
RIGUANGXIAOJING

"哇哦！"云斑在灰翅身边长长地吐了口气。

锯峰兴奋不已，他尖着嗓子喊道："我们干吗不搬到这儿来呢！"

灰翅没有应答，只是瞅了弟弟一眼。接着，他带领猫儿们走下斜坡。途中，他支棱着耳朵，时时警惕着危险。头顶上的树枝交错盘旋，透过浓密的枝叶，他只能看到一点点蓝天。他不禁又一次有了那种被树困住的感觉。

在四棵橡树中间，一块有几尾高的巨石矗立在地上。锯峰全身发力，往石头上一跃。无奈石头太高，他只得落回地面，懊恼地用爪子挠着石头。

"晴天一定能跳上去！"他不服气地说。

"是的，不过他干吗要跳上去呢？"灰翅说。为了避免和锯峰起争执，他接着说道："我们停下来狩猎去吧。这些灌木丛里一定有很多猎物。"

锯峰立刻冲了出去。

"别跑出山谷！"灰翅在他身后喊道。

剩下的猫也散了开来。正如灰翅所料，这里猎物充足。没过多久，他们便聚在石头下面大快朵颐了起来。吞下几口鼠肉后，灰翅听到山谷一边的灌木丛中簌簌作响。他嗅了嗅空气，闻到了猫的气味。

"是泼皮猫。"玳尾轻声说。

在灰翅的注视下，一团姜黄色的皮毛在灌木丛中忽隐忽

现。一只陌生的猫正朝谷顶跑去。这时，更远处又有了动静，只见一张黑白相间的脸从蕨丛中探了出来。

"还有更多的猫！"锯峰一跃而起，伸出爪子，"我们去把他们打跑。"

小家伙刚要冲上斜坡，就被云斑拦下。他低嘶道："你是跳蚤脑子吗？我们干吗要和他们打架？他们又没伤害我们。"

"可是他们——"锯峰开口反驳道。

"云斑说得对。"灰翅打断了他的话。他想起在两脚兽地盘上和宠物猫们交战时的情景。"现在还不是打架的时候。我们要先去好好了解这个地方，再去对付那些怀有敌意的猫。"

"况且我们都知道，说不定他们会很友好呢。"雨拂花补充道。

锯峰怀疑地哼了一声，不过也没再说什么。灰翅警惕地回头望了一眼，那只猫仍在蕨丛中窥视着他们的行动。他摸不准这些猫会不会给他们带来麻烦，不过为防不测，他还是会密切留意这些猫的动向。

两天后，灰翅独自在荒原上狩猎。温暖明媚的天气开始变得阴冷，层层阴云遮住了天空，寒风夹着雨点吹向大地。

灰翅在荒原上搜寻着猎物的蛛丝马迹。他看见一只兔子从斜坡顶上跑过，顿时兴奋得脚掌直痒痒。他向前跃去，兔子惊恐地尖叫一声，猛地掉转方向。灰翅连忙改变路线，他踏着地

日光小径
RIGUANGXIAOJING

上的野草,迈开步子全速追击。

他就要追上兔子了,突然,有什么东西撞向他的身侧。他脚掌一滑,跌倒在地,连翻了几个滚。

灰翅惊呆了,他爬了起来,只见一只纤长结实的棕色母猫正用一双黄眼睛瞪着他。在离她不远的地方,一只瘦削的灰色公猫站了起来,抖落皮毛上的杂草。兔子的气味迅速消失,灰翅知道,他的猎物已经逃之夭夭了。

灰翅愤愤地甩着尾巴:"你们害我丢了我的兔子!"

"你的兔子?"灰色公猫上前一步,站到了母猫身边,"风,你说说看,凭什么这只吃鸦食的家伙觉得那是他的兔子?"

"我可不知道,金雀花。"这只叫风的母猫说。只见她颈部的毛发根根倒立,她朝灰翅低嘶道:"你应该知道,我们已经看到你们在这里到处转悠,也发现你们在偷盗我们的猎物了!"

"就是,你们是从哪里来的?"金雀花挑衅地问道,"我希望你们不要打算在这里久留,因为——"

"我们想在这儿待多久就待多久。"灰翅毫不示弱地反驳道,"谁能抓到猎物,猎物就属于谁。更何况这里猎物多得是,足够我们大家一起吃的。"

风弹出利爪:"这话还轮不到你来讲。"

灰翅摆好架势准备迎战,不过还没等风和金雀花发起攻击,一个镇定的声音就在他身后响了起来:"灰翅,你是遇到

麻烦了吗？"

灰翅回头一看，只见高影从身后一块长满青苔的大砾石后走了出来。她的脚掌已经痊愈。面对这些心怀敌意的猫，她眯缝起绿莹莹的眼睛，不怒自威，看上去十分霸气。这时，鹰扑也走到高影身旁站好，她龇牙咧嘴，发出低声嘶吼。

"刚才我追兔子时，他俩把我撞倒了。"灰翅解释道。

"是我们把你撞倒的？"风嫌恶地哼了一声，"是你冲我们跑过来的。你跟鼹鼠一样，大白天里都是个睁眼瞎！"

"我们不想争吵。"高影一边说，一边伸缩着爪子，"如果我是你们，我现在就会离开。或者你们是不是在等我们把你们赶走？"

金雀花后退了一步。风迟疑片刻，也向后退去。"我们不会善罢甘休的。"她一边撤退一边厉声说道，"这里不欢迎你们！"

高影站在那里看着他俩退去，两只泼皮猫消失在了远处地势较低的地方。随后，高影带领几只猫向荒原上的凹地走去。天空下起了小雨，打湿了他们的皮毛。每当猫儿们落下脚步时，水都会从地上的野草之间冒出来。

灰翅懊丧不已。刚才冲突一触即发，幸好有高影和鹰扑及时出面相助。但是，他仍暗暗自责道：我不该那么快就和他们吵起来的。我本可以好好与金雀花和风谈谈……难道我们非得靠战斗才能在这里立足吗？

日光小径
RIGUANGXIAOJING

回到凹地后,鹰扑向其他猫讲述了之前发生的事。"高影把他们吓跑了。"最后,带着胜利的喜悦,她兴奋地说,"她好棒!"

然而,并非每只猫听到这消息都那么激动。"我们每次出去狩猎都会碰到这种事吗?"玳尾担心地说,"我可不想为争取狩猎的权利和其他猫厮打。"

"我也不想。"雨拂花赞同地说,"也许归根到底,我们还是不应该住在这儿。"

云斑也点头同意:"假如高影和鹰扑没有及时出现,灰翅就很可能会受重伤了。"

寒鸦啼和斑毛对望了一眼。"如果到了万不得已的时候,我们可以随时回大山去。"寒鸦啼指出,"那里猎物虽少,但至少我们不用为狩猎打来打去。"

在随后的几天里,雨几乎没停过。众猫对探索荒原已经没了兴趣,何况还有不怀好意的猫正对他们虎视眈眈。灰翅和大伙儿一起挤在金雀花丛下避雨。直到肚子饿时,他们才会出去捕些兔子来吃。

距离他们与风和金雀花的冲突已过去了四日。这天,灰翅没有睡好。他醒了过来,看到月影正迈着重重的步子从灌木丛中的斜坡走下来,后面还拖着什么沉重的东西。

"快来看看我抓到了什么!"这只黑色公猫自豪地喊道。

他来到高影栖身的石头旁,把两只松鼠放了下来。

"这是在哪里抓到的?"高影问。

"在树林里。"月影说,"小事一桩,易如反掌。"这时,猫儿们纷纷聚过来一探究竟。月影看着大家,露出了沾沾自喜的神色。

不料,高影厉声喝道:"你跳蚤脑子啊。你不该独自去那里狩猎的。从现在开始,我们结队去狩猎。"

"是谁给你权力发号施令的啊?"月影质问道,他愤愤地抽动着尾巴尖。

"说实话,是荫苔。"高影回答道,"我以前也没想过要当领头猫。"

听到这话,灰翅心里纳闷道:荫苔让高影接替他了吗?他俩经常在一起讨论事情。我想高影不会说谎。

虽然猫群中的气氛顿时紧张了起来,但是没有谁敢去质疑高影的话。一时间,灰翅察觉到猫儿们心中的惆怅:如果荫苔还在的话,情况会不会就完全不同了?

他非常清楚,这地方并没有当初他们从山中出发时想象的那么好。就算是后来,大家穿过雷鬼路来到了荒原时,他们所设想的情况也比如今的现实美好得多。然而,在这样的暴雨天里,众猫已丝毫没有继续远行的兴致了。

既然我们已经在这里安了家……那我们就得充分利用这里的一切。

第十四章

众猫分享着月影带回的猎物,灰翅觉得晴天好像有些郁郁寡欢:他和月影简单道了声谢后就没再说话,而且他只吃了几口。

"你需要和你哥哥谈谈清溪的事。"玳尾伏在灰翅耳边说,"你不能这样一直躲下去。"

"我会考虑的。"灰翅说道。不过,一想到晴天的满腔怒火都会撒在他身上,他就不由得畏首畏尾起来。

后来,雨停了。天空放晴,风儿吹走了朵朵白云。灰翅看到晴天独自爬上了凹地的斜坡。迟疑片刻之后,他暗暗鼓励自己:机不可失,时不再来。随后,他便跟了上去。

晴天飞快地跑过荒原,朝一个灰翅从没去过的方向奔去。灰翅心里纳闷道:他这是要去哪儿?

过了一会儿,他才明白过来,原来晴天在往河边跑。灰翅不曾从岸上近距离看过这条河。此时听见河水那隆隆的奔腾声,他好奇得脚掌直痒痒。

晴天来到河边,只见一道瀑布从岩石上落下,扬起片片水

花。瀑布的两边是陡峭的石壁，河水拍打着两岸的峭壁奔涌向前。由于最近雨水充沛，河面泛起了泡沫，发出嘈杂的哗哗声。看着眼前的瀑布，听着雷鸣般的水声，灰翅不由得想起了他们那大山中的家。

眼前的景色使灰翅分了心，他一时间丢了晴天的行踪。过了一会儿，他发现哥哥正沿着一条通向河边的狭窄小路往下爬。灰翅跟在后面，每走一步都谨慎地提着步子。他紧贴着岩壁前行，与河边的陡坡保持了一段距离，以免掉下水去。

晴天不紧不慢地走着，灰翅加快脚步赶上了他。"你来这儿，是不是因为这里让你想起了山中的瀑布？"他开口问道。

晴天一惊，忙转过身来。然而此处地面湿滑，惊诧之下，他的脚掌没有站稳。他号叫一声，向河中滑去。

说时迟，那时快，灰翅不顾安危，向前一跃，在晴天落入悬崖的那一瞬间叼住了他后颈处的皮毛。晴天就悬在那湍急的河水上面，他的脚掌徒劳地挣扎着。此时，灰翅是他得救的唯一希望。他仰起头，那双蓝眼睛里充满了恐惧。他直直地盯住灰翅的眼睛。

灰翅的脑海中闪过一幅画面：那天老鹰抓住清溪往上飞时，他当时是多么渴望自己能救下清溪啊。"我不会让你也死去的。"他从牙齿缝中发出嘶吼。

晴天惊恐的眼神里闪过一丝困惑："你说什么……"

灰翅铆足了劲猛地一拽，把哥哥向上拉起。终于，晴天回

日光小径
RIGUANGXIAOJING

到地面上站稳了脚掌。他抖抖身子，蓝色的眼睛怒视着灰翅。"你这个笨蛋！你跳蚤脑子啊！"他大吼道，颈部的毛发也乍立了起来，"你有必要非得这么鬼鬼祟祟地跟着我吗?！"

灰翅被刚才的一幕吓得还没缓过神来，他喃喃地说："对不起。"

晴天又瞪眼看了他一会儿，颈部的毛发这才恢复原状："你刚才说你不会让我也死的？这话是什么意思？"

灰翅深吸了一口气。这些话他在心里已经憋了一个多月，此时他一股脑儿地全说了出来："我没办法接受清溪就那么死了！我知道这都怪我。我好希望自己能替她去死，但什么话都表达不了我内心的愧疚。"

晴天睁大双眼，惊愕地看着灰翅。"她的死不怪你。"他哽咽道，"整个计划是我出的主意。我不应该让她出去与鹰搏斗的，她还怀着我们的孩子。是我害了她。"

灰翅盯着晴天，他不敢相信晴天竟会这样说。他走上前，把口鼻埋在哥哥肩部的毛发里。"也许这不是任何猫的错。"他轻声说道，"这只是一场可怕的意外。我们不能一辈子在愧疚里活着。清溪不会想要看到我们这个样子的。她是那么地爱你，她绝对不想让你活在痛苦中。"

灰翅不确定自己说得对不对。一直以来，他都陷在深深的自责中。不过，当他得知晴天也同样自责时，感觉心里的重担被卸了下来。

我们仍怀念清溪,我们也不会忘记她,但我们的生活还是会继续下去。他抖了抖皮毛,重重地叹了口气,然后提议道:"我们为什么不沿着河往下走走呢?"

晴天点了点头:"好。"

这次,灰翅带头走下狭窄的小路,顺着奔腾的河流前行。他俩仍在为清溪的死难过,不过,见他和晴天之间恢复了一些往日的亲密,灰翅甚感欣慰。

他俩朝河流下游走去。一开始,河边有一条明显的小路,但后来小路渐渐地被灌木覆盖,兄弟俩只好挣扎着钻过灌木往前走。灰翅嘀咕着骂了几句,因为小树枝和黑莓藤总是挂住他的毛发。

灌木丛终于渐渐消失,他们看到有片高高的岩层把湍急的河水分开。灰翅注意到有几块踏脚石露在水面上。

"我们去探险吧!"晴天兴奋地高呼。还没等灰翅回应,他就跳过一块块石头,纵身跃到了岩层上。"来呀,过来很容易!"他回过头对灰翅喊着。

灰翅并不觉得跳到那几块大石头上有什么意义,但他听出了哥哥话中带着几分挑战的意味。他犹犹豫豫地跳上踏脚石。石头凹凸不平,上面还滑溜溜的。灰翅生怕会掉下去被汹涌的河水卷走。

"你还真是从容不迫啊。"晴天待灰翅来到身边后开口说道,友好地用头触了触灰翅,"我们爬到岩石顶上去吧。"

日光小径

说罢,他纵身一跃,灰翅也跟着他艰难地爬了上去。终于,他俩爬到了石堆的顶部。这堆岩石由好几块参差错落的扁石头组成,上面有一道道深深的裂缝。

灰翅警惕地环视四周:"这里猫的气息很浓。"

"这并不奇怪。"晴天说,"这些岩石是晒太阳的好地方。岩缝里也有很多猎物。"

"你说得很对。"一个冷冷的声音在他们身后响起。

灰翅和晴天大吃一惊,他俩忙转过身来,只见一只陌生的母猫正站在几尾外的平石头上。她毛发黝黑,只有一只脚掌和肩部的一块斑点是白色的。母猫眯缝起绿莹莹的眼睛,充满敌意地瞪着他俩。

"你好。"灰翅打着招呼,他试着让自己的声音听上去尽量友好一些。

黑色母猫置若罔闻。"从我的石头上走开。"她弹出利爪大吼道。

晴天竖起颈部的毛发:"谁说这是你的石头了?"

母猫挑衅地向前走了一步:"我听说荒原上有别的地方的猫闯了进来。这里不欢迎你们!"说完,她扭过身去,敏捷地跳到水里。灰翅见状大吃了一惊。转眼间,她光亮的黑色脑袋从水中又露了出来,随即,她用力朝对岸游了过去。

"她是只游水猫!"晴天惊讶地喊道。

见这次相遇并没引发冲突,灰翅松了口气。他打趣地发出

咕噜声："她应该结识一下落羽。"

兄弟俩从踏脚石上跳回岸边，一起朝树林里跑去。这时，前方有只松鼠蹿了出来，它匆匆跳上树逃命。可晴天一跃而起，把松鼠抓了下来。

他俩肩并肩蹲坐下来，开始享用美食。

"你知道，"晴天看着灰翅低声说，"我可以在这种地方住下来。"

灰翅吞下口中的松鼠肉，说："我更喜欢空旷的地方。"

晴天的一只耳朵朝他动了动："嗯，你跑得很快，能捕到兔子。"

吃完猎物，兄弟俩从树林中往回走。灰翅听见周围有沙沙的动静，听上去似乎是猫钻到灌木丛里的声音。

"我想我们被监视了。"他低嘶道。

晴天高傲地甩了甩尾巴："那又怎样？既然他们不敢现身，那么肯定就害怕我们。我觉得这样也不错。我可不想每次狩猎都有其他猫来惹麻烦。"

不过，灰翅却没有哥哥那么自信。他指出："如果我们留在这里，就需要和其他的猫和平相处。"

这个地方的陌生感如汹涌的河水般再次向灰翅袭来。看来，我对这里的生活是一无所知。

晴天带头向荒原走去，他绕开河边，从长着四棵橡树的山谷中穿过。

日光小径

"这地方真棒!"他兴奋地喊道。他转过身,好像想一次就把这里看个遍。之后,他跳到一棵橡树上,用爪子钩住树皮往上爬。随后,他在一根粗壮的树枝上站稳了脚跟。

"快下来!"灰翅喊道,他可不想像哥哥那样跳上树去,"你又不是松鼠!"

"没有谁规定猫不能住在树上啊。"晴天一边回答,一边顽皮地挥着尾巴。

灰翅翻了翻眼。他还没应答,便又一次有了被监视的感觉。他扫视斜坡,看到一只肥胖的玳瑁色猫正在一处蕨丛的掩护下暗中观察着他俩。树影下,她那斑斑点点的皮毛几乎隐形。

"我们有伴儿了。"灰翅对晴天说。

晴天向灰翅指的地方看去,他从树上爬下,从几尾高的地方向地面跳去。

还没等他脚掌落地,那只玳瑁色的猫便转身跑上了斜坡。看着她离去的背影,灰翅想到自己竟连和她说话的机会都没有,不禁心生沮丧。

"她看上去吃得很好。"灰翅对晴天说。

"你说得对。"晴天说,"她不是野猫。你觉得宠物猫也会来这片树林吗?"

灰翅不太确定。他知道,之前有猫透过树林看到过两脚兽的巢穴,狭窄的路上也有两脚兽和狗的气息,但荒原和森林基

本上都是野生动物的地盘。

　　本来就该这样。但我真想不通，为什么会有猫想和两脚兽住在一起。灰翅暗暗好奇起来。

　　灰翅和晴天回到凹地，听到月影正在大声嚷嚷。

　　"我都和你说过多少遍了，我讨厌吃兔子，也讨厌被雨淋。我们为什么不离开这里住到树林里去呢？"

　　月影站在他的同窝猫面前，他颈部的毛发根根竖立，尾巴还不停地甩动着。

　　"没你想得那么简单。"高影冷冷地说。

　　灰翅和晴天走下斜坡，玳尾上前迎接。"他俩又吵起来了。"她翻了翻眼咕哝道。

　　"你除了使唤我们，什么也没干。"月影愤愤地说。

　　"那你除了没完没了地顶嘴还干过什么？"鹰扑插话道，她站到月影和高影中间，"我们都开始厌烦了。瞧，现在不下雨了，我们为什么不像往常那样去捕些鸟回来呢？"

　　鹰扑环视四周，看见一只老鹰正在凹地的野草上方盘旋。她用尾巴指指老鹰，敦促道："走吧，我们知道怎么才能抓到它！"

　　寒鸦啼立刻跳了起来，随即斑毛和雨拂花也上前要求加入捕鹰行动。虽然灰翅四肢酸痛，但他也上前一步想要同去。

　　晴天向高影走去，问道："你同意吗？"

日光小径

高影耸了耸肩:"你们想捉什么就去捉什么,只要别去其他猫住的那片树林就行。"

月影看上去还想顶嘴,不过他最终转过身,气呼呼地向窝里走去。

"你也一起来吗?"灰翅问玳尾。

"我就不去了。"这只玳瑁色的年轻母猫说,"我今天已经吃过了,不用去狩猎了。"

鹰扑领着这群山里来的猫儿们爬出凹地,跑下斜坡向老鹰逼近。为了不惊动它,大家放低了身子。

"它长得很小,不是吗?"斑毛嘀咕着,"和家那边的鹰比起来,这只长得像麻雀一样。"

"现在这里就是我们的家。"鹰扑立刻说道。

鹰扑的话带来一片沉寂。灰翅暗忖:这里真的是我们的家吗?此刻,太阳正暖洋洋地照在他身上,他享受着奔跑时风拂着皮毛的感觉,开始心生满足。

这里会成为理想的家园的。

猫儿们将老鹰围住,他们本能地想起了山中的捕鹰模式——从四周向中间步步进逼。鹰扑向寒鸦啼点了点头。寒鸦啼是他们几个当中跳得最高的猫,所以让他第一个跳向老鹰是再合适不过的了。

此时,老鹰的注意力正集中在草丛里的猎物身上。它最后才注意到四周的猫,于是扑打着翅膀想要飞向空中。

不过现在它想逃也来不及了。只见寒鸦啼飞身跃到空中，他大叫一声，伸爪就把老鹰给拽了下来。其他猫立刻冲上去想帮忙按住老鹰，但这时寒鸦啼已咬住老鹰的脖子，一口结果了它的性命。

灰翅暗暗诧异：这也太简单了吧。

"干得漂亮。"雨拂花佩服地说，"你可以自己留着吃。"

寒鸦啼低下头，他感到很自豪，但也有些不好意思。

就在他们说话的时候，斑毛跳进草丛。当她挺起身子时，嘴里已经叼住了一只老鼠，那老鼠正是被老鹰盯上的猎物。

"我们一下子竟捕到了两只猎物！"她边吃鼠肉边说。

"这种好事在大山里是绝不会有的。"雨拂花说。

大伙儿看上去皆大欢喜，不过灰翅却感觉到他们的快乐似乎有些牵强。

他心里明白：我们都在拼命假装这是个完美的地方。

第十五章

灰翅在树林里走着,晴天在前面带队。寒鸦啼、落羽和玳尾也出来一同狩猎。和往常一样,一离开荒原,踏入森林,灰翅就感到不适。他每跑几步就会被黑莓藤绊一下,因此实在很难捕到猎物。此外,森林里的空气混杂着各种气味,他深受干扰,无法追踪猎物的气息。

落羽刚捕到一只老鼠,树林里就响起一声尖叫。随后,灌木丛里碰撞声与怒号声响成一片,听上去像是几只猫在混战。

晴天愣住了,他向前抽了抽耳朵,大喊道:"那是月影的声音!"

说罢,他朝声音传来的方向跃去,其他猫也跟了上来。灰翅穿过蕨丛向前冲去,这时,玳尾在他身后说:"你有没有觉得他总是麻烦不断?"

灰翅想起之前他们在两脚兽地盘上和宠物猫交战的情景,心想:月影确实不该独自出去,不过我们还是得去帮帮他。

灰翅和晴天跳到空地上,其他猫随即跟上。混战声中,月影正和别的猫在黑莓丛前扭打成一团。在距他们约莫一尾远的

地方横着一只死松鼠。

见状,晴天发出刺耳的吼叫,向空地的另一边猛冲过去。他抓住一只猫的肩膀,将他从月影身上甩开。灰翅跳到另一只猫的身上,朝她耳朵旁连连出掌,直到母猫放开月影,方才作罢。

可是,灰翅万万没想到,这只母猫竟会转而向他扑来,这次混战的激烈程度也远远超过了他的想象。他还没来得及做好防护,母猫的利爪就在他的侧身狂抓一通。他想用后腿把母猫蹬开,但母猫用前掌死死地环扣住他的脖子,张嘴就朝他的喉咙咬来,灰翅慌忙扭头避开。

恍惚中,灰翅听到了更多的怒号声和打斗声。他嘴里有了血的味道。剧痛使他的意识模糊了起来,他心想:这只猫是想置我于死地。

随后,另一只猫重重地落在了灰翅和这只母猫身上。就在灰翅几乎绝望之时,他听到一声怒喝:"放开他!"

是玳尾!

母猫翻滚到一边,灰翅蹒跚着站了起来。此时,三只陌生的森林猫都停止了打斗,他们站在那里怒视着从大山里来的猫,嘴里发出嘶吼。灰翅这才得以仔细将他们打量一番。那只白脚掌黑猫就是几天前他和晴天在石堆那里见到的猫。另外还有一只小个头的黄色虎斑猫和一只黑白相间的公猫。见到他们此时也伤痕累累,灰翅心中涌起一股强烈的满足感。

日光小径

月影正躺在灌木丛边上喘着粗气,他肩部被撕掉了一撮毛。玳尾走过去帮他站了起来。玳尾的口鼻被抓伤,皮毛也乱成一片。

"他们袭击了我!"月影愤愤不平地喊道。

玳尾丝毫不同情他的遭遇:"你这跳蚤脑子,谁叫你独自跑出来的?"

"我之前就警告过你们。"黑色母猫怒视着晴天和灰翅,呵斥道,"这里不欢迎你们。你们为什么不滚回你们原来的地方?"

"就是。还有,不许再偷我们的猎物了。"黑白相间的公猫补充道。

"你们的猎物?"月影勃然大怒,"那只松鼠是我抓到的!所以它应该是我的猎物才对!"

听到这话,黄色虎斑猫弹出爪子,绷起肌肉,看这架势似乎她马上就要朝月影扑去。以防万一,灰翅立即做好了迎战的准备。

"你们打起来个个都像半死不活的兔子。"黑白相间的公猫说,"这次你们只不过是在数量上占了优势,所以才打赢了。不过,如果你们以后胆敢再回来,就要小心你们的尾巴了。"

"不错。"黄色虎斑猫补充道,"我们将奉陪到底。"

黑色母猫尾巴一甩,三只森林猫向灌木丛中走去。离开

猫武士

前,黄色虎斑猫冲到那只死松鼠前面,张口把它叼住,连拖带拽地离开了。

"嘿!"月影抗议道,向她冲了过去。

晴天迅速上前把月影撞翻在地。"你还没吸取教训吗?"他严厉地说,"现在不是再次开战的时候。"

晴天带领众猫向荒原走去,月影气鼓鼓地跟在后面。灰翅觉得行走起来十分困难,他每走一步,侧身的伤口都疼痛难忍。寒鸦啼一瘸一拐地走着,他的一只脚掌被扯裂了。落羽被抓掉了一撮毛。晴天的肩部正在流血。

灰翅心情沉重地想:我们这样能算是打赢了吗?要是这次我们打输了,又会有怎样的下场呢?

"我一次一次地警告过你……"高影猛烈地抽打着尾巴,看着月影怒斥道,"……可你还是不长记性。"

狩猎队回到了荒原上的凹地,晴天汇报了他们与森林猫的冲突。

"因为这条命令简直就是跳蚤脑子!"月影反驳道,"这地方比我们在山中的地盘还小。为什么你非要我们像被抓的兔子一样窝在这里发抖呢?"

灰翅不得不承认月影的话确实有几分道理。这片凹地如果长住下去并非十分舒适,而猎物丰富的森林却对每只猫都有着强大的吸引力。

日光小径
RIGUANGXIAOJING

高影的盛怒渐渐消退，她若有所思地抽动胡须："好吧。也许我们应该增加在森林里的狩猎次数。不能让那些猫觉得我们被吓住了。"接着，她用那绿莹莹的眼睛盯着月影生气地说："但是，你不得再独自去那里。明白了吗？"

月影耸了耸肩："要是你能早点儿让我们在那里适当狩猎的话，我才不会自个儿跑过去呢。"

这时，云斑叼着满口草药走了过来。他放下草药，说道："我想办法找了点儿山萝卜，我来给你们把伤口敷上吧。"

他把草药的汁液涂在玳尾的口鼻上。随后，他转向灰翅。灰翅躺了下来，让云斑为他治疗侧身的抓伤。

云斑把叶片嚼碎敷在了灰翅的伤口上。他低声说："你知道，我不喜欢大家总是和其他猫打来打去的。也许我们应该想个办法与他们和平相处。"

"可我没多大把握。"灰翅说，"其实我也希望与他们和平相处，但这恐怕很难实现，因为我们和他们太不一样了。"

次日，太阳刚从地平线上升起，月影就宣布要去狩猎。

高影转过身看着弟弟，她抽动着尾巴尖。还没等她开口，晴天就站到月影身边，说："我和你一起去。"

接着，锯峰、疾水和碎冰跳出来加入了他们。高影迟疑片刻，发出咕噜声表示了同意："好的。祝你们好运。"

"你去吗？"晴天问灰翅。

"这次算了。"灰翅回答道。他的伤口还在疼,而且他觉得自己不擅长在树下追踪猎物。总之,灰翅试图让自己相信,他之所以不去狩猎,并不是因为害怕再遇上那些森林中的猫。

狩猎的同伴们刚出发,玳尾就向灰翅走去。"我们去散散步吧?"她建议道,"不去狩猎,也不去打架。"

"听上去不错。"灰翅同意了。

他俩离开凹地时,仍能看到晴天一行正穿过荒原往森林走去。"你是在跟踪他们吗?"灰翅惊讶地问。

"不是,我只是还想去大橡树那里看看。"玳尾解释道,"我喜欢那儿!"

山谷宽阔而静谧,只有橡树枝叶在摩挲作响。阳光透过树枝斜照下来,在森林的地面上投下斑驳的树影。玳尾迅速跑下斜坡,来到了四棵橡树中间的巨型砾石下。她用爪子攀着砾石向上,爬到了石头顶部。

"来呀!"她挥着尾巴向灰翅喊道,"上面可棒了!"

灰翅跟着慢慢往上爬,他用爪子扣住石头上的裂缝爬了上去。他来到玳尾身边站好。石头顶部被太阳晒得暖暖的,灰翅的脚掌踩上去感觉非常舒服。他侧身躺下,让阳光抚着他的皮毛。

玳尾坐在他身旁,用尾巴优雅地盖住前掌。她惬意地舒了口气:"我愿意永远待在这里。"

灰翅打起盹来,他忘却了时间。突然,石头底部有声音传

来，把他惊醒了。

"喂，上面的两个！"

灰翅和玳尾并肩从砾石边上向下望去。令灰翅吃惊的是，眼前这胖乎乎的玳瑁色猫正是那天在山谷中监视他和晴天的那只猫。此时，这只猫的黄眼睛里闪着兴奋的光芒，正仰头朝灰翅他们看呢。

"我叫班布尔。"她大方地介绍着自己，"我是只家猫——虽然我想你们会喊我宠物猫。我能上来吗？"

"当然。"玳尾摆了摆尾巴发出邀请。

在灰翅眼里，这只肥胖的玳瑁色猫看上去并不像是能爬上来的样子。可是，不一会儿，她就气喘吁吁地爬上砾石，在他俩身边坐了下来。

"你好。"玳尾打着招呼说，"我叫玳尾，他叫灰翅。"

"哇哦，你们怎么这么瘦啊？"班布尔直截了当地问，她不住地打量着这两只从山里来的猫，"你们难道没抓到东西吃吗？"

"我们是从很远的地方来的。"玳尾说，"有时候没空狩猎。"灰翅见玳尾有些不悦，不禁乐了起来。

班布尔好奇地眨了眨眼睛："很远的地方？有多远呢？是从荒原那头来的吗？"

"比那里更远。"灰翅回答。

"你知道地平线上的那些参差不齐的岩石吗？知道高石山

吗？"玳尾问。

宠物猫惊愕地睁圆了眼睛："你们从那里来的？"

玳尾摇摇头："不是。我们是从高石山的另一边来的，我们走了很多很多天。"

"为什么呢？"班布尔困惑不已地问。

"在我们原来住的地方，猎物不够养活所有的猫了。"灰翅解释道，"而且，天冷的时候，我们常常会陷到深深的积雪中。"

"有的时候猫还会被鸟叼走。"玳尾眼睛冒光，她似乎很喜欢吓唬这只宠物猫，"巨大的鸟——比这里的鸟大多了。"

"听上去太不容易了。"班布尔惊讶地喊道，"你们那时肯定又冷又饿，还一直生活在恐惧中。难怪你们会来到这里。"接着，她环视四周，开心地挥了挥尾巴："这是个好地方。"

"但是你不住这里，对吗？"玳尾问，"你和两脚兽住一起。这……好奇怪。"

"奇怪？"班布尔抽了抽胡须，"这感觉再好不过了！我主人的巢穴非常舒适，我永远不缺食物，而且我也没什么好害怕的。"

"那你每天干什么呢？"玳尾问。

"大多数时间都在睡觉。"宠物猫说，"或者和主人的幼崽玩耍。如果我不想玩了，就来这里走走。"

日光小径
RIGUANGXIAOJING

"那些野猫不会找你麻烦吗?"灰翅问。

"不会。他们知道,我不会对他们的狩猎构成任何威胁。"

一时间,三只猫在太阳底下慵懒地消磨着时间。灰翅喜欢照在毛发上那温暖的阳光,但是过了一会儿,他的肚子咕咕叫了起来,他这才想起自己从前天起就没吃过东西了。

玳尾碰碰灰翅,说:"我们要去狩猎了。"

"很高兴我不用去狩猎!"班布尔友好地冲他们点点头后爬下岩石,"回头见!"

"那种生活好无聊啊。"玳尾一边说,一边往地上跳去。

灰翅在向下跳之前踌躇了片刻,脚下的石头让他想起了大山的美好。

两只猫儿一起向空旷的荒原走了回去。

"我不习惯在树下狩猎。"玳尾悄悄地对灰翅说,"那里太吵了,而且我总担心自己会不小心撞到树上。"

"我也深有同感。"灰翅赞同地说,"而且几乎无法把注意力集中在猎物身上。"

玳尾默不作声地走了一会儿。然后,她嘀咕道:"不知道我们还会不会再见到班布尔。"

"对此我表示怀疑。"灰翅开起了玩笑,"她是不会喜欢和我们这些凶残的野猫说话的。我们有可能会把她吃了!"

玳尾笑着打了个咕噜。但刚过了一个心跳,她的动作就凝固了。"有兔子!"她小声说。

此时,这两只猫已走出了树林,正在一个小山坡上爬着。只见离坡顶不远的地方,有只兔子正蹦蹦跳跳地啃着青草。

两只猫顿时冲了上去。但灰翅侧腹的伤口拖慢了他的脚步,玳尾跑到了他的前面。兔子见状拔腿就跑,它很快便消失在了坡顶,玳尾在后面穷追不舍。

灰翅到了山顶后,见玳尾正站在死兔子旁。"干得漂亮!"灰翅跳下山坡,走到她的身边。

他俩吃了猎物,便往凹地走去。刚回到凹地,晴天和其他狩猎猫就追了上来。晴天拖着一只松鼠,月影叼着一只画眉鸟,其他猫都叼着老鼠。

"你们要是看到晴天是怎样抓到松鼠的就好了!"锯峰叼着猎物,口里含糊不清地说,"他竟然爬到树顶上去了!"

晴天的眼睛闪着自豪的光芒。在灰翅看来,他的哥哥似乎已恢复了些许往日的样子。也许清溪的死留下的阴云终于开始消散了。

狩猎猫们把猎物带到凹地里放了下来,高影朝他们点了点头:"祝贺你们。你们做得很好。"当其他猫围上来时,她继续说道:"尖石巫师,谢谢你让我们来到这个猎物丰富的地方。"

在大伙儿进食的时候,太阳渐渐地沉到了高石山后面,天空被染成了一片深红色。灰翅的心情放松了下来。他很高兴这

日光小径
RIGUANGXIAOJING

次猫儿们终于彼此和睦相处。他凝视着眼前日渐熟悉的景色，开始相信大家已经来到了尖石巫师的预言所示之地。

灰翅在荒原边上停住了脚步，他俯视四棵橡树的顶部。这些树现在长得更葱郁了。太阳照耀着大地，空气中飘着猎物的香味，周围的植物也在生机勃勃地生长。

真不敢相信，这里的植物长得这么茂盛！大山里从未有过这样的景色。

为了消遣时光，灰翅舒展肌肉，他先绕着荒原畅快地跑了一圈，随后向河边的峭壁跑去。上次在河边，他把晴天吓得差点儿失足落河。打那以后，他一直没去过那里。但是他仍记得自己当初见到那奔腾的河水时是多么地兴奋，另外，两岸的峭壁也让他想起了大山。

灰翅没走多远便听到兔子惊恐的尖叫声，他还听见有猫在高吼着追捕猎物。他停住脚步，只见一只兔子飞奔过荒原的山丘，之前他见过的那两只猫——金雀花和风——在它身后紧追不舍。灰翅本能地想加入追击，可他又不想招惹麻烦，便索性把爪子深深插进地里。

兔子从他身边闪过，风和金雀花离兔子只有几尾远的距离。突然，兔子遁入两块石头之间，钻进一个几乎看不见的洞里，顷刻之间便没了影踪。不料，风一刻不停地跟着兔子冲进洞中。见状，灰翅惊得大喘了一口气。

猫武士

金雀花刹住脚步停住,他气喘连连地说:"这不公平!你不能仗着身子瘦就总是钻到地底下去!"

说完,这只灰色虎斑公猫转过头警惕地看着灰翅。灰翅向他走了过去。"别担心。"灰翅解释道,"我不是来打架的。不过你刚才说的'钻到地底下'是什么意思?"

"你也看到她刚才做的了。"金雀花说,他用耳朵指指兔子洞,"她特别瘦,所以能钻到里面去。"

就在这时,风又出现了。只见她叼着兔子,得意扬扬地从洞里钻了出来。

灰翅入神地看着她的一举一动。"我能进去看看吗?"他问。

风吃惊地看了看他。"如果你想进去就进呗。"她把兔子放到金雀花的脚掌边,"这可不是我家,这是兔子的家。"

灰翅走到洞口,浓郁的兔子气息扑面而来,他不禁舔了舔嘴唇。但是,这洞看上去非常狭小,他拿不准自己是否真的想挤到里面去。

风在他身边长叹了口气:"还是我来带你去吧。你也很瘦,我能去的地方你应该都能去。"

说着,她从灰翅身旁挤了过去,率先钻进洞中。灰翅只好硬着头皮跟上,不然,这些陌生的猫就会觉得他胆小如鼠了。他跳进洞里,皮毛从两边的洞壁上擦过。兔子洞里又暗又闷,他感到举步维艰。

正当他努力克服恐惧时,他感到风在他前面吃力地转过

身，把他推下一条侧道。"走那边！"她一边低嘶，一边跟着灰翅往前走去。

突然，灰翅感到清新的空气轻抚着他的胡须。他奋力往前挤，风还时不时地在后面推上一把。终于，他从另一个洞里钻了出来，那洞口就在一簇金雀花的根部。他跌跌撞撞地走到空地上站定，胸口剧烈地上下起伏着。

"鼠脑子！以后别再那样了。如果你在下面慌了阵脚，就会不知不觉迷路的。"风斥责着灰翅，不过她的声音听上去却没什么敌意。

广阔的天空下，灰翅呼吸着新鲜的空气。微风吹拂着他的胡须，他平静了许多，说道："也许钻到兔子洞里不是个好主意。"

尽管如此，一想到自己竟发现了荒原下面的地道网，灰翅仍激动不已。突然，灰翅感觉自己仿佛被爪子挠了一下，他猛然想起，以前老年猫在故事里说过，当他们还住在湖边的时候，那地方就有许多地道的。

那时，他们给年轻猫们设下的考验就是让他们想办法从地道中走出来。想到这里，灰翅不寒而栗，幸亏我们现在已经不那样做了，不然，说不定部落猫们早就见不到我了。

灰翅回过神来，朝金雀花和风点头致意。"谢谢你们带我参观了兔子洞。"他说，"也许我们以后还会再见面的。"

两只猫谨慎地作别了灰翅。想到这次与原住猫的相遇并没有发生什么不愉快的事，灰翅心里不禁松了口气。

第十六章

灰翅打消了去河边的念头，他转身往凹地走去。就快到凹地时，斑毛和云斑迎面走来。

"我们去寻找草药。"斑毛说道，"你愿意和我们一起去吗？"

"希望你能和我们一起去。"云斑补充道，"高影说，如果要去荒原以外的地方，必须至少有三只猫结伴同行。"

斑毛不耐烦地哼了一声："就她大惊小怪的。"

"也许吧。"云斑说，"不过多一只猫就能多叼一些草药回来。"

灰翅很乐意帮忙，于是他们一起走下通往河边的斜坡。"我又碰到那两只猫了，就是金雀花和风。"他说，"风竟然能钻到地底下去捉兔子！"

斑毛惊讶地眨了眨眼睛："真想亲眼看看！"

云斑带头走向那道河边的峡谷。这几天一直晴朗无雨，河水正静静地从峡谷中流淌出来。在阳光的照耀下，河面上泛着点点微光。河边郁郁葱葱的草丛中，云斑和斑毛正忙着寻找草

日光小径

药。灰翅在一旁等候，和煦的阳光照在身上暖洋洋的，他感到十分惬意。

"快看！"云斑惊叫道，"这里有大片大片的紫草。"

"还有蓍草！"斑毛喊道。她的身体被茂盛的草木掩住，只露出晃动的尾巴。没过多久，她就衔着一束草药钻了出来。她把草药放到灰翅面前，说："太好了，我们需要的草药就长在离家这么近的地方。而且，天刚转暖，草药就长出来了。"

"在山里的时候，我们有时要在谷底找上一天呢。"云斑赞同地说，"而且那时，我们从没一下子找到过这么多的草药。"

他和斑毛开始在河边将草药的根和叶片堆好。为了防止有森林猫出现，灰翅一直在旁边望风。不过四下里一片安静。

采好的草药刚好够他们仨带回去。这时，斑毛停住脚步，嗅了嗅空气，向河对岸望了过去。"我闻到那里有艾菊。"她说，"寒鸦啼练习跳跃时扭伤了腿，艾菊治腿伤的效果很不错。"

"河的下游那里有些踏脚石。"灰翅对斑毛说。

斑毛将这条河仔细观察了一番。"看上去并不深。"她说。还没等灰翅反应过来她的意思，斑毛就已蹚进河中："如果落羽能游泳，那么我也能！"

灰翅和云斑都慌了神，他俩对望了一眼。斑毛已经踏着水花向前走去，当刺骨的河水漫过她的腹部时，她不禁倒抽了一

口冷气。然而，令他俩毫无防备的是，一眨眼的工夫，斑毛就消失在了水中，河水在她头上打起旋来。

"糟了！"云斑惊叫一声，朝河边跑去，"我去下水救她。"

不过，还没等他跳入水中，斑毛的脑袋就从水里冒了出来。她疯狂地扑打着水面，然后竟设法用力朝对岸游了过去。

"嘿！我会游泳啦！"斑毛又惊又喜地喊道。

"正常猫才不会这么做呢。"云斑咕哝道，"你就像一条毛茸茸的鱼。"

斑毛从水中爬上了岸。她抖了抖身子，一头扎进了灌木丛。过了一会儿，她叼着一些叶片钻了出来。接着，她又蹚入河中，扑腾着水花游了回来。她一边游，一边把头抬得高高的，以免嘴里的草药沾到河水。

"看到了吧！"她爬上岸，气喘吁吁地说，"这很容易。只是，水太冷了。"

"我看你就是个鼠脑子。"云斑摇摇头嘀咕道，"我们回凹地去吧。"

"为什么不留下来捉些鱼回去呢？"斑毛建议道。

云斑翻了翻眼："你想都别想。别折腾了，赶快回凹地把毛发弄干，不然你会生病的。"

斑毛气呼呼地哼了一声，只得作罢。三只猫一起向凹地走去。灰翅跟在斑毛和云斑身后走着。忽然，他听到一簇蕨丛后

日光小径

有猫在说话，顿时毛发竖了起来。

灰翅起了疑心：难道是风和金雀花又回来跟踪监视我们了吗？

然而，当他悄悄穿过蕨丛时，却发现玳尾和班布尔正并肩坐在一起，两只猫正在分享一只硕大的田鼠。

班布尔最先发现了灰翅。"你好啊，灰翅。"她招呼道，看上去很高兴见到他。

玳尾跳了起来。"噢……嘿！"她说道，"班布尔看到我抓到了这只田鼠，她想尝尝田鼠的味道。"

玳尾的声音听上去似乎有所戒备，不过灰翅也想不出个所以然。他对森林猫小心提防，但从没觉得这只宠物猫会有什么威胁。

班布尔继续大吃起来。灰翅放下嘴里叼着的草药，说："很明显，她很喜欢田鼠的味道。"接着，他问道："班布尔，你为什么不在森林里住下来呢？"

班布尔惊愕地抬起头，她差点儿被嘴里的鼠肉噎住。"不可能！我的主人对我很好，我从来都不愁吃喝，而且巢穴也很舒适。"她接着说，"你们真该过来看看！"

"不了，谢谢。"灰翅对她说，"我们不属于两脚兽。"

"玳尾，你呢？"班布尔问道。

玳尾好奇地抽动着胡须："也许去看看也挺有意思的……不过现在不行。"

班布尔吞下最后一口猎物，说："谢谢你啦，玳尾。我们下次再见。"

"好的。"玳尾同意了，"下次我去橡树谷中时会留神注意你在不在。"

班布尔高高地竖起尾巴，从蕨丛中穿了过去。在消失之前，她还回头望了一眼。

"你知道，"灰翅沉思片刻说，"和宠物猫太亲近不是很好。"

玳尾蓬起颈部的毛发："为什么？"

灰翅有口难言，他只好说："我只是不放心，就是这样。"

因为就像我刚说的那样，我们不属于两脚兽。

灰翅的窝就在凹地底部的金雀花丛中。此时，他正待在窝里。晴朗的夜空中缀着点点繁星，半轮月亮将清辉洒向大地，斜坡顶部的景色清晰地映入他的眼帘。他吃得饱饱的，在温暖的窝里蜷起了身子。

他心满意足地想：这真是个好地方。我们可以就在这里安居。

突然，夜空下出现了一个黑影。灰翅眯缝起眼睛，在月光下辨认出了一副又尖又长的口鼻。紧接着，一股恶臭飘了过来。他这才想起来，之前在他们离开两脚兽巢穴时，他曾见过

日光小径
RIGUANGXIAOJING

一只瘦长的红毛动物。在森林里，他也闻到过同样的气味，只不过从没亲眼见过那气味究竟是哪种动物留下来的。

那道黑影鬼鬼祟祟地溜进了凹地。接着，又有两道黑影一前一后跟了上来。灰翅一跃而起。

"我们遇袭了！"他高声呼号起来。

可是，他发出的警报随即被一只猫的惨叫声淹没。霎时间，哀号声与打斗声在凹地里响成一片。灰翅惊恐地环视四周，他的脚掌僵在了地上。就在这时，他瞥见一个家伙把利齿深深地咬进碎冰的肩部，这只灰白相间的公猫被它叼在嘴里晃来晃去，仿佛是一只猎物。

一阵恐惧袭上灰翅的心头：我们变成它们口中的猎物了。我们都会被咬死的！

第十七章

灰翅本能地想要立即投身于战斗,但他知道,那样做的后果就是被撕成碎片。他焦急万分:我不能弃大家而去!我一定能为大家做些什么。

这时,玳尾出现在他的身旁,上气不接下气地说:"是狐狸!"

"什么?"

"这些家伙就是狐狸。班布尔提醒过我要提防他们。现在我们该怎么办?"

就在他俩说话的当口,晴天飞奔而过,只见他龇着牙齿,亮出利爪。灰翅迅速上前把他拦下。

"我去和他们拼了!"晴天吼道。

"等等!"灰翅急匆匆地说,"我们要想个计划!"

此时,四下里哭号声和咆哮声混在一起,越来越响。在这危急关头,灰翅知道他必须立刻做出决定。突然,他脑子里浮现出众猫在山中猎鹰的情景:一只猫先跳起来把老鹰拽下,其他的猫再蜂拥而上,将它置于死地。

日光小径
RIGUANGXIAOJING

他来回扫视着晴天和玳尾,希望他们能配合行动:"我们三个一起冲上去。先合力进攻一只狐狸,一有机会就把它杀了,剩下的我们再逐个击破。"

玳尾迫不及待地点点头:"这行得通。"

"那其他的猫怎么办?"晴天问,"我们在袭击狐狸时,他们可能会被它的同伙咬死。"

"我们要是散开的话,就更没办法救他们了。"玳尾回答。

"我们没时间耽误了。"灰翅说,"晴天,我们找到狐狸后,你从一边进攻,玳尾从另一边进攻,把它的思维扰乱。"

"那你呢?"晴天问。

"别担心,我会见机行事。"灰翅严肃地回答道。

灰翅带着他俩潜行到凹地边上,在暗中俯视下面的战况。最后,灰翅看到战场边缘有只狐狸正对鹰扑虎视眈眈。鹰扑孤立无援,站在那里瑟瑟发抖。

"我们上!"灰翅号叫着发令。

晴天提身纵跃,展开利爪对准狐狸的侧腹一阵猛抓。那家伙刚嘶吼着转向晴天,玳尾便从另一侧发动进攻。狐狸扭过头,它张开大嘴乱咬一气,可晴天和玳尾一袭击成功便立即跳开了,狐狸每次都咬了个空。

计划起作用了!灰翅飞身跃到半空,落在了狐狸背上。他把后爪狠狠刺进狐狸肩部,然后趴在它脑袋上,对准它的眼睛

和口鼻一阵狂抓。狐狸发出一声惨叫。它后腿蹬地，直起身子，妄图把灰翅甩下来，然而灰翅却死死地钉在它的身上。

与此同时，晴天和玳尾仍在两侧猛攻狐狸侧腹。狐狸苦不堪言，只得朝凹地边上蹿去。它刚离开凹地跑上荒原，灰翅就从它身上跳下。那家伙一边哀号，一边夹着尾巴遁入了茫茫的黑夜。

"下一只！"晴天兴冲冲地喊，"这次我来负责跳到狐狸身上。"

他迅速转身，带领灰翅和玳尾冲回凹地底部。此刻，高影和寒鸦啼正在和另一只狐狸奋战，但寒鸦啼体力不支，步子已经开始蹒跚。高影的额头被抓破，鲜血流进了她的眼中。

玳尾和灰翅立刻挺身而出，他俩分别从两边夹击狐狸。接着，晴天咆哮一声，纵身跃到狐狸背上，挥爪向它的耳朵猛攻起来。狐狸连忙甩着脑袋左右躲闪。

很快，这只狐狸便放弃进攻，仓皇逃命。与此同时，第三只狐狸正撕咬着云斑，那只可怜的猫正无力地蹬着后腿防卫。突然，那只狐狸转过身，发觉自己已经落单。它惊叫一声，随即丢下云斑，奔上斜坡，尾随两个同伙逃之夭夭。

云斑跳上前去，一直追到凹地边上才停住脚步。"有多远滚多远！"他喊道，"别再回来！"

灰翅环顾四周，只见寒鸦啼正趴在地上气喘连连，不过他好像没受重伤。月影一瘸一拐地走着。雨拂花被扯掉了几撮

日光小径
RIGUANGXIAOJING

毛。锯峰侧腹被抓破，正流血不止。其他猫的身上也都有狐狸留下的可怕伤口，不过至少大家都还能走得动。灰翅方才一直在担心鹰扑的安危，所幸鹰扑没有生命危险，此时她已挣扎着站起身来。

狐狸刚走，云斑就转过身去为高影检查伤口。斑毛赞许地抽动胡须，也走上前来。他俩互相配合，为猫儿们依次疗伤。

这时，玳尾和晴天向灰翅小跑过来。

"我们胜利了！"玳尾兴奋地喊，"灰翅，你真了不起！"

晴天赞许地向弟弟点了点头。"合作进攻真不错，这招很灵。"他说，"也许我们该多练习练习，以防今后有更多不测。"

灰翅忧心忡忡地看了哥哥一眼："你说得对。肯定还会有麻烦。"他心里沉甸甸的：而且，麻烦很快就要来了。

曙光微露，寒气笼罩着大地。灰翅看着劫后的凹地，心里沉甸甸的。经过这次混战，所有的猫窝都被踏得七零八落，草皮上全是爪痕，金雀花丛也被扯得七零八落。负伤的猫儿们躲在角落里，瑟瑟地挤作一团。

灰翅心中阵阵发苦：虽然这次我们幸存了下来，可是接下来还会发生什么呢？

天色亮了起来。灰翅蹲坐下来舔舐肩部的伤口。过了一会

儿，他看到晴天起身和月影简短地说了几句。随后，两只猫穿过凹地走到高影面前。灰翅有点儿纳闷，便站起来跟了上去。

"我们想和你说件事。"晴天开口说道。

高影和雨拂花正互相帮忙拔着脚掌中的刺。听到这话，她抬起了头："说吧。"

月影接过话头："我们认为大家应该搬到树林里去住。那里容易狩猎，而且有更好的地方藏身。"

"我们在这里太暴露了。"晴天补充道，他挥舞着尾巴，朝周围的一片狼藉指指点点了一番，"这里没有能防御狐狸的地方，也不能挡住任何其他入侵者的袭击。"

高影用凌厉的目光来回扫视着晴天和月影。"但我们一直都居住在地势高的地方。"她驳斥道。

"而且如果我父亲还在世，他也不会希望我们分裂。"雨拂花补充道。

"你父亲已经不在世了。"晴天直截了当地说。听到这话，雨拂花痛苦得脸都扭曲了起来。

这时，其他的猫已陆续意识到重要的事情正在发生。大伙儿纷纷聚了上来。听到这番交谈，他们惊得瞪圆了眼睛。一想到要离开这片空旷的土地，灰翅的心就上下翻腾起来。

"真不敢想象你们要住到树林里去。"寒鸦啼插话道，"而且已经住在树林里的那些猫怎么办？"

"这个我们能应付。"月影自信满满地抽了抽耳朵，"我

日光小径

们不想为每一口猎物打架，但那里猎物足够所有猫吃的。"

"这没你想象的那么简单。"鹰扑反驳道，"我赞同去树林里住，但我不支持内部分裂。"

高影沉思了一会儿。最终，她开口说："这样吧，我们就还按在山洞时用过的那个办法，通过投石子来决定是否搬到森林里去。"

众猫咕哝着表示同意。寒鸦啼和落羽立刻起身去乱糟糟的草丛里搜罗石子。过了一会儿，他俩把石子带回，堆在了高影身边。这时，众猫聚集到了一起。

"好吧。"这只黑色母猫说，"如果你们想留在荒原，就把石子放在草丛里这块裸露的地上。"她用尾巴指了指那个位置，继续说道："如果你们想离开，就把石子放在金雀花丛边。"

她第一个把石子放在了那块光秃秃的地上。雨拂花也投了留下的石子。猫儿们依次上前衔起石子，紧张的气氛笼罩在他们头上。灰翅同样投石子支持留下。随着越来越多的石子被投出，结果已见分晓：绝大多数的猫想留在荒原，目前只有月影、晴天、疾水和落羽希望搬到树林里去。

最后投石子的是锯峰。他抱歉地望了灰翅一眼，把石子放在了金雀花丛下。

高影看了看两处的石子。此时已经没有清点的必要了，大家表决的结果显而易见。"那就这么定了。"高影宣布，"我

这样吧,我们就还按在山洞时用过的那个办法,通过投石子来决定是否搬到森林里去。

如果你们想留在荒原,就把石子放在草丛里这块裸露的地上。如果你们想离开,就把石子放在金雀花丛边。

绝大多数的猫想留在荒原,目前只有月影、晴天、疾水和落羽希望搬到树林里去。

最后投石子的是锯峰。他抱歉地望了翅一眼,把石子放在了金雀花丛下。

那就这么定了。我们就留在这里。

等等!这不公平。既然我们想去树林里住,那么就应该有离开的权利。

就是。我们当初在山洞里投票时,想留下的猫留下了,想离开的猫离开了。为什么现在就不一样啦?

众猫倒抽了一口气。灰翅仿佛被落下的大石头砸中,他不禁黯然神伤。

那你们走吧。带着我们的祝福离开吧。如果你们想回来,我们随时欢迎。

我们一起走了这么远,难道现在真的说分就分吗?

们就留在这里。"

"等等！"晴天跳了起来，"这不公平。既然我们想去树林里住，那么就应该有离开的权利。"

"就是。"月影补充道，"我们当初在山洞里投票时，想留下的猫留下了，想离开的猫离开了。为什么现在就不一样啦？"

众猫倒抽了一口气。灰翅仿佛被落下的大石头砸中，他不禁黯然神伤：我们一起走了这么远，难道现在真的说分就分吗？

高影深深地吸了口气。"那你们走吧。"她的话中没有愤怒，只有悲哀，"带着我们的祝福离开吧。如果你们想回来，我们随时欢迎。"

那些投石子选择离开的猫站起来聚在了一起。灰翅震惊不已：这么做，真的是对的吗？

第十八章

众猫面面相觑,大家眼里满含悲伤与迷茫。

"我们不会走远的。"疾水说,"而且我们会经常互相走动的!"不过,灰翅听得出来她只是强颜欢笑罢了。

寒鸦啼轻轻地推了推落羽,友好地说:"哪天你怀念兔子的味道了,或者哪天你怀念风吹皮毛的感觉了,那时你就会回来了!"

"你们就等着下雨吧!"疾水扑哧一乐,"那时你们就会来树下和我们一起避雨了。"

决定离开的猫儿们陆陆续续爬上了斜坡,但晴天仍踌躇不前。他看着灰翅,喃喃地说:"祝你好运!我们很快就会再见面的。"

灰翅点了点头。见到晴天和他之间已经恢复了往日的亲密,他满心感激。

"你确定不和我们一起走吗?"晴天问。

灰翅摇了摇头。"我的心属于这块空旷的平野,属于这片辽阔的荒原。"他说,"不过我会送你一程。"

猫武士

他和晴天一起跳上斜坡,去追其他的猫。高影和雨拂花也一起为他们送行。猫儿们聚在一起赶路,他们穿过荒原,来到了森林的边上。

"再见。"高影说,她向晴天他们点了点头,"希望你们猎物丰足,顺利找到安身之地。我们随时欢迎你们回来。"

"谢谢。"晴天说,"我们也随时欢迎你们过来走走。"

虽然灰翅知道他还会见到哥哥,但在晴天转身离去的那一刹那,他仍然痛在心头。他慢慢地向凹地走去,感觉伤口更疼了。他走了几步,回首凝望,可晴天和其他猫已经消失在了茂密的树林中。

灰翅他们回到凹地,周围冷冷清清的。斑毛仍在为负伤的猫治疗。为了把窝修好,玳尾正忙着搜集草叶。

云斑走到灰翅面前,用尾巴碰了碰他的肩部。"我们去狩猎怎么样?"云斑建议道,"吃些东西,我们就会感觉好些了。"

灰翅感觉来了精神。他同意了:"好,就这么办。"

他俩一起走上荒原。一阵强风把云吹散,片片湛蓝的天空又露了出来。灰翅深吸一口气,嗅到了一股浓烈的兔子气息。只见一只兔子正在一道石坡下啃食青草。灰翅用耳朵指指兔子,向云斑示意。

云斑从另一头上前包抄,想截住兔子的逃路。灰翅想起他

日光小径
RIGUANGXIAOJING

们在山中的捕兔技巧,便做好准备,在一丛深草间蹲伏下来。很快,兔子竖起耳朵,它看到云斑,拔腿就向灰翅藏身的方向跑去。灰翅从草间纵身跃出,挥掌向兔子打去。兔子尖声惊叫起来,灰翅利齿锁喉,咔吧一声结果了它的小命。

"干得漂亮。"云斑走上前说,"这兔子真肥,够好几只猫吃了。"灰翅拖着兔子往凹地走去。云斑接着说:"你知道的,其他猫的离去不会带来什么变化,最多是我们的家好像变大了罢了。"

灰翅叼着兔子低声附和着。不过,他心里却没那么肯定。我希望云斑说的是对的,可是我仍旧觉得事情正在发生变化,而且这变化超出了任何一只猫的控制范围。

灰翅在树林边上停下脚步,他张开嘴巴感受着空气中的气息,心里暗暗希望晴天或其他的猫会突然出现。虽然那些猫离开已经有好几天了,可是灰翅仍感觉自己被扯成两半,仿佛彻底遗失了什么。

他失望地转过身。这时,他发现树下有动静。只见一只猫从蕨丛中钻了出来,她先鬼鬼祟祟地左右张望一番,然后才向灰翅所在的斜坡上跑来。可是,这猫不是晴天,也不是其他离开的猫,而是玳尾。

灰翅在心里嘀咕:她是去探望晴天吗?不过,若是如此,她又何必偷偷摸摸地不想被其他猫发现呢?

想到这里,他退到岩石后面,等玳尾走过,他突然走了出来招呼她:"你好啊!"

玳尾跳了起来:"你差点儿把我的毛都吓没了!"

"你上哪里去了?"灰翅问,他嗅出玳尾身上有股陌生的奇怪味道,于是疑心越来越重,"你可别跟我说你去探望晴天了,因为我知道你根本没去!"

见灰翅出言不逊,玳尾向后退了一步,竖起颈部的毛发:"行,告诉你,我去两脚兽地盘探望班布尔了。"

"什么?"虽然灰翅之前已有所怀疑,但他从没料到玳尾当真会那样做,"你是彻头彻尾的跳蚤脑子吗?"

"我不知道你为什么气成这样。其实还好啦!我直接走进两脚兽巢穴里了。"玳尾的怒气渐渐消散,她开始滔滔不绝地讲起自己的冒险之旅来,"当时我真的很害怕,不过班布尔特别好,她带我参观了一切。两脚兽有一种软软的石头,上面有彩色的皮毛。它们可舒服了!"

灰翅绞尽脑汁想要表达自己的震惊。"你必须离两脚兽地盘远一些。"他说,"那里太危险了!"

玳尾不屑一顾地摆了摆尾巴:"别大惊小怪的。班布尔一直在旁边照看着我呢。你也应该去看看!"

灰翅觉得他的生活开始四分五裂。之前他的兄弟和朋友们离开凹地去了树林,现在玳尾好像又忘了自己的野猫身份。"你简直荒唐透顶!"他斥责道。

日光小径

"我在你眼中就是这样的吗?"玳尾怒目相向,她颈部的毛发又竖了起来。

"无所谓了。"灰翅突然不想再吵下去了,"你爱干吗就干吗去吧。"

灰翅丢下玳尾,让她自己找路回去。他独自大步走进了树林。一进树林,他就感到自己被铺天盖地的绿色吞没。周围苍翠欲滴的植物笼罩着他,压得他几乎透不过气来。随后,他发现有条熟悉的小路,便避开了陌生猫的气味,循着这条小路走了过去。

突然,两道猫影从树上跳下,分别落在了灰翅两侧的灌木丛间。灰翅绷起神经,准备进攻。接着,他定睛一看,发现原来是锯峰和晴天。

"给你个惊喜!"锯峰得意扬扬地叫道。

灰翅发出开心的咕噜声,上前和他俩触了触鼻子:"你俩差点儿把我尾巴都吓掉了!"

"我们正在树上狩猎呢。"锯峰骄傲地说,"那感觉太棒了!"

"我们一起去狩猎吧?"晴天建议道。

灰翅仰头看了看离他最近的那棵树,心里不禁打了个哆嗦:这树也太高了吧!可是,他不想让兄弟们把他看扁,同时也想多一些和他们共处的时间。于是,他爽快地应道:"好。"

猫武士

他跟着晴天和锯峰爬上树干，在最低的那根树枝上稳住身子，紧张地把爪子插进树皮。随后，他环顾四周，静听树叶沙沙作响，仔细捕捉着不同的气息。

这时，一只松鼠在枝杈间跳跃，晴天穷追不舍。锯峰跟在后面追击。灰翅吃力地向树上爬去，好生羡慕兄弟们爬树时的自信与速度。

松鼠跳到一根树枝的尽头，紧接着，它飞身跃到相邻的另一棵树上。灰翅停下脚步，心想这下他俩不可能再把松鼠抓住了。然而晴天并没有要停下的意思，只见他跟着松鼠，纵身向那棵树跃去，几乎飞了起来。随后，他脚掌落下，刚好死死踩住那只松鼠的尾巴。接着，锯峰也跟着跳到那棵树上，这一幕幕惊得灰翅目瞪口呆。

"我也得跳过去。"灰翅咕哝着，他在树枝上踱着步子，努力保持平衡。接着，他绷紧身子，伸出前爪，抓住了那棵树的枝子。

可没想到，灰翅的爪子刮着树皮滑了下来。他尖叫一声，感觉自己正往下落去。在最后一刻，他设法攀住树枝，但因后掌落空，他只得无助地挂在枝子上晃荡着。一阵眩晕袭来，但灰翅还是不顾一切地抓紧树枝一点儿一点儿向树干的方向挪去，终于把身子移到了树枝较粗的那端。他费尽力气翻上树干，坐在上面瑟瑟发抖，甚至都不敢想象自己怎样才能回到地面了。

直到晴天和锯峰回来，他那颗怦怦乱跳的心才渐渐平复下

日光小径
RIGUANGXIAOJING

来。晴天嘴里叼着那只松鼠。

"刚才的追踪太棒了!"锯峰激动地喊道,两只眼睛兴奋得直冒光,"灰翅,你还好吗?"

"呃……我想我被困在这里了。"灰翅尴尬地说。

"没关系,我来帮你下去。"锯峰充满信心地说,"你倒着退下树去。把脚掌先落在那里……然后再落在那里。"

灰翅好不容易才爬下树来,他四脚着地,长长地舒了口气。"你们真的很擅长爬树。"他钦佩地对锯峰说。

锯峰不好意思地低下头:"晴天教了我一些爬树的妙招。"

晴天从树上几尾高的地方跳了下来。"这能有助于巩固在树上狩猎的新技巧。"他谦虚地解释道。

"祝你们好运!"灰翅热切地说,"我还是留在地上捉兔子吧!"

灰翅跟着兄弟们走在林间小路上,他们来到一处树下的凹地上,凹地中间是个浅浅的水潭,周围长着密密匝匝的凤尾蕨和黑莓丛。

"欢迎来到我们的新家!"晴天说。

疾水和落羽从凤尾蕨丛中探出脑袋,她们走到空地上。"你好啊,灰翅。"落羽说,"见到你真高兴。"

"很高兴你来看我们。"疾水对他说,"我们已经安顿下来了。我们用小树枝做窝,用苔藓把窝铺好。之前有其他好管闲事的猫来找麻烦，我们把他们吓跑了。我才不会把自己的窝让给他们呢！"

"他们看上去并不坏。"落羽插话道，"如果他们真对我们感兴趣，我们说不定可以邀请他们过来一起住。"接着，她有些不好意思地说："他们说不定会成为我们的朋友。"

咦……落羽怎么这么渴望拉拢更多的猫加入他们啊？灰翅心里犯起了嘀咕，不过他什么也没说。"见到你们进展得这么顺利，我很开心。"他对晴天说。

"是的。"晴天满意地看了看周围的一切，"我真的感觉这才是我应该住的地方。你在荒原上过得快乐吗？"

"嗯。"灰翅点了点头，"快乐。"

灰翅离开了树林，他很高兴见到了哥哥弟弟，也很高兴去了他们的新家。一路上，他满脑子里想的都是他的兄弟，以至于没能像往常那样注意周围的情况。这时，一只猫从灌木丛里跳到灰翅面前，他惊得连忙刹住脚步。慌乱之中，他的皮毛擦到了一截树桩。树桩的边缘如犬牙般交错不齐。他差点儿一个跟头栽倒在地上。

灰翅抬起头。只见眼前站着一只银色的虎斑母猫，她眯缝起绿莹莹的眼睛，正生气地瞪着他。

"我见过你。"这只猫发出低嘶，"你和那些前来滋事的新来者是一伙的。是我们先到这里的，所以，不准再偷我们的猎物了！"

日光小径

灰翅不想打架。"这里猎物多得足够每只猫吃饱的。"他温和地说,"我叫灰翅,你呢?"

母猫没有作答。"告诉你吧,"她不太情愿地说,"那儿有个蜂窝,就在你刚才差点儿栽倒的那个树桩里。"

灰翅走近一看,发现身旁的树桩里果然有一大块灰色的隆起物,还有两三只黑黄相间的小家伙盘旋在那里。同时,他还听到了低沉的嗡嗡声。

"它们是什么?"他问。

母猫翻了翻眼睛:"是黄蜂!你什么都不懂吗?如果你侵扰到它们,它们就会飞过来蜇你。如果你不信,就把脚掌伸进去试试。"

灰翅不由得后退了几步。"谢谢。"他感激地说,"幸亏你告诉了我。"

"我刚才可不是为了帮你。"母猫吼道,"我只是不想让你尖叫起来吓跑猎物。"她猛地转过身去,斥道:"别来烦我们!"接着,她钻进了灌木丛。

灰翅走出树林,飞奔着穿过荒原。此时此刻,他发现那只银色毛发的母猫已经深深地印在了他的脑子里。

灰翅爬上通往凹地的最后一道斜坡。这时,他想起之前和玳尾的争执,心中泛起一阵悔意:如果我能带她看看这里的美好,说不定她就不会想去两脚兽那里了。

他走进凹地,玳尾正在一丛灌木下清洁耳朵。"嘿!"灰

翅打着招呼说,"你想狩猎吗?"

玳尾跳了起来,两眼发光:"好啊!"

他和玳尾向荒原上走去。"前几天我和云斑出去狩猎,"灰翅解释道,"我们用以前在山上的办法抓到了一只兔子,就是一只猫把猎物赶到另一只猫的爪子下。我们今天也来试试吧。"

这时,虽然乌云在天边聚集了起来,但荒原上阳光明媚,天空仍是一片湛蓝。褐色的小蝴蝶正在百里香丛中翩翩起舞。

"好,我们去找兔子。"玳尾赞同地说。

很快,他们就发现一只兔子正悠闲地在草地上蹦来蹦去,还时不时地停下来吃点儿青草。

"你在这儿等着。"灰翅轻声说,"我去把它赶到你这边来。"

玳尾点了点头。她蹲伏下来,做好了准备。灰翅悄悄绕了一个大圈,爬到了兔子身后。前方,玳尾在她藏匿的草丛中竖起了耳朵。

灰翅大吼一声,朝兔子奔去。兔子尖叫起来,急忙逃窜,直奔玳尾而去。可时机还没到,玳尾就冲了出来。见状,兔子及时掉转方向,撒腿飞奔了起来。尽管玳尾紧追不舍,灰翅也连连加速,可兔子还是迅速溜进了附近的一个洞里。他俩都扑了个空。

"兔子屎!"灰翅停住脚步,气喘吁吁地抱怨道,"你那

日光小径

会儿走神了。"

玳尾怔住了,她委屈地瞪大了眼睛。"难道你狩猎时就从没失败过吗?"她毫不示弱地问。

"至少我从没在这么好抓的猎物身上失手过。"

"好,你厉害!"玳尾喝道,"我这就去找其他猫去。别的猫可不会指望我身轻如燕、动若脱兔。"

说罢,玳尾扬长而去。望着荒原上她离去的背影,灰翅暗忖:我看她这"别的猫"指的是班布尔吧。

乌云渐渐遮住了天空。黄昏时分,天开始落雨。可是,玳尾仍未回来。灰翅爬到金雀花丛里的窝中,可是,他一点儿睡意也没有。他在心里问自己:我是不是对她太苛刻了?

最后,他勉强入睡。苍白的曙光中,他醒了过来。他站起身,走过凹地,来到玳尾的窝前。窝里冷冷清清,空荡荡的,她的气息也很陈旧。

焦虑像狐狸的獠牙一样撕扯着灰翅的心。他心急如焚:她在哪儿?为什么她还没回家?

第十九章

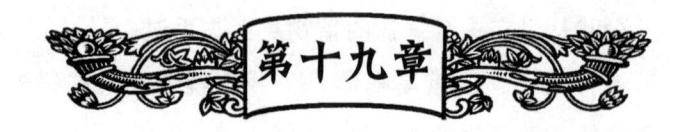

怪物们的咆哮声震耳欲聋。灰翅沿着两脚兽地盘上的硬石头路缓慢前行，他能闻到怪物们的恶臭。大雨哗哗地下个不停。他的皮毛湿答答地贴着身子，好像两脚兽的肮脏气息已经渗入了他的体内。

但我必须找到玳尾！

然而，灰翅实在不知道该去哪里找班布尔的两脚兽巢穴。那些巢穴看上去一模一样，它们的气味嗅上去也没什么差别。他在接近两脚兽地盘时曾嗅到过玳尾的气息，但周围狗的气味、两脚兽的气味还有怪物的气味时时都在干扰着他，害得他没过多久就跟丢了玳尾的气味踪迹。

他正沿着雷鬼路走着，忽然看见有只怪物从拐角处呼啸着一闪而过。它飞驰的脚掌溅起一片泥水。灰翅还没来得及躲闪，就被脏水从头泼到脚。

兔子屎！

灰翅全身湿透，他抖了抖皮毛，朝四周看了看。只见雷鬼路在他面前延伸开去，两边各有一排红石头巢穴。他不知该从

哪儿找起,甚至连回森林的路都不认识了。

我迷路了!

"又是你!"灰翅身后传来一个声音,"你在这儿干吗?"

灰翅连忙转身,之前在森林里邂逅的那只银色虎斑母猫映入了他的眼帘。他尴尬得全身发烫。此时他浑身湿透、又脏又臭,最不想见到的猫就是她了。

"你好。呃……你还没告诉过我你叫什么呢。"他吞吞吐吐地说。他知道这话听上去傻透了。

母猫眼珠一转,说道:"我干吗要告诉你?"

"可我已经告诉过你我的名字了。"灰翅委屈地说。

"嗯,你是说过你叫灰什么的。"银色虎斑母猫故作叹息道,"好吧。我叫暴雨。这下你满意了吧?不过你还是没告诉我你在这儿干什么。你是迷路了吗?"

"呃……算是吧。"灰翅承认道。

暴雨的鼻子里发出哧的一声:"说实话,你连只幼崽都不如!让你用上四只脚掌,你都找不着自己的尾巴。话说回来,你想到哪里去?"

"我来找我的朋友。"灰翅解释道,"她可能和一只叫班布尔的猫在一起。班布尔是一只玳瑁色的猫……她长得胖乎乎的,胸前的毛是白色的,脚掌也是白色的。"

"噢,我认识她。"暴雨说,"如果你愿意,我带你去她

主人的巢穴那里。"

"那太好了。"灰翅松了一口气，他终于不用在这可怕的地方瞎转悠了。尽管如此，他还是希望前来帮他的猫不是暴雨。在她眼里，我一定是个十足的鼠脑子吧。

暴雨向他摆了摆尾巴，示意他跟上。他俩绕过下一个拐角，顺着两座两脚兽巢穴间的一条狭窄的小路走了进去。

"真没想到在这里见到你。"灰翅说道，尽量使自己的语气听起来很友好，"你看上去不像宠物猫。"

暴雨停住脚步，杏眼圆睁。"我不是宠物猫！"她吼道。

灰翅顿时吓得一句话也不敢说了。他郁闷地想：我怎么老是说错话啊！

最后，暴雨在一段两脚兽栅栏边停了下来。"从这里过去就是。"她用尾巴示意。接着，她用脚掌拍了拍灰翅的鼻子："你确定不会再走岔了吧？"万幸的是，她在拍灰翅鼻子的时候，爪子是收起来的。

"不会，谢谢你。"灰翅回答。

银色母猫转身离开。突然，她回眸一笑，那双绿莹莹的眼睛亮闪闪的："等你下次需要救援时我们再见面吧。"

目送她离去之后，灰翅从栅栏间的一个洞钻了进去。那儿有一条窄窄的小路通向巢穴，路的两旁绿草茵茵，周围茂密的矮树丛间鲜花正朵朵盛开。他张嘴捕捉空气里的气息，分别辨认出了玳尾和班布尔的气味。

日光小径
RIGUANGXIAOJING

"玳尾！"他大声喊道。

可是，灰翅等了好久也不见有猫出来。他不禁怀疑这两只猫是否还在里面。他暗忖：说不定玳尾都回家了，看来我这是白跑了！

终于，巢穴边上的一个片状物被顶了开来，玳尾和班布尔匆匆走了出来。"灰翅！"玳尾蹦跳着跑到灰翅身边，两眼兴奋得发光，"你终于来班布尔这里玩啦。我好开心。"

"我不是来玩的，我是来带你回去的。"灰翅说。

玳尾的兴奋劲顿时就没了踪影。"我才不需要你出来救我呢！"她怒气冲冲地斥道。"雨太大，我不过是在这里借宿一晚罢了！何况班布尔的主人真的很好，"她接着说道，"它们甚至给我东西吃。"

"它们是两脚兽，不是主人。"灰翅震惊地嘶吼道，"你还记得自己是只野猫吗？"

"我没有。"玳尾反驳道，"你还记得要注意自己的礼节吗？"

灰翅这才想起来班布尔此时正站在离他几尾远的地方，看上去十分尴尬。

"班布尔，我为灰翅的行为感到抱歉。"玳尾说道，"他平时没这么讨厌的。"

灰翅愤愤地发出低嘶。他气呼呼地想：她干吗要为我道歉？！

班布尔点了点头:"没关系。"

"我跟你回去。"玳尾对灰翅说,她生气地抽动着尾巴尖,"省得你在这里大吵大闹的。再见,班布尔。我明天在大橡树那里见你。"

说完这话,她从两脚兽栅栏间挤了出来,大步向前走去。灰翅不好意思地向班布尔点了点头,跟着玳尾离开了那里。

他俩走了一段路后,灰翅开口说道:"对不起,我惹你生气了。我只是很担心你。"

玳尾看了他一眼,脸上不悦的神色缓和了下来:"好吧,我也有错,我不该在外面待这么长时间。但那时雨下得太大了,我不想冒雨跑回去。班布尔的巢穴可好玩了!她的食物虽然看上去有点儿像兔子粪,但是味道很好。我就睡在和你说过的那种软石头上。"

说着说着,玳尾的眼中流露出一丝失望的神情,她兴奋的声音也渐渐低沉了下去。虽然玳尾刚才滔滔不绝地讲了那么多,但灰翅对班布尔的巢穴实在提不起兴趣。他甚至为自己的无动于衷感到有些愧疚。可是,我们毕竟不属于两脚兽,只这一个理由就足够了。

灰翅穿过树林,他一边留意着猎物的动静,一边琢磨着是否要去看看晴天和锯峰。大雨已经过去了两天,他脚掌下的地面仍是潮湿的,不过,这天的阳光十分灿烂。

日光小径
RIGUANGXIAOJING

灰翅动了动耳朵,他听到了森林深处传来的声音。可是,那不是猎物的叫声,而是一声恶狠狠的咆哮,还有个声音大喊道:"卑鄙的小偷!"

灰翅一惊,他还以为有部落同胞遭到了袭击,便连忙朝那声音的方向飞奔了过去。他冲出一丛接骨木,看见两只森林猫站在那里:一只白色公猫,另一只是他之前见过的体形娇小的黄色母猫。他俩把另一只猫逼到了盘根错节的橡树下。灰翅定睛一看,那只猫正是暴雨,他顿时心跳加速。

"这里不欢迎外来者。"白色公猫吼道,"滚开!"

"可我不是外来者。"暴雨反驳道,"我一生下来就住在这里了。"

那只黄色小母猫二话不说,挥掌就向暴雨打去。暴雨连忙后退,身子被迫贴在了树根上。

"不许碰她!"灰翅大吼一声,向前一跃,纵身跳到了那只白色公猫身上。

公猫咆哮起来,挥起利爪向灰翅发动攻击。灰翅用后脚连蹬了公猫几下,两只猫在地上的残枝败叶中滚来滚去。他模糊地意识到,暴雨和黄色母猫也发出阵阵愤怒的嘶吼,她俩此时也打在了一起。

这时,白色公猫利爪一挥,打中了灰翅的肩部,灰翅痛得面部扭曲了起来。他猛冲上前,想咬住公猫毛茸茸的喉咙,但公猫及时扭头避开,不过还是被灰翅咬到了耳朵。

白色公猫尖叫一声,连忙抽开了身子。鲜血从他的耳朵处流了下来。他匆匆爬了起来,头也不回地跑了。见状,黄色母猫也匆忙跟着跑了上去。没跑几步,她突然转身吼道:"我们不会就此罢休的!"

灰翅和暴雨并肩站在一起,他俩喘着粗气,看着这两只泼皮猫消失在了灌木丛中。

"你刚才不用管我的。"暴雨尾巴一甩说道,"这点儿事我能应付得来。"

"我想这次该轮到我救你了。"灰翅反驳道。虽然他暗暗佩服暴雨的勇气,她那不服输的样子也让他十分欣赏,但灰翅的心里多多少少还是有些失落。要是她能谢谢我就好了。

"不过,既然你来了,"暴雨说,"不如带我去看看你和你朋友们住的地方吧?你知道的,你们的事总能传到我的耳朵里。"

灰翅顿时觉得心头暖暖的。他开心地咕噜了一声:"跟我来。"

他带着暴雨穿过树林,爬上斜坡,来到了猫儿们栖息的凹地附近。

"你们这里的隐蔽性不太好。"暴雨迟疑地说。

"噢,那些金雀花丛下又干燥又暖和。"灰翅说,"而且我们喜欢开阔的空地。这能让我们想起以前的家园。"

"你们以前住在哪儿?"暴雨问。

日光小径
RIGUANGXIAOJING

"你看到那些尖尖的山峰了吗？"灰翅用尾巴指了指高石山，"我们原来住的大山和那里有点儿像，不过大山要比那里高多了。而且我们以前住的大山非常非常地远，你从这儿是看不到的。"

暴雨瞪大了那双绿莹莹的眼睛。灰翅见自己这次终于给她留下了深刻的印象，心里不由得美滋滋的。"哇哦！"暴雨惊叫起来，"你们从那么大老远过来，是不是连脚掌都磨穿了啊！"

灰翅刚要接话，这时，他看到玳尾从凹地边上的金雀花丛中钻了出来，朝他俩走了过来。

"玳尾！"灰翅招呼道，"快来见见暴雨。"

玳尾走了过来，向银色虎斑母猫点了点头。"我是玳尾。"她礼貌地问候道，"见到你很高兴。"

"你要上哪儿去？"灰翅问。

玳尾顿时蓬起颈部的毛发，喝道："反正不是去两脚兽地盘！别瞎猜了！"

暴雨支起耳朵，朝灰翅投去惊讶的目光。

灰翅叹了口气，对她说："这太复杂了，一下子说不清楚。"

灰翅没再去管玳尾的去向，他和暴雨一起转身向树林走去。

他俩走到森林边上。灰翅问："我们明天能再见面吗？你

可以带我去森林里看看。"

暴雨绿莹莹的眼睛盯着。"我听说,这里已经没有你和你的朋友还没去过的地方了!"不过,灰翅还没来得及心生沮丧,暴雨的目光便柔和了下来,"好吧。明天中午我们在四棵树见面。"

暴雨用尾巴抚了抚灰翅的面颊,随后,转过身小跑着离开了。灰翅呆呆地望着她,直到她的背影消失在蕨丛中。

灰翅转身刚爬上荒原的斜坡,就看见雨拂花正坐在他上方的一块石头上。

"我刚才看到你们了。"她忽闪着蓝眼睛顽皮地说,"谁又能料到呢——灰翅竟爱上泼皮猫啦!"

"不是那样的。"灰翅含糊其词地说,用爪子不停地扒拉着地上的野草。尽管如此,一个念头还是悄悄从他的心里冒了出来:不知道暴雨会不会愿意搬到荒原上来住呢?

第二十章

　　回到凹地，灰翅看到寒鸦啼和鹰扑头挨着头，眼中含笑，正在一起喁喁细语。他这才意识到寒鸦啼已经成年，个头也长得比鹰扑高大。此时，他俩正亲密地站在那儿，看来他们之间的关系已经超越了友情。

　　"我们要是在这里能迎来些幼崽就好啦。"

　　灰翅被这突如其来的声音吓得跳了起来。他这才反应过来，原来斑毛早就走到了他的后面，刚才她也一直在打量着这对年轻猫呢。

　　"那我们就要养活更多的猫了。"碎冰嘀咕道。不过他说话的时候神采奕奕，看来他还是同意斑毛的看法的。

　　灰翅感到全身一阵酥麻。他想：不知道这会儿暴雨在做什么。

　　一想到那只银色母猫，灰翅感到全身的肌肉立刻充满了能量。他又爬出凹地，迈开四肢在荒原上飞奔了起来。他腿部发力，不断地加快速度，尽情享受着奔跑带来的愉悦。凉爽的风吹拂着他的皮毛，他多么希望自己能就这么一直跑下去啊！

可他刚跑到一个山包的顶上，一只兔子就迎面撞向灰翅。兔子惊叫一声，灰翅猝不及防，差点儿被顶翻在地。出于本能，他张开利爪，挥掌划穿了兔子的喉咙。兔子瘫软下来，倒在他的脚掌旁，痛苦地抽搐着，很快便断了气。

灰翅见不费吹灰之力就捕到了猎物，不禁心花怒放。不过，当他抬起头时，却看到金雀花和风一起向他跑了过来。

"呃。"他立刻后退一步咕哝道。很快，这两只泼皮猫就来到了他的面前。灰翅连忙解释道："对不起。它直冲我撞了过来。我不是要偷你们的猎物。"

没想到，风朝他友好地眨了眨眼睛。"我们看到整个经过了。"她说道，"反正是只大兔子。你可以和我们一起吃。"

"好啊。"金雀花表示赞同，"我们都需要吃东西。这里的猎物多得足够每只猫吃饱的。"

灰翅点了点头。"谢谢。那天我看到了你们是怎样捕兔子的，真是开了眼界。"他继续说，"也许我们也可以教你们一些狩猎技巧。"

金雀花和风对视了一眼。灰翅希望自己的话没有太唐突。

最后，风打了个咕噜："这主意不错。"

"当然。不过我们能不能开始吃兔子了？"金雀花问道。他盯着猎物，用舌头舔了舔嘴巴。

风叹了口气："行，你这馋猫。"接着，她转而对灰翅说道："我们一起吃的时候，你可以和我们说说你自己和你朋友

日光小径

们的事。听说你们是从很远的地方过来的。"

灰翅向他俩看了一眼。见他俩不再怀有敌意,便高兴起来。"我们从大山一路跋涉来到了这里。"这时,他突然来了兴致,邀请道,"你俩为什么不来见见我的朋友们呢?"

金雀花和风彼此对望了一眼。"好吧。"金雀花说,"我们大家可以一起把这兔子吃了。"

金雀花和风一起拖着兔子,跟着灰翅向凹地走去。可是,凹地上从来没有陌生的猫来访过。就连暴雨上次也没走到凹地里去。想到这儿,灰翅的心开始七上八下起来。

他走下凹地,大伙儿纷纷从金雀花丛下的窝里探出头,好奇地打量着两只陌生的猫。高影走到凹地中间,在那里等着灰翅过去。

"这是怎么回事?"她问道。

"呃……这是金雀花,这是风。"灰翅回答,"他俩住在荒原上。"

高影眯缝起眼睛。"这两只猫以前找过我们的麻烦。"她提醒灰翅说,"他们曾说你偷了他们的猎物。"

灰翅看到寒鸦啼在一旁亮出了爪子。

"很抱歉。我们知道我们那时错了。"金雀花礼貌地低下头说。

"我们把这只猎物带来与你们分享。"风补充道,她动了动耳朵,向那只死兔子指去。

高影迟疑片刻，然后点了点头。"欢迎你们。"她说。不过，她的声音仍冷冷的。

大伙儿见高影同意，便纷纷上前，和金雀花、风一起围住猎物。大家一边畅快地吃着兔子，一边回答金雀花和风一连串的问题。他俩对猫儿们的山中老家和这段远行十分好奇。谈笑间，大伙儿对他俩友善了起来，就连高影也放下了戒备，还吃了几口兔子肉。

等金雀花和风离开后，雨拂花走上前对灰翅说："也许这里并不是每只猫都要和我们作对。风和金雀花就很不错。"

灰翅点了点头，不过他听见高影用鼻子哼了一声。他意识到，她现在还没有接受其他猫的打算。

没过多久，玳尾嘴里叼着一束草叶出现在凹地顶上。灰翅起了疑心，他眯缝起眼睛。为了判断玳尾身上是否有两脚兽的气味，他开始捕捉空气中的气息。"你去哪儿了？"他问道。

没等玳尾回答，云斑就出现在了她的身后，他嘴里也叼着一束草药。"谢谢。"他说，"河边长了那么多的草药，谢谢你来帮忙。"

灰翅顿时羞愧难当。我不该如此多疑。

玳尾把草药放到云斑的窝旁，灰翅一直跟在她身后。"对不起，玳尾。"他说，"你去哪里是你的自由，我不该干涉。"

玳尾朝他眨了眨眼睛，灰翅的道歉似乎又让她开心了起

日光小径
RIGUANGXIAOJING

来。"没关系。"她打了个咕噜。

次日上午，灰翅觉得身上痒痒的，好像皮毛里有蚂蚁在爬。他本想给自己的窝再找些垫草铺上，但他觉得这事实在无聊，而且也未必有用。他在想是不是去看看晴天，但他的身体却没有去哥哥那边的兴致。太阳慢悠悠地升上天空，时间从没像现在过得这样慢。

"嘿！"玳尾跳到灰翅身边，用头顶了顶他的肩部，"你想和我去狩猎吗？"

灰翅看着她，一时间没反应过来她刚刚说了什么。"哦……不了，谢谢。"他最后说，"我要去见一只猫。"

她好奇地看了他一眼："谁？"

"暴雨。你昨天见过她。"

玳尾突然把头缩了回去，好像有猫要挥掌打她似的。出乎灰翅预料的是，她的眼睛里有一种受伤的神情。"好吧。那你去见她吧。"说完，她咕哝着走开了。

灰翅几乎立刻就把玳尾的古怪行为抛到了脑后。我必须去见暴雨！他飞奔过荒原。可等他来到四棵橡树那边的山谷顶上的时候，还没到中午呢。

他走下斜坡，向树林中走去，凉爽的蕨叶轻轻擦过他的肩部。突然，他朝地上一个金色的阳光斑点扑了过去。随即，他尴尬地抽了抽胡须：自己的一举一动竟和幼崽一样幼稚，真是

不可思议。

他在心里暗暗计划着:我这就爬到橡树上去。等暴雨出现,我就跳到她身上,吓她一跳!

灰翅轻快地跑过山谷,朝离他最近的橡树上纵身跳去。他努力回想着晴天和锯峰爬树时的情景。他们爬起树来多轻松啊!想到这里,灰翅把爪子嵌进树皮,往上爬了几尾高的距离,但等他爬到最低的那些树枝上时,他的脑袋卡在了橡树的枝叶中。由于枝叶的遮挡,他现在看不到自己的位置了。更糟的是,一块树皮突然掉了下来,他只剩一只前掌还攀在树上,而身子已经悬在了半空中。

"好玩吗?"

树下这揶揄的声音让灰翅感觉掉进了冰窟。他忙在树上稳住身子,然后向下看去,只见暴雨正站在橡树根上笑盈盈地仰头望着他。

兔子屎!

他用最快的速度蹿下树,从离地面几尾高的地方跳了下来。"你好。"他装出一副若无其事的样子说,"我只是想上去了解一下从那儿究竟能看到多远。"

"要是那样的话,刺猬都会飞了。"暴雨嬉笑道。接着,她用尾巴尖掸了掸灰翅的耳朵:"我们到底还去不去森林?"

不等灰翅回答,她便带头出了山谷,一头扎进了森林。没过多久,他俩来到一条小溪前。溪水淙淙地从山石间流过,在

日光小径
RIGUANGXIAOJING

太阳底下粼粼发光。暴雨沿着小溪往前走,在一根倒在溪水上的树枝前停了下来。她轻快地从树枝上跑了过去,等着灰翅跟上来。

"这条小溪是不是会流到那些大岩石那儿的河里?"说着,他从树枝末端跳到地面。

"对。"暴雨回答,"看来你已经去过那里了。"

灰翅点了点头说:"我和我哥哥一起去探险的。"他俩一起跳进树林。灰翅又问道:"你就住在这附近吗?"

"噢,我爱住哪里就住哪里。"她尾巴一挥,开心地说,"森林里的好地方多得是。不过你可别去那边。"她用耳朵指向半掩在树中的一堆岩石,继续说道:"那里有蛇。如果你被它们咬了,就会生病,甚至会没命的。"

虽然心中暗自吃惊,但灰翅仍强作镇定:"谢谢你告诉我这些。"

他俩沿着另一条小溪走下一道深谷,谷里金雀花开得正艳。他俩又穿过一大片沙坑,暴雨在那里停下,低头舔着溪水喝了起来。

"这里猎物丰富。"她对灰翅说,"有许多老鼠和田鼠。"

"还有松鼠。"灰翅补充道,他想起了自己和晴天、锯峰一起狩猎的情景,"前方有片山毛榉树,里面松鼠特多。"

暴雨抬头看了看,几滴亮亮的水珠从胡须上落了下来。"看来你很了解这里嘛。"她惊讶地说。

"其实,我的兄弟就住在这一带。"灰翅解释道,"我们不如一起去见见他们吧?"

这次,灰翅带头朝晴天的新家走去。自从上次和晴天、锯峰狩猎以来,已经过去了四天。他也很想再见到他的兄弟们。

灰翅很快就嗅到了晴天和锯峰的气息,他俩的气息和另外一股气味混在一起。那股气味要更浓烈些。不过,他不认识那只猫。他绕过黑莓丛,看见一只硕大的棕色公猫正瞪着黄眼睛看着他。

"你是谁?"灰翅问道,他猛地停下脚步,做好应战准备。

"我还要问你是谁呢!"公猫咆哮道,"这里是晴天的地盘。"

灰翅惊得目瞪口呆。他原本估计这是只森林里的泼皮猫。可听到这只猫竟然提起了晴天的名字,灰翅顿时困惑不已。

"晴天是我哥哥。"他说,"我们来探望他。这有什么问题吗?"

"你别自找麻烦。"这只泼皮猫眯缝起黄色的眼睛,发出一道凶光,"晴天不喜欢有陌生的猫在他营地附近逗留。"

灰翅怔住了:他的什么?泼皮猫是这么称呼他们住的地方的吗?

"我不是陌生的猫!"灰翅喝道,怒火在他心中燃烧了起来,"我是他弟弟!"

棕色公猫又眯起眼睛:"好吧。不过,为了防止你是个骗

日光小径
RIGUANGXIAOJING

子，我亲自带你去见晴天。你可别打什么主意。"

说罢，他用尾巴示意，带头走上蕨丛中的一条狭窄的小路。灰翅和暴雨对视了一眼。

"这是怎么回事？"暴雨问。

"我也不知道。"灰翅说。

他跟在这只棕色公猫身后走着，暴雨紧随其后。他们钻出蕨丛，来到掩映在树林间的凹地上。这里隐蔽性较好，他的兄弟们正是在这里安家的。此时，晴天正舒展四肢，在黑莓丛下清理毛发，落羽正蹲坐在水潭边上，疾水在她身旁。令灰翅震惊的是，之前见过的那只小个头的黄色虎斑母猫也和她们在一起。在灰翅印象中，这只个头不大的虎斑猫十分凶悍，而此刻她居然安静地坐在他的朋友身边，这一幕实在是匪夷所思。

棕色公猫迈步穿过凹地，来到晴天面前。"这两只猫要到这里来，被我发现了。"说着，他用尾巴指了指灰翅和暴雨，"这只公猫说他是你弟弟。"

晴天一跃而起："他是我弟弟。你好，灰翅。"

灰翅和暴雨向晴天走去。棕色公猫愣愣地杵在一边。

灰翅上前和晴天触了触鼻子。"这是狐狸。"晴天对灰翅说，"他决定加入我们了。"

"这位是狐狸的姐姐花瓣。"落羽在水潭那头喊道，"她也过来和我们一起住了。"她凝视着狐狸，眼睛里闪着兴奋的光，"这样很棒吧？"

猫武士

灰翅惊呆了，好像被闪电击中了一般。"是吗？"他困惑地问晴天，"你让泼皮猫和你们住一起？"

晴天打趣道："别忘了，我们也是泼皮猫。对了，你有什么事吗？"

"我带暴雨来见你。"灰翅用尾巴指了指银色母猫，"她就住在这附近。"

"欢迎……"晴天的声音一开始还很高兴，可当他的目光和暴雨相遇，他就不出声了，只是目不转睛地看着暴雨。

暴雨似乎不知该说什么。灰翅希望她没被狐狸方才那恶劣的态度吓住。

"那么……你住在哪儿？"晴天问，很明显这些话是从他嘴里挤出来的。

"不是什么特别的地方。"暴雨快速地眨着眼睛，"我……呃……"

"她有时会去两脚兽地盘。"灰翅见暴雨有些不知所措，便插话道，"不过她不是宠物猫。"

可是，暴雨和晴天好像都没听见他在说什么。晴天蓝色的眼睛盯着暴雨绿色的眼睛，灰翅没见过这么紧张的氛围。

"这里……很不错。"暴雨用尾巴向凹地扫了一圈，继续说道，"很舒适。"

"是的……我们很喜欢这里。"

灰翅在一旁完全蒙了：他俩都变成跳蚤脑子了吗？

日光小径

晴天和暴雨又彼此凝视了良久。他俩颈部的毛发都微微蓬了起来,尾巴尖也在不停地摆动。看这架势,就算这时他俩突然向对方跳上去,灰翅也不会感到奇怪。

"嘿,我们为什么不——"灰翅想要缓和气氛。

"我得走了。"暴雨唐突地打断了他的话。

晴天惊讶地问道:"为什么?"

暴雨茫然地摇了摇头,最后开口说:"我得去狩猎。"

"那么,希望你很快能再来。"晴天邀请道。失落的心情明显地挂在了他的脸上。

"我会的。"暴雨说完,转过身走出了空地。灰翅瞥了晴天一眼,转身跟着暴雨离开。

灰翅不解地想:刚才这算怎么回事?他追上暴雨问道:"你还好吗?"

"什么?"暴雨转身看了看灰翅,不过她好像有些心不在焉,"哦,是的,我没事。"

她来到河边,沿着河边朝四棵橡树走去。灰翅意识到,他俩之间那种无忧无虑的友情已经如晨雾般消散了。

他俩在树林边上停住脚步,灰翅问:"我们明天还能再见面吗?"

暴雨叹了一口气:"我不知道……我们改天再在这附近见吧,好吗?"不等灰翅回答,她就转身跳进了森林深处,只留下灰翅怔怔看着她离去的背影。

第二十一章

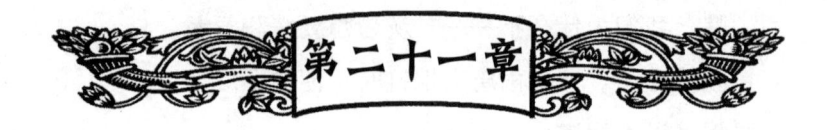

灰翅想不明白，为什么只隔了短短一天，世界就发生了如此之大的变化。四棵大橡树还是一如既往地挺立在那里，可此刻它们的叶子却默默地挂在枝上，不再富有生机。一丝风都没有，森林里阴森森的。空中浓云密布，把太阳挡了个严严实实。最糟的是，暴雨已不知所踪。

突然，灰翅听到簌簌的声响，他的心里腾起了希望。蕨丛摇曳了几下，有猫在向谷底靠近。可令他失望的是，出来的是玳尾。不见暴雨，他的尾巴又耷拉了下来。

"嘿！"玳尾蹦蹦跳跳地向他跑来，"我要去狩猎，你想一起来吗？"

灰翅摇了摇头："对不起。我在等暴雨。"

"又在等她？"

"是的，还是在等她。"灰翅回答。他能听出玳尾的话中透出一丝不悦，这让他感到有些不快。可是，他既渴望见到暴雨，又困惑为何她没有出现。这些念头在他脑海中久久萦绕、挥之不去，他必须找只猫一吐为快。"我……我真的很喜欢

日光小径

她。"他承认道,"我想请她来凹地和我们一起住。"

玳尾睁大了眼睛。灰翅看到她深邃的绿眼睛中满含悲伤,心里十分不解。

"哦……我明白了。"她说,"那我这就走。"说完,她猛地转身,朝两脚兽地盘飞奔了过去。

灰翅纳闷起来:可她刚刚还说要去狩猎呢。随即,他又开始四处寻找起暴雨来。他在一处嗅到了她的气息,但后来意识到气息是陈旧的,也许是他俩前天见面时留下来的。

"灰翅。"

身后有猫喊他,可是这依然不是他想要听到的声音。他转过身,发现高影正在半山坡上示意他过去。

"我们一起走走吧。"她邀请灰翅来到她身边,"我得和你聊聊。"

高影带头穿过森林,他俩在荒原边上走着。"你之前说,有新来的猫和晴天、月影他们住在一起了,你再给我说说他们那边的情况吧。"

灰翅耸了耸肩。不过,他的两眼仍盯着树林,时刻关注着暴雨的踪影。"我已经把知道的都和你说了。"他回答道,"据我所见,他们看上去相处得不错。"

高影若有所思地点了点头:"那你觉得,我们是不是也该邀请金雀花和风搬过来一起住呢?"

灰翅吃了一惊。他万万没想到高影竟会有这样的念头。那

次他带两只泼皮猫去凹地里,高影并没表现出十分欢迎的样子。

"这不太合乎常理。"他犹犹豫豫地说,"在大山里是没有其他猫的。所以,我们不大容易接受邀请陌生猫同住的想法。"

"这我知道。"高影表示赞同,"不过或许我们该考虑一下这个问题。这样,我们狩猎时可以互相帮助。而且万一有狗或狐狸来犯,我们也能多些力量防御。"接着,她叹了口气,补充道:"要是荫苔现在还和我们在一起那该多好,那样他就会知道该怎么做了。"

"那也不一定。"灰翅说,"这个问题他以前也没遇到过。"他沉思片刻,继续说道:"也许我们该按照尖石巫师说的去做,她叫我们把自己的直觉放在第一位。"

"那好。"高影的声音突然提高了,"我的直觉就是,不要急着让别的猫过来一起住。不管怎么说,现在还不是时候。"

"我没意见。"灰翅说。然而,他却不禁在心里嘀咕起来:那暴雨该怎么办呢?

接下来的几天中,灰翅强迫自己不要整天寻找暴雨。他让自己尽量地忙碌起来,有时去狩狩猎,有时帮忙改进凹地里的窝。

日光小径
RIGUANGXIAOJING

为了搜寻铺窝用的苔藓,他一直来到了河边。这时,他听见有猫友好地招呼道:"灰翅!"

原来是金雀花在喊他,风就站在金雀花身后。他俩蹦蹦跳跳地向河边跑来,分别和灰翅触了触鼻子。

"见到你们真好。"灰翅说,"猎物捕得怎么样?还不错吧?"

"还行,谢谢。"风回答道,"不过这几个月来,我们最棒的猎物就数上次那只兔子啦。"

"你们营地真的很有趣。"风友好地摆了摆尾巴,"我们能再去那里拜访你吗?我们可以领你们去看看一些狩猎的最佳地带。"

"要不下次吧。"灰翅尴尬地说,"我们现在有点儿忙。"

金雀花点了点头:"没问题。"

灰翅见两只泼皮猫并不介意,便松了口气。他喜欢与金雀花和风相处,要不是刚和高影谈过,他就会邀请他俩去凹地了。他能理解高影的心情:她很谨慎,还不想和陌生的猫走得太近。

那暴雨怎么办啊?他心里不禁又着急起来。但是,在他的眼里,暴雨并不是陌生的猫。

一想到这只银色母猫,他又开始焦虑不已:到处都找不到暴雨,我恐怕不该掉以轻心……她可能遇到麻烦了!

灰翅作别金雀花和风。他丢下刚刚找到的苔藓，直接穿过荒原，往森林走去。他加快脚步，心里暗自下了决心：如果有必要，就先直入两脚兽地盘一探究竟。不过，还没等他走到树林边上，这只银色虎斑母猫就从灌木丛里钻了出来。灰翅惊讶地刹住了脚步。

暴雨见灰翅突然出现在眼前，一下子惊得跳了起来。在那一瞬间，灰翅甚至怀疑暴雨是否希望见到他。不过，当他向暴雨跑过去时，她的目光又温柔了起来，看样子她还是欢迎他的到来的。"你好。"她说，"最近怎么样？"

"还不错。"灰翅说。他本来想问暴雨这些日子去哪儿了，但又担心惹她不快。她此时就平安无事地站在我眼前，这才是最重要的。

两只猫并肩走到河边，在河岸上蹲伏了下来，眼睛凝视着淙淙的河水。河底，小鱼正在石头缝里游来游去，鱼鳞在阳光下闪闪发光。

"我有个朋友会抓鱼。"灰翅说。

暴雨的眼睛瞪得大大的："真的吗？好厉害！"

他俩又沉默了下来。这气氛让灰翅颇觉尴尬。他心中有千言万语要和暴雨倾诉，可是他却难以开口。

"我希望能再邀请你到凹地里去。"灰翅最后说，"但是高影目前对陌生的猫有些防范。不过我们可以在其他地方见面，不是吗？"

日光小径

"当然。"暴雨说,不过,她却没提任何建议。

灰翅靠近她,想和她触触口鼻,但她却扭过头,站了起来。"好啦,下次再见。"她开心地说,然后向树林中跑去。

灰翅痴痴地望着她离去的背影,尴尬得全身发烫:我是不是又说错话了……我一点儿也不了解她。

灰翅搜集好苔藓后,向凹地跑了回去。他来到凹地,把苔藓放到新窝旁,鹰扑和云斑正在那里忙活。这时,他看到玳尾从两脚兽地盘的方向走了回来。她的身上没有带任何猎物,只有一股浓烈的两脚兽气味。

"你又去找班布尔了。"他厉声说。由于之前和暴雨的邂逅有些别扭,他的心里现在还没完全恢复平静。于是,他不耐烦地对玳尾说:"你是不是真的更愿意和她在一起?你不想和我们在一起了吗?"

玳尾竖起耳朵,抽打着尾巴。"是吗?可你现在好像已经忙得没时间和我在一起了。"她斥责道,"或许如果我要是长着一身银色的皮毛,你的感觉就会不一样了。"

"别胡说了!"虽然嘴硬,但灰翅心里明白,他朋友说的还确实是那么回事。他的确更想和暴雨在一起。"你先别多毛。"他放缓了语气,"暴雨是一只很棒的猫。我希望她很快就能来和我们一起住。"

玳尾漠然地看了他一眼。"很好。"她平淡地说,"我真的为你俩高兴。"说完,她竖起尾巴,头也不回地走了。

灰翅看着她的背影，完全蒙住了。站在一旁的碎冰故作夸张地叹了口气。"灰翅啊灰翅，有时候你真的跟兔子一样迟钝。"他嘀咕道。

"我不懂你的意思。"灰翅说。

碎冰眼睛一翻，什么也没说。

灰翅茫然地摇了摇头，便去帮云斑和鹰扑布置新窝去了。黄昏时分，新窝终于布置完毕。灰翅在窝里酣然大睡。很长一段时间里，他都没像这样美美地睡上一觉了。醒后，他感到神清气爽、精力充沛。他抖了抖身子，皮毛上沾着的苔藓碎屑纷纷落了下来。这时，玳尾向他走了过来。

"灰翅，我们出去一下好吗？"她问，"就我们俩。"

"当然。"灰翅决定对前一天她那奇怪的行为闭口不提，"你想狩猎吗？"

玳尾摇了摇头："我想和你谈谈，但我想换个地方。"

她带头走过荒原，来到了瀑布轰鸣而下的峡谷。她在一边蹲伏下来，不过她没有说话，只是默默地看着汹涌的河水从岩石间流过。

灰翅在她身边坐下，开始有些不耐烦起来。"什么事？"他问道。

"我们一路上千辛万苦走到这里。"玳尾缓缓地说，"我们不知道这里是否就是终点。可是，现在……我们的目标好像已经完全不同了。"

日光小径

"是啊。"灰翅说,"晴天和其他猫——"

"我不是在说晴天。"玳尾打断了灰翅的话。她咽了一口唾沫,深深地吸了一口气:"我要去和班布尔一起住了。"

灰翅惊讶得一下子跳了起来,他从耳朵到尾巴尖都无法接受玳尾的话。"不行!"他高声喊道,"你不能当宠物猫!你是只野猫!"

玳尾摆了摆尾巴。"那我就去做一只野生宠物猫。灰翅,我想,这里已经没有我待的地方了。我不会有事的。"她站起身,用鼻子碰了碰灰翅的耳朵,"你要去追求你想要的,答应我好吗?"

灰翅心里完全不懂玳尾为何要这么说,不过他还是点了点头:"我答应你。"

虽然他仍不能理解玳尾的选择,但他还是一路把玳尾送到了两脚兽地盘的边缘。当他俩从树林里看到若隐若现的巨大红色巢穴时,玳尾停下脚步,面向灰翅。

"你能告诉大伙儿我的去向吗?"她说,"我可不想引起众猫围观。"

"没问题。"灰翅说。

"我会去看你们的!"玳尾听上去故作开心地说,"别担心!"

她用尾巴抚了抚灰翅的侧腹,转身朝两脚兽巢穴跑去。灰翅看着玳尾消失在视线中。他感到心里空荡荡的,好像生命中

失去了什么宝贵的东西。

他拖着沉重的步子离开了两脚兽巢穴。事情无时无刻不在发生变化。每只猫都要去选择自己的命运——正如玳尾选择和两脚兽住在一起,我选择了和暴雨在一起。想到这里,他心里充满了决心:我要请暴雨来凹地住。如果她成为我的伴侣,高影会理解我们的。

灰翅沿着河边走了一会儿。他来到大岩石附近后,转身沿着那条汇入河中的小溪走了过去。一想到要和暴雨在一起生活,他就激动得脚掌发酥。今后,他俩会一起狩猎,一起探险,一起在窝里休息。到时候,他们还会生一堆幼崽呢。

突然,一团银色的皮毛在灌木丛中一闪而过,他警觉起来。当暴雨出现在他面前时,他顿时停下了脚步。阳光在她银色的虎斑皮毛上镀上了一层美丽的光辉。

"灰翅!"她加快脚步跑了过来,对他喊道,"我正在找你呢。"

听到这话,灰翅喜出望外,仿佛全身沐浴着幸福的阳光。"我也在找你呢。"他说,"我有话想和你说。"

暴雨绿幽幽的目光里流露出困惑的神色:"我也有话要和你说。"她迟疑片刻,接着说道:"我要去和晴天住一起了。"

灰翅大惊失色,心痛得仿佛被狐狸残忍的爪子刺穿:"你为什么要那么做?"

日光小径
RIGUANGXIAOJING

暴雨抽了抽胡须。"自从第一次见到他后,我和他经常见面。"她解释道,"我们就要——"

灰翅一下子明白了。"噢,这样。"他说,"那,很好。"

暴雨走近灰翅,她那甜美的气味扑面而来。"很抱歉,灰翅。"她喃喃地说,"我没想到会这样,可是……"她后退一步,接着说道:"我们还会见面的。这森林也没那么大!"

说完,她转过身,优雅地摆了摆尾巴离开了。灰翅把爪子深深插入地面,他咬紧牙关,这样他才能忍住不发出任何声响。暴雨做出了她的选择,然而,她的选择不是他。灰翅从没觉得自己有这么孤独过。

他努力想理清自己的思绪:*也许这是我欠我哥哥的。之前,清溪因我而死,现在,我又有机会让晴天幸福了。*

第二十二章

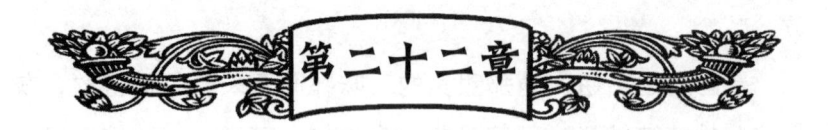

灰翅轻快地跑过荒原,奔向树林。寒风犹如利爪刺穿了他的皮毛,脚掌下的野草已凝上了霜,踩上去有些扎。寒冷的季节即将来临。

前方,绿色的森林被染上了棕色、黄色和赤褐色。各种色彩交相辉映,绚丽斑斓。灰翅走近森林,萧瑟的寒风卷起枯叶吹向他的脸庞。前方,雨拂花正在树枝下蹦来蹦去,只见她不住地用脚掌耍弄着枯叶,想要在叶片落地之前把它们抓住。

灰翅停下脚步看着她。过了一会儿,他开口问道:"好玩吗?"

雨拂花迅速转过身,不好意思地眨了眨眼睛,用前掌划拉着地面。"呃……这是一种很好的运动。"她说。

灰翅发出一声咕噜,感慨地说:"森林里变化好大啊!叶子有这么多颜色……还有这么多落叶,和大山里一点儿也不一样。"

"那边的树和这边的不同。"雨拂花赞同地说。

树根旁有个浅坑,里面积满了落叶。雨拂花跳进坑里,又

日光小径
RIGUANGXIAOJING

爬了起来，腹部的皮毛上还沾着一些枯叶的碎屑。她开心地喊道："我就喜欢树叶这种清脆的声响，嘎吱嘎吱的，可好听了！"

灰翅看得脚掌直痒痒，他跃跃欲试，但是，他知道自己得继续狩猎去。就在此时，寒鸦啼从树林里走了出来，他抽动着尾巴，眼里闪着怒火。

"出什么事了？"灰翅走上前问道。

"刚才我想去看看落羽。"这只黑色公猫气呼呼地说，"但是，有只我从没见过的猫把我攮走了。他说晴天不想让任何猫在那片森林转悠。"

"那可真是跳蚤脑子！"雨拂花诧异地叫了起来，"你没告诉他落羽是你妹妹吗？"

"我当然说了。"寒鸦啼回答道，"但那也没用。那只猫直接亮出了爪子……他个头比我大多了。"

"我敢肯定这是场误会。"灰翅说道。他想起了自己之前去他哥哥新家时被狐狸拦住的情景，"晴天不会禁止我们前去探望的。"

寒鸦啼愤愤地咕哝道："那么他就应该让他的猫也知道这点。"

灰翅沉思片刻。"我这就去看看他们那里是怎么了。"他说，"我很长时间都没去晴天住的地方了。"而且我也有两个多月没看到暴雨了。

他纵身跳进树林,来到小溪前,然后沿着小溪一直向他哥哥住的地方走去。他转身走上通往晴天家的小路。这时,他发现有几只猫的气息混在了一起。其中一些猫的气味十分陌生。

晴天一定又招募了更多的泼皮猫和他同住了。

他向空地走去。突然,灌木丛里钻出来两只猫,挡住了他的去路。一只是狐狸,还有一只是似曾相识的白色公猫。灰翅想起,这只公猫就是曾经袭击暴雨的几只泼皮猫之一。除了眼前这两只猫,还有那只叫花瓣的黄色母猫也在场。此时,她正蹲坐在几尾远外的一截老树桩上。

"你在这里干什么?"白色公猫粗声粗气地问道。

灰翅忍住心中的怒火:"我来看晴天。"

"他是晴天的弟弟。"狐狸插话说,"就算这样,他也没权利说来就来。"

"嗯,这借口不错。"白色公猫冷笑一声,对灰翅喝道,"我看你是来偷我们的猎物的吧。"

"怎么就是你们的猎物了?"灰翅竖起颈部的毛发,内心的怒火像暴风云般渐渐积聚起来,"不能因为你们住在这里,这附近的猎物就都成你们的了。每只猫都有权享有猎物。"

"晴天可不是这样看的。"狐狸亮出利爪,吼了起来,"你最好赶快离开,否则休怪我们不客气。"

灰翅犹豫起来。我一只猫打不过他们两个!

"马上离开!"白色公猫咆哮起来。他上前一步,恶狠狠

日光小径

地直逼灰翅。

"怎么了？"这时，灰翅身后响起一个清澈的声音，好像大热天里的一泓清泉滋润着灰翅的心田。他转身一看，暴雨正站在他面前。"你好。"她友好地冲灰翅点了点头，接着说，"很高兴我们又见面了。"

灰翅低下头，不知该对暴雨说些什么。

还没等他找到合适的话，白色公猫就转向暴雨辩解起来："刚才这只泼皮猫在偷我们的猎物。"

"是吗？"暴雨奚落道，"可是我没看到他带着猎物呀！你们看到了吗？我也没在他身上嗅到猎物的气味。你俩是不是一对吃鸦食的跳蚤脑子啊？"

"我们只是在履行职责罢了。"狐狸抗议道。

暴雨杏眼一翻。"这位是晴天的弟弟灰翅。狐狸，你之前见过他的。"接着，她转向那只似乎想置身事外的母猫。"你也见过的，花瓣。"暴雨神态威严地继续说，"他想什么时候来看晴天都可以。来吧，灰翅。"

暴雨不屑地将尾巴一挥，从两只公猫身边走了过去，带着灰翅迈上通往晴天营地的小路。

"这些猫怎么这么凶啊？"灰翅问道。此时，他满心的困惑已然驱散了刚才见到暴雨时的尴尬。

暴雨回头看了他一眼："晴天想建立一个强大的团体。他认为至关重要的一点就是不让别的猫来捕我们的猎物。"

"我明白了。"灰翅喃喃地说,虽然他还是有点儿不太相信这是真的。这里的猎物不是多得足够每只猫吃的吗?想到这里,他又问暴雨:"你喜欢住在这里吗?"

"这里很安全,猫儿们能互相照应。"暴雨回头望了他一眼说,"我和晴天很开心,因为我们的孩子会在这里长大。"

灰翅听了心里一阵发凉。不过,失落之余,他还是硬逼着自己挤出了一句祝福:"祝贺你们!我为你们高兴。"

一层浓密的蕨丛屏障环绕着晴天的空地。灰翅和暴雨刚挤了过去,晴天就冲了上来。他就像没看到灰翅一样,直接把尾巴搭在了暴雨的肩上。

"你怎么跑出营地了?"他质问道,"你要休息!不然我们的孩子怎么办?"

灰翅心想:看来失去清溪的痛苦经历让晴天的保护欲变得更强了。

不过,暴雨似乎对晴天的关切并不领情。"我只是去散散步罢了,不会伤到身子的。"她反驳道。

"别去散步了,不安全。"晴天坚持道,"现在回你的窝去,好好睡一会儿。"

暴雨的眼中充满了怒火,但她没有反抗,只是迈着步子消失在了一丛接骨木中。

灰翅见他俩起了争执,一时间尴尬不已。不过,没过多久,他的心情又开朗了起来,因为锯峰蹦蹦跳跳地来到他的面

日光小径
RIGUANGXIAOJING

前："灰翅！见到你太开心了！我有好多话要对你说呢。"

"见到你我也好开心啊。"灰翅说。现在，锯峰已差不多成年。他的眸子亮晶晶的，全身的皮毛都泛着健康的光泽。

"你是不是——"

"我现在很忙。"晴天打断灰翅的话，"你过来有什么事吗，灰翅？对了！锯峰，你现在应该去狩猎了，快去。"

灰翅眨巴着眼睛，晴天那发号施令的样子让他惊讶不已。不过，锯峰好像并不介意，他向晴天低了低头，开开心心地跑开了。

"我可不可以喝口水呢？"灰翅问，他用尾巴指了指营地中间的水潭。那里没有猫，他只想和晴天单独谈谈，不希望别的猫打扰。

晴天不耐烦地抽动耳朵，然后点了点头："当然可以，喝吧。"

灰翅走到潭边，虽然他并不渴，但还是做做样子舔了几口水。随后，他镇定下来，转身面向他的哥哥。

"寒鸦啼告诉我，你的猫禁止他探望落羽。"灰翅抖落胡须上的水珠，说，"我想知道这是怎么回事。"

晴天耸了耸肩。"狐狸和寒霜在守卫边界时可能太较真了些。"他承认道，"不过，只有这样，我们才能保证所有猫的安全。"

"什么？"灰翅疑惑地望着哥哥，"边界？"

猫武士

"我想保护好我们的新家。"晴天解释道,他的声音听上去似乎有些戒备。

"我明白了。"灰翅慎重地斟酌着自己的措辞,"但是,我担心,这样你会在我们之间……我是指在我们这些从山里来的猫之间制造出隔阂。"

"不是那么回事!"晴天坚持道,"我们随时欢迎你们来访。"

"那么也许你要告诉狐狸和寒霜——"灰翅说。

话还没说完,远处就传来一声猫的惨叫。他急忙转身,只见落羽和月影正飞奔着从空地那头跑来。

"出什么事了?"晴天问道。

"是锯峰!"落羽上气不接下气地说,"我们刚才在捉松鼠,他不小心坠下了树。"

"他站不起来了。"月影补充道。

"带我过去。"晴天喝道。

灰翅心急火燎地跟着晴天他们走出空地。想到年纪轻轻的弟弟一直那么勇敢,还总是充满了活力,痛苦顿时吞噬了他的心:锯峰不会的!他不能死!

几只猫在森林里走了几尾远后,在一棵高大的山毛榉下停住脚步。锯峰躺在一丛被压趴了的蕨丛上。灰翅听到小弟弟的呻吟,紧绷的心顿时放松了下来:他还活着!

但是,锯峰的一条后腿扭曲成了奇怪的角度。鲜血从伤口

日光小径
RIGUANGXIAOJING

中慢慢流了出来，在他的皮毛上凝结成块。

"我们该怎么办？"落羽焦急地问。

"我去把斑毛或者云斑喊来。"灰翅立刻说道，"他们知道该怎么治疗。"说罢，他立即动身，走之前还不忘回头对晴天喊道："告诉狐狸和寒霜，让他们放我们过来！"

灰翅沿着树林飞奔进荒原，风嗖嗖地从他的皮毛间穿过，粗糙的野草划过他柔软的腹部。他用尽全身的力气，向凹地冲去。

他跑进凹地，云斑已外出狩猎，但斑毛在。此时，她在一抹淡淡的阳光下舒展着身体，正和碎冰喁喁私语。灰翅走上前告诉她刚刚发生的一切，斑毛马上跳了起来。

"没问题，我这就过去。"说罢，她和灰翅就出发了。

晴天他们不敢轻举妄动，只得把锯峰留在原地。落羽蹲伏在锯峰身边，轻轻地为他舔梳，并时不时地出言鼓励。看见斑毛，她连忙站了起来，退到后面。"你能帮他吗？"她问。

"当然可以。"斑毛安慰着她。随即，斑毛对锯峰说："锯峰，我要检查一下你的腿，这样我才能知道该怎么帮你。"

"好的。"锯峰喘着粗气说，由于剧痛，他的声音显得很紧张，"斑毛，你能来我很高兴。"

这只身材修长的玳瑁色猫俯下身子，十分仔细地嗅了嗅锯峰的腿。"你们这儿有金盏花吗？"她问晴天。

"我们可以去采些过来。"说着,晴天向月影动了动耳朵,"你知道哪里有金盏花吧?"

月影点了点头,迅速跑开寻草药去了。

"灰翅,你能给我找两根又直又长的树枝吗?"斑毛问,"我还需要几根旋花草的藤蔓。"

"没问题。"灰翅回答。

他向树林深处跑去,恰巧看到一棵倒下的大树上长着旋花草,还有一窝树枝交错地堆在一起,看上去似乎是个废弃的白嘴鸦巢。他选了两根直直的树枝,扯下几截旋花草藤,为锯峰带了回去。

"谢谢你,灰翅。锯峰的腿摔断了。"她接着说道,"不过,如果我们用这两根树枝把他的腿绑住,他的骨头就能重新长好。我以前没治过这个,但有次烈鼋从岩石上跌落,尖石巫师就是这样把他治好的。烈鼋后来就没事了。锯峰,你也会很快康复的。"

"希望是这样。"锯峰喃喃地说。

"不过接下来,你会感到有些疼痛。"斑毛提醒他。接着,她又说道:"你们谁去再找根树枝来给他咬住。"

晴天找来一根树枝塞到锯峰嘴里,斑毛把锯峰的伤腿拉直,用两根树枝把他的腿夹住,然后用旋花草藤把它们绑紧。锯峰发出一声凄厉的哭号,他一用力,口中的树枝被生生咬断。

日光小径
RIGUANGXIAOJING

"好啦。"斑毛说,"最疼的一刻已经过去了。锯峰,你非常勇敢!"

这时,月影叼着一束金盏花跑了过来。斑毛嚼碎金盏花,把汁液涂到了锯峰腿上的伤口上。

"他的腿每天都要敷上更多的金盏花。"斑毛向晴天交代道,"你们可以用百里香给他缓解受惊的情绪,用罂粟籽给他助眠。你们有这些草药吗?"

"我们可以去找。"晴天说,"但是,你能留下来照顾他吗?他需要你。"

斑毛吃了一惊,和灰翅交换了个眼神。"我想可以吧。"她迟疑片刻后同意了,"灰翅,帮我把锯峰抬到他的窝里去。注意不要碰到他的伤腿。"

他俩抬起锯峰向营地里的窝走去,锯峰显然十分痛苦。当他俩把锯峰在蕨丛下的苔藓窝上放好时,锯峰几乎已经神志不清了。

"晴天是对的。我确实需要留下来。"斑毛说。不过,她看上去似乎有些勉强:"灰翅,你能告诉高影我在这里吗?"

"没问题。"灰翅说。他向斑毛和晴天道了别。离开营地时,灰翅从接骨木丛边走过,他往里头瞥了一眼,希望能再见到暴雨。可是,他只看到一团模糊的灰色在她巢穴的阴影中淡去。灰翅看到的很可能就是暴雨那身银色的皮毛,可是,她却没有出来送别。

第二十三章

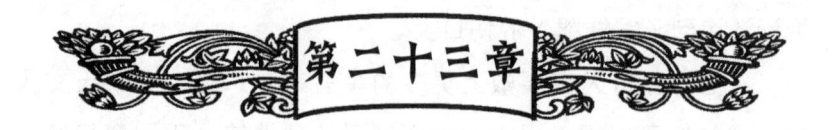

灰翅离开了晴天的领地,但他无时无刻不在担心着锯峰的状况。没有猫给他传递关于他弟弟的消息。灰翅真心希望他要是还能和玳尾聊天就好了。

自从玳尾和班布尔住到一起后,我一直在想念她。然而,她并没像当初所说的那样回来探望灰翅他们。虽然有时灰翅能在四棵橡树那里的巨石上嗅到她的气息,但他从未遇到过她。

灰翅黯然心伤:有时候,她的离去让我觉得自己好像少了一只脚掌。

在接下来的半个月里,斑毛一直待在晴天那里。这天,日落时分,斑毛终于回到凹地。她走到大伙儿中间,气呼呼地抖了抖皮毛。

"说实在的,"她愤愤地说,"是只猫都会觉得晴天拿我当囚犯对待了。我被困在他所谓的'营地'里了。在那里,我连伸展腿脚的地方都没有。"

"锯峰怎么样了?"灰翅着急地问。

"他又能用那条腿了。"斑毛回答道,"但仍然跛得厉

日光小径
RIGUANGXIAOJING

害。不过这需要时间来恢复。"说完,她一下子坐在碎冰身旁:"哇,回来真好!"

"见到你回来,我真是太高兴了。"鹰扑说道,"我和寒鸦啼的孩子要出生了。我之前还在担心你不会回来帮我呢。虽然云斑很优秀,但我还是更喜欢你来帮我。"

"恭喜!"灰翅开心地说道,碎冰也在一旁连连道贺。

"寒冷的季节就要来了,现在不是生幼崽的最佳时间。"斑毛说道,"不过,鹰扑,你不用着急。我和云斑会保证你平安无事。我们最好先采些草药备着。"她补充道:"万一以后有紧急情况,我们就可以随时取用了。"

次日,灰翅去荒原上狩猎,同行的猫还有寒鸦啼、雨拂花和碎冰。

这时,太阳刚刚跃出地平线。寒风瑟瑟,野草披上了一层白霜。荒原上的水潭边和小溪边都结上了冰。猫儿们呼出的热气在空中化作一团团白雾。为了抵御严寒,大伙儿纷纷蓬起了身上的毛发。

"不知道这里会不会下雪。"雨拂花说,"现在已经够冷的了。"

寒鸦啼点了点头:"如果下雪,我们的孩子们需要有更好的安身之地。我在想,我们是不是能住到树林里去,等天暖和了,再搬回来住。"

"那样的话,晴天就会来找我们的麻烦了。"碎冰口出怨言。

寒鸦啼一听，顿时抽动耳朵抗议道："这森林又不是晴天的！"

"快走吧。"灰翅截住话头，这两只猫对他哥哥的敌意让他心里很不是滋味，"我们还要去狩猎呢。我们来比赛，看谁能最先抓到兔子，怎么样？"

令他欣慰的是，他俩没再继续谈下去。几只猫在荒原上散开，不过尚能远远地望到彼此。雨拂花最先发现了猎物。那兔子拔腿就向长满金雀花丛的斜坡蹿去，她跟在后面穷追不舍。

为了赶在兔子钻进洞前将其截住，灰翅也撒腿冲了过去。当他离雨拂花还有几尾远时，雨拂花已经跑到了一个山丘顶部。突然，她倏地没了踪影。随即，灰翅听到了她的尖叫。

"雨拂花！"灰翅惊声高喊起来。

灰翅的心咚咚直跳，他一阵疾跑，赶到先前看见她的地方。他发现自己来到了一块凹地边上，这里被茂密的金雀花丛团团围住。通往底部的斜坡上有一些岩石，岩石间的金雀花长得更为茂盛。凹地里有几个土丘，那里野草稀疏。凹地底部中央是片疏松裸露的土地，旁边矗立着一块大砾石。

"雨拂花！"灰翅再次大喊道，"你在哪儿？"

碎冰和寒鸦啼喘着粗气跑到他身边。"怎么了？"寒鸦啼急切地问道。

"是雨拂花……她一下子就不见了。"灰翅回答道。她竟那么快就消失得无影无踪，这让灰翅实在是摸不着头脑。他惊

日光小径

恐地想：那儿难道躲着个会吃猫的家伙？

"那是什么？"碎冰问道，他用尾巴指了指前方。

只见凹地中间的土壤突然松动了起来，随后，雨拂花的脑袋冒了出来。她用前掌划拉着土壤，可是那个洞周围的沙土在不断地塌陷。"快来救救我！"她号叫道。

寒鸦啼刚要冲上去，灰翅用尾巴拦住了他。"我们必须小心行事。"他警告道，"不然我们可能都会掉下去。"

灰翅带头朝凹地里走去，每迈一步都小心翼翼。"你没事吧？"他走近雨拂花问道。

"没事。"她说，"我吞了些土，但没受伤。这下面有一片兔子洞，里面的地道通向四面八方。"

"真的吗？"碎冰饶有兴趣地尖声问道，"里面有兔子吗？"

雨拂花摇摇头："所有的气味都是陈旧的。"

灰翅走到雨拂花身边，他脚下的土地虽稍稍下陷了些，但还是承受住了他的体重。"我喊'开始'的时候，你就用力蹬脚掌。"说着，灰翅十二分小心地斜着身子，叼住了她的颈背，"开始！"

雨拂花四腿发力上蹬，灰翅把她向上拉起。有那么一瞬间，灰翅真担心他俩会双双掉进洞里。幸好碎冰及时赶到，帮忙从一边叼住了雨拂花的肩部。寒鸦啼也从另一边叼住雨拂花的肩部。大家合力连拖带拽，终于，四只猫一起向后翻倒在

地，他们的脚掌又踏上了坚实的地面。

"谢谢！"雨拂花气喘连连地说。她呛出几口土，把沾在皮毛上的泥土纷纷抖落。

"我们赶紧离开这里吧。"寒鸦啼心有余悸地说。

"等等。"碎冰从雨拂花掉落的洞口看了下去，他用前掌探了探洞边的土。"如果我们能把这些松土挖掉，"他解释道，"我们就能进入地道了。"

"我们干吗要进去呢？"寒鸦啼不解地问。

碎冰二话不说，纵身跳入洞中。一时间，没有任何声响。突然，他的声音从下方较远处传了过来。"雨拂花说得没错！这里真的有好多地道。土很松软。我们不用花多少力气就能把地道扩大，这样，我们就能在下面容身了。"

"金雀花和风经常在兔子洞里抓兔子。"灰翅说，他开始考虑碎冰提议的可行性了。

寒鸦啼眼中闪过一丝兴奋的光芒："你是说，我们能沿着地道把兔子撵到它们的窝里抓住？"

"岂止是这样，"碎冰回到洞口，他扒拉着洞口松软的泥土，自己爬了出来，"这些地道纵横交错。如果发生战斗，我们还能从这些秘密地道转移到荒原的其他地方。"

灰翅凝视着碎冰，这番话让他心头一紧，全身泛起阵阵寒意："你刚才说什么？战斗？我们和住在这里的其他猫是朋友。我们会和谁打仗啊？"

日光小径
RIGUANGXIAOJING

碎冰不安地看了他一眼,不过灰翅却别过脸去。"当然,这些地道确实能派上用场。"他说道,"我们可以在这里栖身,还能躲避狐狸和两脚兽。"

雨拂花点了点头:"我们要向高影汇报这事。我这就去把她喊来。"

灰翅、寒鸦啼和碎冰留在原地等着高影的到来。他们都跳进洞里,开始刨土,将地道拓宽。

"你说得对。"灰翅喃喃地说,他朝一条黑咕隆咚的地道望去,"这些地道好像通向很远很远的地方。"

寒鸦啼纵身跃入黑暗的地道中,灰翅焦急地朝里面望去。不久,寒鸦啼重新出现,他的脚掌兴奋地划拉着地面上的土。

"应该能行。"这只黑色公猫说,"我们需要挖几个通气孔,这样光线就能透下来了。我们还能把苔藓带来做窝。我和鹰扑的孩子们在这下面一定会很安全,而且还会很暖和。"

在他们说话的当口,洞里的光线突然暗了下来。灰翅转过身,依稀看到是高影的头把洞口挡住了。没过多久,她也跳进洞里,来到他们的身边。

"这里真不错!"她高兴地喊道,"这正是我们需要的地方。你们在这里嗅到狗或狐狸的气味了吗?"

碎冰摇了摇头:"这里只有陈旧的兔子气味。我想那些兔子一定是在地道开始坍塌时离开了。"

"嗯……我们要小心一些,确保地道不会在我们的头上坍

塌。"高影沉思片刻，"不过，我仍然认为我们应该把营地迁到这里。天气变冷时，我们可以在地下做窝。天气转暖时，我们可以睡在金雀花丛下。"

寒鸦啼激动得跳了起来："太好了！"

随后的几天里，猫儿们搬到了新的营地。他们把地道拓宽，运来了铺窝的垫草。云斑和斑毛小心翼翼地把草药储备运来，在地道里找了个妥当的地方放好。

寒鸦啼是最擅长探索地道的猫了。他发现了横贯荒原的几条长地道。他还发现，几条地道的出口就在凹地斜坡上的金雀花丛和岩石之间。

对于住到地下，即便是只有一段时间，灰翅的心里仍然有些矛盾。他不得不闷在封闭狭小的空间里，可与此同时，他也看到了这片地道网能给他们带来的机遇。

他默默地想：原来的凹地太暴露了。在这下面，我们不仅有地方安身，而且还能避开狐狸们的攻击。随即，他又无可奈何地想：而且……只是有这样的可能吧，我们也能避开其他的猫。

第二十四章

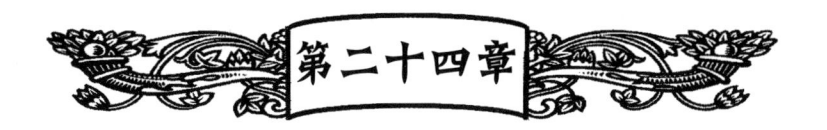

灰翅叼着一只兔子向新营地走去。这时,他看到两只猫正从森林里朝这边走来。于是,他放下了猎物,等着他们过来。

等他们走近,灰翅认出了锯峰和寒霜。寒霜就是那只白色公猫,他之前加入了晴天的猫群。锯峰虚弱地靠在寒霜身上,灰翅看到他那条伤腿几乎没碰到地面。

灰翅心里急了起来:锯峰从树上摔下来已经过去一个多月了。我还以为他已经能正常走路了呢。

锯峰和寒霜向灰翅走来。"你们好。"灰翅招呼道,他向两只猫点了点头,"你们是来探望大家的吗?"

锯峰的脸上露出悲哀的神色,而寒霜连招呼都不打一个。他帮锯峰躺到地上,一句话也不说就掉头从荒原上跑了回去。

灰翅在心里啐了一句:这没礼貌的毛球!随后,他问锯峰:"出什么事了?"

一开始,锯峰没有答话,他愤愤地瞪着寒霜的身影,直到他消失在了远处。然后,他又看了看灰翅,尴尬地舔了几口胸前的毛发。

猫武士

"没事的。"灰翅轻轻地鼓励着他,"告诉我发生了什么。"

小锯峰又迟疑了一会儿。"是我的腿。"最后,他终于道出原委,"我的腿恢复得不好。看样子,我可能会一直瘸下去了。"

他又不说话了。灰翅同情地舔了一下弟弟的耳朵。

"晴天说……"锯峰从嘴里挤出话来,"他说……因为我不能狩猎,所以就不能为集体做贡献了。他说我必须离开他的领地。我……我觉得靠自己生存不下去,现在大冷天要来了。灰翅,我能回来和你一起住吗?"

"当然可以!"灰翅的心里渐渐燃起了怒火,但他没在锯峰面前表现出来,"我们欢迎你……对了,我们搬到新营地了。过来看看吧。"

灰翅又叼起兔子,他让锯峰倚在肩上,一起向凹地走去。

在新营地里,高影正和寒鸦啼在一起检查一处洞口。见灰翅和锯峰蹒跚地走下斜坡,她转身迎上前去。"怎么了?"她问道。

灰翅将事情的经过解释了一番。锯峰耷拉着脑袋,似乎已经完全失去了信心。

"太可怕了!"高影鼻子里发出哼的一声,"这是他的亲弟弟啊!锯峰,我们当然欢迎你过来。我能肯定,我们会让你的腿伤有所好转。斑毛和云斑在外面采草药,他们一回来就帮

日光小径

你看看。"

"谢谢你，高影。"锯峰眨了眨眼睛，心怀感激地说。

"快来金雀花丛下坐着。"灰翅帮弟弟走到一个隐蔽性较好的地方，把兔子放在他面前，"你先吃点儿东西，我去给你安排个窝住。"

地道的主入口处有一大堆苔藓和蕨叶，灰翅运了一些到一个闲置的侧洞中，他往外挖了些土，把洞里的空间扩大。然后，他钻出洞去找锯峰。

这会儿，锯峰已经吃完了他的食物，此刻正昏昏欲睡。当灰翅来到他身边时，他抬起头看了看哥哥，喃喃地说："谢谢你们收留我。"

灰翅刚把他在新窝里安顿好，他就迷迷糊糊地睡了过去。锯峰今天横穿荒原，一路走来，早已疲惫不堪。

灰翅看弟弟没事了，便又爬出洞来。"我这就去找晴天。"他对高影说道。随后，他离开了凹地，飞奔过荒原。

狐狸正守在通往晴天营地的路上。他一见灰翅，便让开放行。见状，灰翅心里竟有些失望，因为他头一次渴望把爪子深深插到某只猫的皮毛里。

灰翅来到空地上，发现晴天正在凹地中间的水潭边舔着水喝。

"我刚刚和锯峰谈过。"说着，他大步朝他哥哥走了过去。

晴天抬起头，抖落胡须上的水珠。"我料到你可能会过来谈这事。"他说。

"你已经完全疯掉了吗？"灰翅愤怒地问，"锯峰是你弟弟，他一直对你忠心耿耿！"

晴天点了点头，但他的脸上毫无愧疚之情。"锯峰受伤这事，我很遗憾。"他开口说道，"但集体的利益才是最重要的。每只猫都得做出贡献，否则我们就无法生存。我已经给锯峰时间恢复了，但看样子他是永远都无法再去狩猎了。"

"但他是你的至亲！"灰翅抗议道，他简直不相信这话竟然是他哥哥亲口说出来的。

"正因为这样，我才必须狠心对待他。"晴天严肃地说，"如果其他猫看我对至亲区别对待，他们就会对我失去信任。"

惊恐和厌恶夹杂在一起涌上灰翅的心头：这不是晴天！这不是我深爱着的哥哥！

灰翅不顾一切地冲上前，他跳到晴天身上，利爪挥出。晴天龇牙咧嘴地吼了一声，扬起前掌夹住灰翅的脖子，张口直取灰翅的咽喉。灰翅后腿乱蹬一阵才挡住了晴天的进攻，但晴天的力气比他大多了。没过多久，他就被打趴在地上。晴天用一只脚掌踏住他的脖子，另一只脚掌踩住他的肚子。灰翅一点儿也动弹不得。

晴天俯身盯着灰翅，他那双愤怒的蓝眼睛里充满了敌意，

胸口剧烈地上下起伏着。"从这儿滚开。"他从灰翅身上下来，对弟弟咆哮道，"别再过来了！"

灰翅爬了起来，走出了空地。悲痛和愤怒在他的心中涌动，他没顾上看路就钻进了灌木丛里。这时，一只猫出现在他的前方，他险些又要和对方打了起来。不过，他随即发现这只猫竟是暴雨。

"灰翅，出什么事了？"暴雨不解地问。

灰翅凝视着暴雨，努力使自己恢复平静。她怀了孩子，此时腹部已圆鼓鼓的，但她那身泛着银光的皮毛还是那么柔软美丽。

"是为了锯峰。"他解释道，"我不敢相信晴天竟对他那样。"

暴雨点了点头，她那双绿莹莹的眼睛流露出不安的神色。"我理解你的心情。"她说，"但如果不是确信锯峰会向你们寻求帮助，晴天肯定不会那样轰他离开。我知道他的行为看上去很冷漠，但他心里不是那样的。"

"那他为什么要那么做？"灰翅嘶吼道。

"他身上的责任太重了。"暴雨解释道，"他真的相信他做出了最好的选择。"

灰翅悲伤地摇了摇头："就算是这样，他也不该那么做，这你是知道的。"

暴雨没有答话，只是向他点了点头，随后便忧心忡忡地走了。

灰翅来到空地上,发现晴天正在凹地中间水潭边舔着水喝。

我刚刚和锯峰谈过。

你已经完全疯掉了吗?锯峰是你弟弟,他一直对你忠心耿耿!

我料到你可能会过来谈这事。

锯峰受伤这事,我很遗憾。但集体的利益才是最重要的。

但他是你的至亲!

正因为这样,我才必须狠心对待他。

这不是晴天！这不是我深爱着的哥哥！

灰翅不顾一切地冲上前，他跳到晴天身上，利爪挥出。晴天龇牙咧嘴地吼了一声，扬起前掌夹住灰翅的脖子，张口直取灰翅的咽喉。

灰翅后腿乱蹬一阵才挡住了晴天的进攻，但晴天的力气比他大多了。没过多久，他就被打趴在地上。晴天用一只脚掌踏住他的脖子，另一只脚掌踩住他的肚子。

从这儿滚开。别再过来了！

灰翅郁郁寡欢地回到凹地。高影正在那里等他。"晴天怎么说？"她问。

灰翅愤愤地耸了耸肩。"没说什么特别的。因为锯峰不能狩猎了，所以，为了'集体的利益'，他必须离开。真不敢相信晴天竟说出这种话来！"

"真难以置信。"高影抽动着尾巴尖说，"我们应该总是把自己的至亲和朋友放在第一位——任何猫都懂这样的道理！这比集体的利益要重要多了。"

"可晴天不这样看。"灰翅嘟囔道。

他穿过凹地，想去看看锯峰怎么样了。这时，他发现锯峰已经醒了过来，此刻正在和云斑谈话。

"我很确定，我们能帮你改善走路的状况。"这只黑白相间的公猫说道，"如果伤腿不能承受你的体重，你就得锻炼好另外的三条腿。"

"我该怎么做呢？"锯峰困惑地问。

"我会帮你设计一些运动。"云斑保证道，"哪怕是待在窝里，你也可以通过弯曲舒展腿部来锻炼肌肉。"

锯峰试了试。他撑了撑两只前腿，又伸了伸那只未受伤的后腿。随即，他叹了口气，无力地趴在了地上。"这感觉很怪。"他抱怨道。

"你习惯就好了。"云斑指出，"别忘了，在晴天的营地，你在窝里足足躺了一个多月，难怪腿没力气。"

日光小径
RIGUANGXIAOJING

"云斑说得对。"灰翅赞同地说。而且晴天说他没用,又把他抛弃,一定把锯峰的自信心也给毁了。"我会帮你的,你很快就会感觉好些的。"

"我和斑毛会一起再想想其他办法。"云斑说道,"等着瞧吧,你很快就又能狩猎了。"

锯峰悲伤地眨了眨眼睛:"我觉得我什么猎物也捕不到了。"

天越来越冷。树叶凋零,枝头光秃秃的。猎物变得稀少起来。兔子平时就躲在暖和的巢穴里,只有在清晨和黄昏时分,它们才会壮着胆子出来找些吃的。为了生存,猫儿们不得不扩大猎物的搜寻范围。

灰翅铤而走险进了森林。他嗅到了一只松鼠的气味。于是,他蹑足钻过灌木丛,时刻注意避开脚掌下的枯叶,以免踩到发出嘎吱嘎吱的响声。他悄悄地移着步子绕过一丛黑莓,发现那只松鼠正在空地中间啃着坚果。

它离最近的树还有一段距离。我能把它抓住。想到这里,他放低身子,向前潜行。

灰翅慢慢地靠近猎物。他刚要起跳,就听到一声怒吼。随即,一个重重的身体落到了他的身上,把他吓了一大跳。松鼠纵身一跳,向近旁的一棵白蜡树蹿了过去。它匆匆爬上树干,消失在了一个树洞里。

灰翅扭动身子，终于摆脱了扑上来的那只猫，挣扎着爬了起来。此刻，狐狸正站在他面前。只见他竖起颈部毛发，尾巴上的毛也根根奓立，看上去比原来整整大了一倍。

"小偷！"他怒喝道。

"这猎物又不是你的！"灰翅愤怒地甩着尾巴反驳道，"谁能抓到它，它就是谁的。"

"这是晴天的领地。"狐狸凶巴巴地上前一步，"所以，这里的猎物全都属于他和他的猫。"

这时，灰翅的余光瞥见一些动静。他转过头，看到他的同窝哥哥从空地边上的一簇蕨丛中走了出来，暴雨跟在他身后。灰翅朝他哥哥那里走了一步。"晴天——"他开口说。

不等他说完，狐狸就朝他扑了过去，把他撞翻在地。他把脸逼向灰翅，黄澄澄的眼中燃着怒火。接着，他张开大口，那锋利的牙齿离灰翅的喉咙仅有一掌之遥。灰翅被迫展开防卫，他用后腿连连蹬向狐狸。然而狐狸个头高大，肌肉发达，灰翅无法挣脱。一刹那，他感到狐狸的利爪刺进了他的脑袋，在他的前额划了一道口子。鲜血流进他的眼睛里，几乎蒙住了他的双眼。

灰翅大惊失色，这不是小打小闹，狐狸真的想伤害他。晴天在干什么？难道他想让狐狸把我撕成碎片吗？

灰翅集中全身的力气，用前掌发动一轮猛攻。由于双眼被血蒙住，他除了一团棕色的皮毛以外什么也看不清，只得毫无

日光小径
RIGUANGXIAOJING

目标地乱抓一气。他心中只有一个念头：要把身上的这只猫甩下去。

灰翅用尽全力，抡起前掌猛打过去。狐狸哀号了一声。一股热乎乎的东西涌向灰翅的前掌。方才把他身体死死卡住的那股力量顿时消失。灰翅跌跌爬爬地站了起来，用脚掌擦去眼里的鲜血，这才看到狐狸侧身在地上躺着。鲜血从他的喉咙汩汩流出，染红了地上的枯叶。灰翅的皮毛也沾上了血，变得黏糊糊的。他先前攻击狐狸的那只前爪上也满是鲜血。狐狸的后腿用力蹬了最后一下，随后便纹丝不动了。

晴天跳上前，跑到狐狸的身体旁看了看，随即向灰翅投去埋怨惊恐的目光："你杀了他！"

灰翅感到全身像石头一样僵住了。"我不是故意的——"他结结巴巴地说。

晴天怒视着灰翅，他那眯起的蓝色眼睛犹如两道锋利的冰刃。"别说了！"他吼了起来，"我们之间结束了。狐狸只是在履行职责，可你竟把他杀了。"

"可他——"灰翅开口争辩。

"我已经说了，我们之间完了。"晴天打断他的话。他的声音冷若冰霜，"我没有弟弟。从这里滚开。"

"你不会这样的！"灰翅抗议道，"我们一起经历了那么多。"

然而，晴天冷峻的目光中并没有丝毫的悔意。他一言不

猫武士

发,只是亮出利爪。灰翅明白,如果他不马上离开,就要和他哥哥打起来了。

灰翅看着晴天冰冷的眼睛,黯然地想:这也许真是我们兄弟间最后的凝望了。可我不是存心要杀狐狸的,但晴天不会相信。我该怎么办?难道我真就这么走了,永远都不再回来吗?

然而,灰翅刚要转身离去,暴雨却走上前来。她行动迟缓,腹部浑圆。灰翅看出来她就要临产了。只见她难过地看了一眼狐狸的尸体,然后从旁边走了过去,来到晴天面前。

"我受够了。"她愤怒地说,"我这就回两脚兽地盘去。我的孩子出生时,那里有更好的栖身处。"

晴天惊得瞪大了眼睛:"别闹了。你需要我来照顾。"

"我最不需要的就是你多管闲事。"暴雨反驳道,"你一直把我当成无助的幼崽来对待,我真的已经受够了。别的猫一跨过你所谓的边界,你就这么对付他们,我不能忍受你的这种态度。你无权命令别的猫去什么地方狩猎,也无权禁止他们在什么地方狩猎。要不是你这么专横跋扈,狐狸就不会死了。"

良久良久,晴天一言不发。

沉寂中,暴雨转向灰翅。"对不起。"她说道,"当初晴天那样对锯峰时,我就该明白这一切的。"

说完,暴雨向灰翅点了点头,又悲伤地看了一眼晴天。随后,她转身走进了蕨丛,离开了。

第二十五章

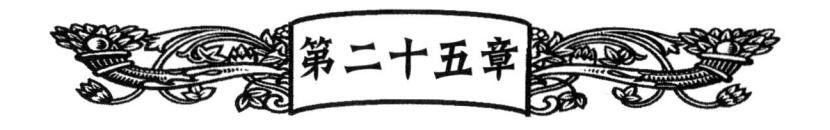

灰翅连忙转身,他焦急地看着晴天。"快去追她啊!"他恳求道,"带她回来,帮她养育你们的孩子。她需要你!"

晴天悲伤地望着暴雨离开的背影,然而他却没有动。"没用的。"他说,"我必须把我们的集体放在第一位。如果暴雨不能接受我的决定,我们就不能在一起。"

"可是,难道你不爱她吗?"灰翅抗议道。

"我当然爱她。但她已经做出了选择,而我的未来在这里。"

虽然晴天听上去已不再愤怒,但他的声音冷冰冰的。他脸上的怒火渐渐消退,但此刻他的表情变得无比决绝。灰翅意识到,现在说什么也无法改变他的决定了。

"很抱歉事情变成了这样。"灰翅说道,"我对狐狸的死很遗憾。我不是故意的……是他先袭击我的。"

"他只是在履行他的职责。"晴天转身就要离开,不过,他回头望了一眼,"锯峰怎么样了?"

灰翅心里燃起了一线希望。"他恢复得不错。"灰翅回

答,"云斑设计出了一些运动,帮他锻炼几条没受伤的腿。锯峰一直在抱怨,不过他还是照着锻炼了。"随后,他壮了壮胆子,接着问道:"你为什么不过来看看他呢?"

晴天迟疑片刻,然后摇了摇头。"过去的就让它过去吧。"他说道,"我不能对已经发生了的事念念不忘。我现在责任很重,有很多猫需要我的保护,这就意味着我不得不让锯峰和暴雨离开。"

灰翅实在难以理解晴天说话时蓝色眼睛中流露出的决绝,叹了一口气,只好接受了现实:晴天已经走上了这条路,无论什么都无法让他回头了。"如果你改变了主意,我随时欢迎你。"他对晴天说。

然而,他不得不默默问自己:就算他真会来访,高影会允许他进入我们的营地吗?还有锯峰,他也会同意吗?

他向晴天点了点头,转身向荒原走去。

严寒犹如利爪紧紧攥住了荒原,小溪和水潭被冰封住,野草也冻成了根根冰刺。鹰扑怀着幼崽,肚子已经变得又大又圆。灰翅花了一个上午帮寒鸦啼在地道里挖了个更大的洞。这样,鹰扑分娩时就可以避开风寒了。

两只公猫给她的窝铺上了舒适的苔藓和蕨叶。"这太棒了!"鹰扑往窝里一躺,开心地叹道,"我都等不及要把小宝贝生下来了。"

日光小径

灰翅让寒鸦啼陪着鹰扑,自己走到了外面。寒风吹皱了他的皮毛。见鹰扑生产在即,他想到了暴雨。她一定已经把孩子们生下来了。她已经在两脚兽地盘待了一个月,我希望她一切都好。想到这里,他知道自己该做些什么了。

他必须去找暴雨。

灰翅匆匆奔过荒原,他的身子暖和了起来,心也咚咚地跳着。他来到森林边,绕了一大圈路,避开了晴天的营地。我今天不能找麻烦。我有更重要的事情做,不能跟晴天和他的猫们纠缠。

灰翅来到两脚兽地盘的边缘,放慢了脚步,但还是往前走着。他小心翼翼地沿着硬石头路前行,一路上搜寻着地标,以求找到玳尾和班布尔所住的巢穴。

也许她俩知道暴雨在哪里。而且,能和玳尾见面也挺好。

起初,灰翅的寻猫之旅还算顺利。他记得附近有一座大巢穴,那里有浓烈的怪物气味。外面有几排颜色怪异的粗树桩,还有一块草地,上面长了些灌木。两脚兽的幼崽就在上面号叫着跑来跑去。

可是,灰翅刚拐过那块空地,就听到一阵狗吠。他猛地转身,看见一只小黑狗正向他跑来。

恐惧涌上灰翅的心头。他冲下小路,那只狗在他身后紧追不舍。跑到下一个拐角处时,他知道他应该穿过雷鬼路,但怪物们正从两头呼啸而过,如果他停下等怪物离开,就会被那只

狗抓个正着。灰翅只好绕过拐角，继续往前飞奔。

没过多久，他就意识到自己迷路了。两侧的两脚兽栅栏和巢穴像模糊的光影一样飞速后退，但灰翅不敢停下回头张望，因为他仍能听到小狗紧紧地跟在他身后狂吠不止，也能闻到小狗身上的那股难闻的气味。

灰翅朝另外一个拐角冲去。突然，他懊恼地停下脚步。原来路的尽头是一座巨大的两脚兽巢穴，他已无路可逃。此时此刻，他仿佛身陷地道，狗就堵在地道口。他没有退路，只得转过身来，准备迎战。

小黑狗冲上小路，张着嘴朝他跑了过来。不过，没等小狗跑到他跟前，灰翅就听到头顶有个声音在喊他。

"灰翅！快跳上来！"

灰翅抬头一看，在两脚兽巢穴侧面的洞下方，有个向外凸起的壁架。最令他目瞪口呆的是，玳尾竟正站在壁架上。他绷紧肌肉，就在小狗向他冲来之时，纵身往壁架上跃去。玳尾俯下身子，叼住他的颈背，帮他爬到了壁架上。

"谢谢！"灰翅喘着粗气说。

那小狗只得待在地上，朝他俩一顿狂叫。

"滚开，跳蚤皮。"玳尾骂道。接着，她对灰翅说："来这边。"

玳尾从壁架上跳到墙头，她带着灰翅走过好几座两脚兽巢穴。他俩走到墙的尽头，玳尾跳到了一片平坦的草地上。

日光小径
RIGUANGXIAOJING

"真没想到能在这里见到你!"她开心地喊道。灰翅从墙头跳到她身边。玳尾的眼睛里闪烁着兴奋的光芒:"你来这里看我和班布尔,我好高兴!"

灰翅尴尬地舔了舔肩部。"其实,我是来找暴雨的。"他承认道。

虽然玳尾还站在那里,但她眼中的神采正渐渐褪去。"哦。"她淡淡地说。

"我知道她回两脚兽地盘住了。"灰翅继续说。这时,他意识到刚才自己也许说错话了,但他需要玳尾向他提供重要的线索,便继续说道:"你见过她吗?你知道她现在住在哪里吗?"

玳尾看上去有些不太想回答。她用脚掌扒拉着地上的草:"我不确定——"

"我们当然知道啦!"又一个声音响了起来。灰翅抬起头,看见班布尔正坐在草地对面的栅栏上。这只胖乎乎的玳瑁色猫跳下栅栏,向他俩走了过来。"玳尾,难道你不记得了吗?暴雨去那个废弃的两脚兽巢穴住了。"

"噢……是的。"玳尾嘀咕着。

灰翅十分肯定,其实玳尾一直很清楚暴雨的住处。"谢谢你,班布尔。"他说道,"你能带我去吗?"

班布尔犹豫了一会儿:"可以,但我不会陪你走进去。那地方让我感到毛骨悚然。"

灰翅看了一眼玳尾，想知道她是否也愿意一同前往。不过，她只说了句"回头见"，然后便飞奔着越过草地，跳上墙头消失了。

灰翅心里既难过又困惑。他跟着班布尔跳回墙上，然后下了墙来到一条雷鬼路旁。只见怪物一只接着一只，来来回回地在路上跑着。灰翅几乎丧失了过路的信心。怪物们发出的噪声震耳欲聋，他觉得它们身上的恶臭深深地渗到了他的皮毛里。

终于，一个空当出现了。班布尔高喊："过！"他俩肩并肩地冲了过去。刚跑到对面，另一头怪物就咆哮着疾驰而过。那家伙经过时带起的风吹乱了他俩的皮毛。

"只差一掌远它就撞到我们了。"灰翅心有余悸地说。

班布尔带着灰翅走过一座座两脚兽巢穴。每座巢穴的侧面都有巨大的洞，洞上附着一层透明的东西，从外面能看到巢穴里的耀眼光线和明亮色彩。一群群的两脚兽来来去去地走在路上。为了避免被他们的脚掌踩踏到，班布尔和灰翅只好靠着墙往前走。

"我真不明白，你竟能在这里住下去！"灰翅惊呼道。

班布尔看了他一眼："其实，我也不明白你怎么能在外面住下去，外面又寒冷又潮湿。我想，我们都已经习惯了。"

终于，班布尔带着灰翅绕过另一个角落。他俩眼前出现了一座高大的红石头巢穴。巢穴侧面的洞是空的，那个巨大的入口仿佛一张正张着的大嘴。

日光小径

班布尔摆了摆尾巴:"去吧。我就在这里等你,然后带你回去。"

灰翅惊愕得睁大了双眼:"暴雨就住在这种地方?"

班布尔点了点头:"如果不和两脚兽住一起的话,这周围没多少能待的地方。"

灰翅强压住恐惧和惊慌,从入口处走了进去。光线从墙上的洞中透了进来。他面前有一片石头地,石头上每隔一段距离就有一棵石树伸向巢穴顶端。两脚兽遗留的废弃物散落在四周,他在那些废弃物下嗅到了怪物们陈旧的气味。

"暴雨!暴雨!"他大声喊了起来。

可是,四下里一片寂静。灰翅往前走去,时不时地朝两边看。可是,这里没有暴雨能藏身的地方。

几尾远外,有一个石头斜坡通向上方。灰翅跳到斜坡的顶端,在爬上巢穴这一层时,他开始更为警惕起来。这里的情况和刚才见到的一样:一片阴暗凄凉的景象,更多的垃圾,更多的石树,但就是不见暴雨的踪迹。这时,一阵湿冷的风钻了进来,吹皱了他的皮毛,他听见了远处的滴水声。

灰翅一步步地往上爬,他几乎一直爬到了巢穴的顶端。可他还是找不到暴雨,他的呼唤也没有任何回应。会不会是班布尔弄错了?也许暴雨并没住在这里。

灰翅迟疑地靠近墙上的一处缺口,这才看到自己已经爬到了多高的地方。他甚至感觉自己已经回到了大山里,此时正站

在山峰上俯视大地。两脚兽的地盘在他眼前展开，怪物们犹如一只只闪亮的甲虫，正在路上来回爬行。两脚兽地盘之外是那一大片森林。树叶已几乎落尽，森林也变成了灰褐色，只有一片片深绿色的松树还挺立其间。森林的外面，起伏的荒原若隐若现，灰翅渴望那里清新的空气，渴望那种在空旷的草地上不停飞奔的感觉。

突然，他的身后响起极其轻微的脚步声。灰翅连忙转过身来。"暴雨！"他惊呼起来。

这只银色虎斑猫正站在离他几尾开外的地方。灰翅看着她，不禁百感交集。她明显已经产下了幼崽。此时，她的身体消瘦不堪，侧身已凹陷了下去，脏脏的毛发纠缠在了一起。但她那双绿莹莹的眸子仍闪着神采，还是一如既往地美丽。

"暴雨。"灰翅喊着她的名字，向她走了一步，"你已经生过孩子了。他们还好吗？"

暴雨点了点头："一共生了三只……是的，他们都还好。"

"他们在哪儿？"灰翅环顾四周，问道，"我能看看他们吗？"

银灰色的虎斑猫迟疑了一会儿，然后，摇了摇头："还是算了。"

灰翅大失所望，好像有块乌云压在了头上："可是他们也是我的至亲。暴雨，求求你。你知道我是绝不会伤害他们的。"

日光小径

　　暴雨又一次摇了摇头。这次，她的态度更坚定了。"他们是我的孩子。"她说道。

　　灰翅的内心十分沮丧。他不知该怎么做才能使她改变主意。很明显，她想把他、晴天，以及和他们所经历的一切一切全部从她的生活中抹去。

　　可是，这是最好的选择吗？为什么她拒绝让别的猫帮她照顾孩子呢？

　　灰翅很想问出那些问题，但看着暴雨那骄傲挑衅的眼神，那些话他实在无法说出口。他只好点了点头，喃喃地说："再见，暴雨。如果你改变了主意，你知道去哪儿找我。"

　　随后，他转身走下两脚兽那一层又一层的荒凉巢穴，来到了外面的空地上。班布尔正在那里等着他。

第二十六章

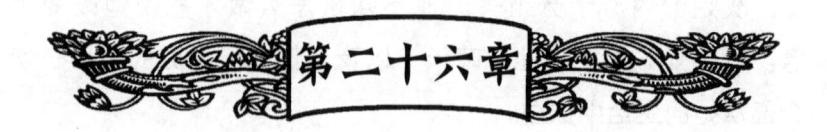

灰翅从两脚兽地盘离开了,可他越往前走,就越觉得自己做错了。那晚,他睡得断断续续的。新营地里那舒适的窝巢里好像全是荆棘和石子。他一闭眼,暴雨的样子就浮现在他眼前。尽管她是那样地消瘦和绝望,可她全身上下都充满了勇气。

天刚蒙蒙亮,灰翅就下了决心:我不会放弃暴雨。她和她的孩子都是我的至亲。我们是一家,应该互相照顾。

灰翅穿过荒原,一路上留意着猎物的踪迹。一只兔子刚把脑袋伸出洞外,灰翅就扑了上去。我这就把它带到暴雨的空巢穴去。我要帮她喂养她的孩子。

灰翅从森林中穿过,路上没有遇见晴天和他的猫。可当他接近两脚兽巢穴时,却看到玳尾从那边的红石头巢穴当中冲了过来。她惊慌失措,双耳贴平,全身的毛发都蓬了起来。

灰翅跳到她前面把她拦住。"出什么事了?"他问道。

玳尾瞪大了眼睛。她惊恐地看着灰翅,气喘吁吁地说:"你赶快过来!暴雨的巢穴遭到袭击了!"

日光小径

不等灰翅回答,她转身便朝两脚兽巢穴跑了过去。灰翅丢下猎物,紧紧地跟了上去。他脑海里浮现出那座废弃巢穴的情景。他困惑不已,究竟是什么东西才能袭击这么巨大的巢穴啊。

玳尾一定是弄错了!但如果暴雨有危险,我一定要去帮她!

还没跑到巢穴边,灰翅就听到一阵低沉的隆隆声。渐渐地,这声音越来越响,吞没了整个世界,仿佛头顶上正电闪雷鸣。空气中到处都是石头和灰尘的气味,怪物们的恶臭也无所不在。

灰翅惊恐不已,全身发颤。这里一定发生了可怕的事情!

他和玳尾并肩转过一个拐角,巢穴顿时映入他的眼帘。他像一头撞上墙壁似的急忙刹住了脚步。只见这座巨大的巢穴有半边都被掩在了一片灰尘中,透过滚滚尘雾,灰翅看到了一个巨大的怪物。灰翅从未见过这么大的脚掌。怪物周身是一种刺眼的黄色,它张开闪闪发光的银色嘴巴,大口大口地啃咬着巢穴的墙体。

"暴雨!暴雨!"灰翅大声呼号着。然而,怪物的吼声太大,把他的声音完全盖住了。

他转身对玳尾说:"我这就进去。"

"你不能进去!"玳尾惊恐得睁大了眼睛,"怪物会把你也吃了的!"

灰翅不顾玳尾的劝阻，往前走了一步。可正在这时，伴随着一声霹雳般的巨响，巢穴的一侧倒了下来。碎石头像湍急的河水一样涌到了路面上。更多的灰尘四散开来，呛得灰翅几乎窒息，他的眼睛也刺痛了起来。

一时间，灰翅像石头一样僵住了，他的脚掌仿佛已经在地面上冻结。暴雨之前肯定听到怪物的噪声了。她一定已经把孩子们带到安全地带了！

然而，等尘埃散去，灰翅看到暴雨正从巢穴顶端墙面上的一个空缺处惊慌地朝外面张望。她张着嘴巴，正无声地恳求救援。

"暴雨，我来了！"灰翅号叫道。

就在那一瞬间，他的目光和暴雨的目光相遇。随即，黄色怪物又咬了一口墙体。整座巢穴倾斜到了一侧，随后开始坍塌。银色母猫在他眼前消失了。

石头纷纷滚落，灰翅和玳尾在地上蹲伏下来。怪物的咆哮声震耳欲聋，不断地冲击着灰翅的耳膜。团团尘雾向上腾起，遮住了巢穴，也遮住了怪物。

渐渐地，声音消失了。灰翅抬起头，意识到怪物已经停止了吞噬。他踉踉跄跄地爬了起来，朝那片废墟狂奔过去。废墟周围尘土弥漫，在石头滚落的轰鸣声中，他听到了一丝微弱的叫声。

"暴雨！"他大喊道，"我来了！"

日光小径

灰翅疯狂地扒拉着碎石块。他刨开一些碎石,终于碰到了暴雨那银色的皮毛。他歇斯底里地扒开周围的石块,直到暴雨的身体露了出来。暴雨双目紧闭,四肢僵硬地伸着,灰尘在她的皮毛上凝结成块。在她身边,三只幼崽那弱小的身体正半掩在废墟中。她舍命保护了他们。

灰翅不敢相信自己的眼睛:哦,暴雨……

灰翅低头去舔她的皮毛。这时,暴雨绿莹莹的眼睛睁开了。她眨了眨眼,想要看清灰翅,然后,她微微抬起头看了看三只幼崽的身体。

"我的孩子们……"她断断续续地轻声说道,"我只是想保护好他们!"

"你已经尽力了。"灰翅安慰她说。

"告诉晴天……我很抱歉……"暴雨微弱的声音消失了。她的头沉了下去,双眼也合上了。

灰翅把一只脚掌放在她的胸口,低下头凑近她的口鼻,但是,她已经没有了呼吸。灰翅陷入了极度的痛苦,精神已完全麻木,他在心里喃喃地念着:永别了,暴雨……这一刻,他的心已破碎。他开始搜集碎石头,用它们轻轻掩住暴雨的遗体。

突然,他发现尘埃里有一丝动静。他转过头,令他难以置信的是,一只幼崽——一只结实的姜黄色公猫——竟然动了动身子。

他没死!

猫武士

灰翅又听到一阵轰隆隆的响声，他意识到，巢穴中残余的墙体正在他的周围颤动。他刨去半掩在这只幼崽身上的碎石，叼住他的颈背。就在墙体倒塌的那一刻，尘埃翻滚、碎石飞溅，灰翅跌跌撞撞地跳到路上，终于把小家伙带到了安全地带。

"走这边！"玳尾冲上前来，把灰翅推过一个拐角，离开了漫天的尘土。"暴雨呢？"她问。

灰翅轻轻地放下幼崽。"她死了。"他哽咽着说，"另外两只幼崽也死了。但这只还活着……不过也奄奄一息了。"

灰翅和玳尾并肩蹲伏在一起，他俩用力地为这只姜黄色小公猫舔梳。终于，小公猫微微地蠕动了起来，轻轻地哭号了一声。

"他会活下来的。"玳尾说，"走吧，我帮你把他带回森林。"

灰翅表示自己能够把他带回去，然而玳尾不顾他的坚持，温柔地叼起小家伙的颈背，踏上了归程。灰翅一瘸一拐地走在她身边。直到他俩离开两脚兽地盘，走到树林边上，这才停了下来。

"我们先喘口气吧。"玳尾建议道。她把幼崽放了下来，叹了一口气。

灰翅瘫在地上。他的毛发纠缠在一起，脏乱不堪。由于在碎石砾上来回走动，他的脚掌刺痛了起来。他忘不了巢穴倾塌

日光小径

时，暴雨凝视他的眼神。

"要是我早点儿到那里去，没准就能把她也救下来了。"

"我知道你在怪自己。"玳尾轻声说，她向灰翅投去同情的目光，"但这不是你的错。"她犹豫片刻，接着说道："你又在想清溪了，是不是？但这次不一样，暴雨的一个孩子活下来了。晴天有儿子了。"说着，她低下头舔了舔小家伙的耳朵："你必须把他带到他父亲那里去。"

灰翅本能地伸出一只脚掌，把幼崽拢到自己身边。他不想失去和暴雨这最后的一丝联系。"我也爱过暴雨。"他低声说。

"我知道。"玳尾温和地说，"但这不是你的儿子。"

灰翅叹了口气。尽管很悲伤，但他明白玳尾说的是对的。"我甚至不知道他叫什么名字。"他说。

玳尾把脸凑近幼崽的小脸，和他蹭了蹭口鼻，问道："小宝贝，你叫什么名字呀？"

幼崽仰头看着她，一脸困惑地尖声说："我不知道。"

"也许暴雨还没有给他取好名字。"灰翅说。

玳尾回头望了望两脚兽地盘，好像在回想刚才巢穴坍塌时的情景。"叫他雷怎么样？"她建议道，"他是暴雨所生，在狂暴的飞尘和落石之中，他幸存了下来。"

姜黄色幼崽高声叫了一下。

"我想他同意了！"玳尾兴奋地说。她的眼神十分和蔼可亲。

猫武士

灰翅深吸一口气，站了起来。"来吧，小宝贝。"他说，"是去见你父亲的时候了。"

玳尾告别灰翅，向两脚兽巢穴走了回去。灰翅叼起雷的颈背，向树林深处跳去。他找到了通往晴天营地的小路。由于极度疲倦，他此时已是步履蹒跚。

还没等他走上小路，灌木丛里便簌簌作响。三只猫跳到了他的面前：寒霜、花瓣，还有一只黑白相间的公猫。他不认识这只公猫。

"这里不欢迎你。"寒霜吼道，颈部的毛发奓了起来。

花瓣充满敌意地瞪着他："你杀了狐狸。"

"那是场意外。"灰翅叼着幼崽，费力地说。他记得花瓣是狐狸的姐姐，所以，他很理解她愤怒的心情。"晴天知道这事。"灰翅解释道。

"这只幼崽是谁？"黑白相间的公猫问道。他逼向雷，雷呜咽一声，想要躲开。

"我会和晴天说的，但不会告诉你。"

一时间，三只猫怒视着灰翅。灰翅沮丧地想：我打不过他们三个，而且我已经厌倦了这种敌对状态。"把我带到我哥哥那里去。"他请求道。

一开始，三只猫没有动。随后，花瓣向后退去，用尾巴示意他跟上。"好吧。"她说，"不过，你最好老老实实的，不然，你就是想后悔也来不及了。"

日光小径

　　黑白公猫继续站岗，寒霜和花瓣把灰翅夹在中间，带上了小路。

　　他们好像认为我们是密探，或者是把我们当成囚犯了。

　　灰翅他们进入营地，晴天从一棵树上跳了下来。他跑过空地，面对灰翅。"你来干什么？"他盘问道。

　　灰翅看了看其他的猫，晴天尾巴一挥，示意他们离开。当他们退到空地边上，灰翅把雷放在晴天的脚掌边，说："这只幼崽是你的儿子。"

　　雷低下头，然后又抬起头，不好意思地向他父亲眨了眨眼睛。

　　顿时，晴天愕然，他那双蓝眼睛盯着灰翅。"暴雨呢？"他哑着嗓子问。

　　灰翅低下头，说道："暴雨死了。"听罢，晴天吃惊地盯着灰翅。于是，灰翅把玳尾如何通知他，他俩如何及时赶到坍塌的巢穴，之后如何见到暴雨和另外两只幼崽死亡的情况一一告诉了晴天。"她死前和我说了几句话。"他说道，"她让我转告你，她很抱歉。"

　　晴天不知所措地摇了摇头，他那双蓝眼睛里满是痛苦。"我无法相信这事……"他吐出一口气，"不会是暴雨……她不会死得这么惨。"他走开了几步，又转身向他儿子和灰翅走来。

　　"把他带走吧。"他说，"这里没有他能待的地方。"

"什么？"灰翅简直无法相信他哥哥竟能说出这种话来，"他是你的儿子啊！"

"我不能抚养他。"晴天的声音阴郁起来，"他母亲的死是我的错。如果我当时拦住了暴雨，她就不会死了。现在，我又能给她的孩子什么样的生活呢？"

灰翅开始有些理解哥哥的心情。如果雷留在营地里，他的存在就会时时提醒晴天失去了什么。

"我怎么能养孩子呢？"晴天说，"这里有太多的事需要我处理。我要保护这些猫。"

"你的猫会帮你抚养他的！"灰翅反驳道，"雷需要你。"

晴天决绝地摇了摇头。"不。他需要的是一位能照顾他的父亲，一位不会给每只自己在乎的猫都带来厄运的父亲。"他的声音冰冷无情，里面充满了愤怒和对自己的厌恶。

灰翅知道再劝也是没用了。震惊之余，他悲愤地说道："我们兄弟情谊真的到此为止了。我们从小一起长大，又一起远行到这里。可现在，你已经不是我那亲爱的同窝哥哥了。"

晴天悲哀地点点头："如果你不能接受我是这些猫的首领，如果你不能理解我做的事是为了他们每只猫的利益，那么我俩之间就没有任何关系了。"

说完，他转身离开，把灰翅和雷丢在那里。守卫走上前来，又把灰翅夹在中间，要把他带出领地。

日光小径
RIGUANGXIAOJING

灰翅此时已忍无可忍。"我们自己会走,你们这些毛球!"他用尾巴环住雷,领着他往前走去。小家伙蹒跚着爬出空地,走下了通向荒原的小路。

"怎么了?"雷懵懵懂懂地问,"那是……我父亲吗?"

"是的。"但我真心希望你的父亲不是他。

"你确定吗?"雷仍不解地问道,"那为什么他不喜欢我呢?"

灰翅深深地叹了一口气:"这很复杂,但不是你的错。"

他俩回到荒原上的营地时,雷已经筋疲力尽了。灰翅只好再次把他叼了起来。灰翅从凹地边上的金雀花丛里穿过,走下了斜坡。猫儿们见到他俩,都纷纷站了起来。

高影走上前来。"这是谁?"她用尾巴指了指雷,问道,"他是从哪儿来的?"

灰翅放下幼崽。雷看上去快睡着了,小家伙此时已不知道自己身在何处。"他叫雷。"灰翅对高影说,"他是晴天的儿子。"

鹰扑怀着大肚子向前走了一步。"你是跳蚤脑子吗?"她问道,"你为什么把他带到这里?晴天会以他为借口向我们发动攻击的。"

"他不会的。"灰翅平静地说,"他不想让雷留在他身边。"

他尽可能简短地和众猫说了暴雨的死和他去见晴天的事。

猫武士

当灰翅说话的时候,鹰扑看着这只幼崽,她的目光柔和了下来。等灰翅说完,她把雷轻轻地推了起来,用尾巴裹住他,让他靠紧自己隆起的腹部。"走吧,小宝贝。"她一边喃喃地说,一边向地道育婴室走去。她回头望了灰翅一眼,补充道:"我会照顾他的。"

高影尾巴一扫,示意众猫聚上前来。她跳到了营地远处的那块高高的岩石上。

"你们都听见灰翅所讲的了。"她开口说道,"现在我们要做出决定。我们能把这只幼崽留下吗?"

"我认为这不是个好主意。"碎冰说道,"他不是我们的猫。我们不是他的至亲——"

"我是他的至亲。"灰翅指出,"锯峰也是。"

"就是。"锯峰坐在巢穴入口处高声说,"他有权留在这里。"

"但和他最亲的是晴天。"碎冰反驳道,"而且,我们怎么知道晴天不会改变主意?万一哪天他要他儿子回去呢?"

"那我们就把他送回去。"雨拂花不耐烦地说,"如果他的父亲想要这只可怜的小家伙,那是件好事。还有,如果我们不收留他,他该怎么生存呢?"

"要照顾他不容易。"云斑沉思片刻说,"他需要奶水——"

"鹰扑马上就要生产了。"斑毛立刻说,"她都已经说了她会照顾他的。你怎么能——"

日光小径
RIGUANGXIAOJING

"我刚才只是说这不容易。"云斑抽了抽耳朵,"我可没说我们不能试试。"

"但你们有谁为鹰扑想过?"寒鸦啼听上去表示反对,"她有自己的孩子要照顾——也就是我的孩子。如果指望她再多照顾一只幼崽,这对她不公平。"

斑毛怒目圆睁:"她已经做出自己的决定了。"

"我有权利……"寒鸦啼开口说道。

大家开始争论不休,灰翅不想再看下去了。于是,他走到众猫前面,站在高影所在的岩石下。"既然雷是晴天的儿子,那么他就是我的至亲。"他坚决地说,"从今以后,这里就是他的家。如果你们把他赶走,那么我也会离开。"

"灰翅!"高影一阵震惊,"你别这样。"

"那么就让雷留下。"

高影扫视下方的猫群,问道:"有谁反对吗?"

众猫面面相觑。雨拂花毅然地说,"如果我们拒绝帮助他,那我们又算什么东西?"

没有猫反驳她的话。寒鸦啼暗暗地抱怨了几句,但他没大声说出来。

"那么就这么定了。"高影宣布道,"从现在起,雷就是我们当中的一员了。"说完,她从岩石上跳到了猫群中间。

灰翅感激地朝她低头致意。他转过身,看见雷此时正坐在鹰扑的洞口。显然,刚才猫儿们的争论他一句不漏地听进了心

里。他看上去十分害怕，两只眼睛瞪得大大的，眼神里充满了恐惧。

　　灰翅向他走去，把口鼻靠在了小雷的脑袋上。"现在你安全了。"他喃喃地安慰着他，"从现在起，我就是你的父亲。"

日光小径
RIGUANGXIAOJING

番 外

第一章

獾的嘴角沾满了鲜血，它一边后退，一边朝眼前的两只猫崽大吼了一声，吓得猫崽们缩成一团，不住地瑟瑟发抖。獾的爪子又粗又钝，上面还粘着几缕带血的毛发。对于那两只无助的猫崽来说，这一刻是如此漫长、如此可怕。终于，獾转过身，拖着肥大的身躯走进了灌木丛。它那黑白相间的身影倏地一闪，彻底消失在了树丛中，只留下一阵恶臭。

花瓣没有说话，她把脑袋向后一扬，迸出一声号叫。她本想发出恐吓威胁的声音，可那号叫声里却饱含悲哀与痛苦。此时，一只猫的躯体正凌乱地横在花瓣的脚掌边。那只猫已经面目全非，一身虎斑皮毛被扯破，身上流出的鲜血深深地渗进了地面的枯叶里。

"滚开，你这只臭獾！"狐狸站在姐姐花瓣身边，他那身棕色的毛发根根耸立，"永远都别再回来！"花瓣听出弟弟的声音

猫武士

在发颤。她知道，此时他俩浑身都在剧烈地颤抖着。

"我们在这儿又是叫又是骂的又有什么用呢，好像这獾会听俩小猫的话乖乖走开似的。它一口就能把我俩一齐咬死。"

这时，一阵冷飕飕的风拂过森林，顿时惹得枝杈交错，哗哗作响，枯叶四起，片片飞旋。严寒犹如利爪刺穿了花瓣的皮毛，她冷得不行，猛地打起哆嗦来。

"我们现在该怎么办？"她问道。

狐狸转过身，用鼻子蹭了蹭她的耳朵。"我们现在得自己照顾自己了。"他回答道，"我们不会有事的。我们必须好好活下去。"说完，狐狸别过脸去，把目光从他们妈妈那惨不忍睹的遗体上移开。

花瓣打心眼儿里不相信狐狸的话。她很清楚，她的弟弟只不过是故作坚强罢了。不是这样的。我们现在自身难保，甚至根本不知道该怎么狩猎。妈妈还没来得及教会我们就被杀害了。

看着狐狸，花瓣意识到，虽然弟弟长得很结实，但与他俩要去设法捕捉的猎物相比，弟弟的个头还是太小了。花瓣深深地明白，在狩猎这事上，他俩并没有准备好。我们俩孤苦伶仃的，今后该怎么在森林里活下去啊？

花瓣开始把地上的枯叶刨起，再用叶子覆盖住她妈妈的身体。很快，狐狸也过来一起帮忙。这对幼崽扒拉着地上的落叶，吃力地把妈妈的遗体掩埋了起来。

花瓣和弟弟坐在一起，心里想：现在有谁会来照顾我们呢？

日光小径
RIGUANGXIAOJING

想着想着,又一个念头从她心头闪过,几乎将她击垮:以后又有谁会来照看我们的妈妈呢?花瓣抬起头,对着天空闭上了眼睛。她感觉自己仿佛已被淹没,痛苦得无法呼吸。她的心好像已然被掏空,胸中好似压了块沉甸甸的大石头。我这辈子还会有任何快乐可言吗?

花瓣睁开双眼,又看了看那堆树叶下妈妈身体的轮廓,喃喃地说:"不管现在你在哪儿,一定要保重自己。"

这时,狐狸刚将脚掌清理干净,他催着她说:"来吧,我们现在就狩猎去。"

说话时,狐狸避开了花瓣的目光。虽然感觉弟弟的话有点儿无情,但是花瓣知道他只是想解决问题而已。我们现在必须靠自己生存下去。他已经尽力了。

花瓣和狐狸并肩在森林里走着。每每从灌木丛发出什么声响都会令花瓣担惊受怕。她知道狐狸也被吓得不轻,但弟弟总在极力掩饰内心的恐惧。他俩不知道那只獾还会不会回来再次发动进攻——它知道这对猫崽已经失去了保护。

花瓣的肚子饿得咕咕直叫。她试图像妈妈之前教的那样从空气中嗅出猎物的气息,可是她什么也闻不到。我应该这样闻空气中的气味吗?她一边回忆着妈妈的狩猎课,一边在心里拼命回想。

狐狸则在一棵橡树的根部附近嗅来嗅去。之前,他俩的妈妈在那里时常能捕到一两只老鼠,可是这次他却什么也没找到。

猫武士

"所有的猎物都躲到洞里去了。"他抱怨道,"天这么冷,我们怎么才能捕到东西吃啊?"

太阳渐渐西沉,花瓣开始担心弟弟的话是对的。她时不时地看到有小鸟停在他们头上的树枝上栖息。有一次,她还眼睁睁地看着一只松鼠沿着他俩前面的树干快速爬了上去,倏地消失在树洞里。连这些小动物都好像没把这两只猫崽放在眼里。

它们怎么会怕我们呢?我们只不过是两只幼崽而已。

这时,一股熟悉的气息从她面前飘过。花瓣停下脚步,她抽动鼻子,微微抖动着胡须。"你嗅到这气味了吗?"她吐出一口气问道。

狐狸嗅着空气。"是猫!"他惊呼道,那双黄色的眼里闪烁着兴奋的光芒,"我们得救了!他们一定会和我们分享猎物的!"

说罢,他站起身,循着气息蹦蹦跳跳地穿过灌木丛。过了一会儿,他俩来到了一片空地上。暮色渐浓,但他们仍看到三只猫正蜷在一块布满青苔的大砾石下。

"嘿!"狐狸打着招呼,在他们面前停下脚步。

花瓣走到狐狸身旁,不过,她的热情很快便冷却了下来。只见其中一只灰白相间的母猫拖着瘦骨嶙峋的身子一跃而起,用绿幽幽的眼睛恶狠狠地瞪着他俩。

"你们在这里做什么?"她龇牙咧嘴地质问道。

花瓣深深地吸了口气。她从未见过这么凶狠的猫。他俩真正

日光小径
RIGUANGXIAOJING

认识的猫算起来也只有妈妈。花瓣心想：妈妈是那么地善良温柔，她可一点儿都不像这只凶巴巴的猫！"我们……我们是孤儿。"她结结巴巴地说，"我们想要……找些东西吃。"她希望这只猫不会逼他俩把妈妈的死再讲一遍——至少不要这么快……想到这里，她打了个哆嗦。

花瓣瞟了一眼狐狸。在这只气势汹汹的母猫面前，弟弟已经竖起了根根毛发。她不禁心里暗暗着急：冷静下来！我们是来寻求帮助的，可不是来打架的啊。

母猫的绿眼睛像刺一般扫过两只猫崽。"那么，你们应该到别的地方找东西吃去。"她低嘶道。说罢，母猫伸出了利爪。花瓣知道，倘若他俩不赶紧离开，将会面临什么样的可怕后果。

另外两只猫没说什么，但他们的目光同样冰冷无情。

花瓣和狐狸向后退去。"她是怎么回事啊？"狐狸咕哝着，"为什么她不想让我们留下来呢？"

花瓣摇摇头说："我也不知道。"尽管他俩刚刚用树叶掩埋了妈妈，可还没过多久，整个世界突然变得更冷了。

花瓣和狐狸转身背向了那几只猫。几只猫咆哮着，警告他俩永远别再来捣乱。花瓣设法不去听那些刺耳的声音。她的尾巴耷拉在身后，一路就这么拖在地面上。姐弟俩在森林里艰难地继续前行。眼看着最后一抹光线很快淡去，想到夜里不再有妈妈温暖的身体蜷住他俩，花瓣不禁又打了个寒战。

这时，灌木丛里突然簌簌作响。"快看！"狐狸低声说，他

用尾巴指了指声音传来的方向。

花瓣朝那里望去，只见一只松鼠正在附近的一棵山毛榉树下啃着坚果。两只猫崽顿时俯下身子贴住地面，开始按妈妈教他们的方法匍匐前进。花瓣一想到牙齿嵌入猎物的感觉，不禁流下了口水。

"你们想干什么？"突然，他俩身后传来一声怒吼。

花瓣惊呆了，霎时间仿佛被闪电击中。她坐直身子，只见那只灰白相间的母猫已经站在了他俩面前。花瓣糊涂了：这只母猫竟无声无息地瞬间跑到了这里，她究竟是怎样做到的？

狐狸又向前爬了一步，灰白相间的母猫不由分说，伸掌对着狐狸的耳朵抽了一下，疼得狐狸尖叫起来。

与此同时，一只大虎斑公猫从他们身旁闪过，在松鼠刚想逃窜之际迅速把它扑在了身下。

"嘿！"狐狸抗议道，"那是我们的猎物！"但是他立马又被抽了几记耳光。

灰白相间的母猫把脸凑到狐狸面前。"这里所有的猎物都是属于我们的。"她嘶吼道，"你们最好给我记住这点，否则就别怪我们不客气了。"

面对母猫的威胁，花瓣愤怒地耸起根根毛发。这时，虎斑公猫叼着松鼠从她身旁走过，松鼠的尸体在公猫嘴里无力地耷拉着。花瓣愤愤地想：这不公平。是我俩最先看到松鼠的！然而，她实在是太害怕了，终究没敢说出心中的不满。

日光小径
RIGUANGXIAOJING

两只猫大摇大摆地消失在了树林里,什么吃的都没给两只幼崽留下。花瓣看着他们离开的背影,难过地想:他们根本不在乎我们只是幼崽。他们把我们丢下,要我们活活饿死。我们现在真的只能靠自己了。

"过来。"她挺了挺脊梁,对狐狸说,"我们换个地方狩猎去。我不会让我俩饿死的!"

"他们怎么能这么卑鄙呢?"狐狸站起来呜咽道。他的勇气已经消失得无影无踪。

"没关系。"花瓣厉声说,"至少我们今天学到了一个教训。从今以后,我们俩相依为命。我俩只能依靠彼此了……"

他俩向森林更深处走去,仿佛这样就能将所有的痛苦和悲伤都抛到脑后。至于他俩会不会再遇见其他的猫,花瓣也不会去在意了。

第二章

花瓣和狐狸从灌木丛下悄悄走过。他俩神经紧绷,四下里搜寻着猎物的气息。尽管现在离他们妈妈离世已有几个月之久,但他俩仍相依为命,没和其他的猫有过多的接触。

松鼠的气息令花瓣的动作一顿,但她很快就发现这只不过是股陈旧的气味。松鼠一定是昨天经过这里的。接着,她的正前方传来了轻微的动静,她知道有猎物在靠近。果不其然,两只老鼠

钻了出来，从黑莓丛下匆匆跑过。

狐狸正走在花瓣身边。花瓣看了弟弟一眼，用尾巴示意他待在原地别动。她屏住呼吸，开始向老鼠逼近。只见花瓣轻轻提着步子，同时避免自己的影子落到两个小家伙身上。

我们已经很久没吃东西了……我们需要这两只猎物！

自从成了遗孤，这对同窝手足的生活异常艰辛，但这一路他俩还是靠着努力顽强地走了下来。他们偶尔也会和其他猫一起去狩猎，不过那样的次数很少。绝大多数的时候，他俩是独自行动的。他们只能依靠自己，花瓣从来不会让自己和弟弟忘记这一点。

最后，花瓣在离老鼠不远处蹲伏了下来。她大吼一声，向两只老鼠跳去。她在吼叫的时候尽量发出充满威慑力的声音。她心想：那只灰白相间的母猫至少教会了我一点——我已经学会了如何让自己看上去非常可怕。

老鼠顿时惊慌失措，转头向狐狸跑去。狐狸动作娴熟地伸掌按住一只老鼠，又张口咬住另一只老鼠的脖子，迅速地结果了它们的小命。

花瓣跳到狐狸身边。"干得漂亮！"她兴奋地大喊道。

"是你把它们赶过来的。"狐狸放下老鼠说，"再说了，你知道的，其实你完全可以自己把它们抓住。"

虽然确实是这么回事，花瓣却更喜欢现在这种狩猎方式：她先做好铺垫，再由弟弟去捕杀猎物。在妈妈刚去世的那会儿，他

日光小径
RIGUANGXIAOJING

俩孤苦伶仃,可那只灰白相间的母猫竟拒绝给他们提供帮助。打那时起,她就意识到,他俩必须配合起来行动。若是没有狐狸,我早就死定了。是的,她有能力独自捕杀那两只老鼠——但是,她更喜欢和弟弟一起狩猎,她知道这对狐狸也更好。想当初,他俩还是饥肠辘辘的幼崽,但那几只猫无情地赶走了他俩,当时狐狸脸上的绝望她直到现在还记忆犹新。一起狩猎对我们很重要。我们现在只剩下彼此了。

想到这里,她大声对狐狸说:"反正我们都抓到老鼠了,我才不管那么多呢。"

狐狸深情地朝花瓣眨眨眼睛,没有追问下去。他俩蹲坐下来,狼吞虎咽地吃起了猎物。

忽然,花瓣听到了嘹亮的鸟叫声。她舔了舔下巴,希望能给自己和狐狸再加点儿餐。她抬起头,发现有只知更鸟正在几尾远的枝头上引吭高歌。只见它蓬起肥胖的红色腹部,正用一双明亮的圆眼睛扫视着四周。

真是典型的鸟中恶霸。这家伙扯着嗓子大喊一通,就是为了表明这里都是它的地盘。

此时,一只苍头燕雀也飞到那根树枝上停了下来。那只知更鸟立马停住歌唱,转而恶狠狠地扑打起翅膀来。苍头燕雀见这架势连连后退,最后只好无奈地飞走。直到这时,知更鸟才善罢甘休。

花瓣气得直咬牙,她低嘶着吐了口气。我就讨厌这种恃强凌

弱的家伙！我讨厌知更鸟！是时候给那家伙一点儿颜色看看了，这样它才知道，谁才是这里的老大……

"你留在这里。"她小声对狐狸说，"我这回倒很想自己去把这家伙给解决了。"的确，狩猎的时候，他俩通常是合作行动的。但是，这次出击已经不单单是为了狩猎充饥了。

花瓣将身子平贴地面，而后悄悄地匍匐到树下。此时，知更鸟根本还没注意到她。花瓣滑到树干的另一头，一步一步地向树上爬去。

可惜，正当花瓣悄悄爬上知更鸟所在的树枝时，她的尾巴不慎扫到了下面树枝上的叶子。叶子发出了沙沙的声响。知更鸟惊叫一声，倏地飞起，顿时消失在了林子里。

"老鼠屎！"花瓣埋怨道。

她从树上爬下，追着知更鸟进了森林。

"你要干吗？"狐狸在她身后低嘶。她迅速地朝狐狸摇摇头，示意他不要出声。

很快，花瓣来到一块凹地上，她悄悄走进灌木丛后缓口气。同时，她支起耳朵，仔细地听着周围的动静。

不出所料，没过多久，那知更鸟又强势地高歌起来。你这蠢货！现在我可摸清你的位置了！花瓣爬了过去，她沿着灌木前进。为了不被发现，她把身子藏在灌木投下的阴影中。此刻，那只鸟正在另一棵树的枝头上栖息。所幸这棵树的树皮较软，花瓣得以悄无声息地爬上树梢，在离那只鸟仅一尾远的地方停了下来。

日光小径

"这次,你这小家伙……"

她展开利爪正要进攻,一声猫叫从森林远处传了过来。知更鸟扑腾着翅膀飞到空中,随后在一道浓密的灌木丛中没了踪影。

花瓣大怒,她吼了一声跳向地面。她的脚掌刚一着地,狐狸就匆匆跑了上来。"你刚才听到了吗?"他问道。

正在他说话的当口,猫的号叫声和说话声又响了起来。花瓣向那些声音走了过去,用尾巴示意狐狸跟上。"我不认识这些声音……"她低声说。在这片森林里,虽然她和狐狸离群索居,但他俩还是能分辨出大多数猫的样子和声音的。

花瓣和狐狸隐蔽起来,他俩挪动脚步,从一丛灌木来到另一丛灌木。最后,他俩走到一块凹地的边上,在一丛冬青树中蹲伏下来。他俩向凹地内望去,只见几只猫蹲坐在那里,还有几只猫走来走去,正在探察着周围的环境。

"嘿,其实我们是认识他们的!"狐狸说,"他们就是在水潭那边的空地里住下来的猫呀。你不记得了吗?"

花瓣依稀想起了当日的情景。"是的。"她喃喃地说,"那次我们不知道他们来这里做什么,想上去查个究竟,可后来被他们赶走了。"

花瓣担心了起来,她的脚掌开始微微作痛。她意识到,其实,在那之前,她还见过其中的几只猫。"我还会过他们一次,就在我同夜心和叶子一起狩猎的时候。"她说,"那次,那只黑色公猫在森林里追踪一只松鼠。本来我没想多事,但夜心和叶子

朝他扑了上去。后来他的朋友们过来帮忙,我也不得不卷了进去。当时那只灰色公猫就在那里,还有那只白色母猫也在。"

"我们最好离他们远些。"狐狸嘟哝道,"他们肯定会带来麻烦。希望他们没打算在这里一直住下来。"

正当他说话的时候,那只灰色公猫突然停住不动了。接着,他猛地转身,直愣愣地看着狐狸和花瓣藏身的冬青树丛。

"他看到我们了!"花瓣惊呼,"快跑!"

第三章

"快离开这里!"花瓣和弟弟并肩飞奔,她气喘吁吁地说,"我和他们交锋过一次。我可不想再和他们打了。"

他俩以最快的速度从蕨丛和黑莓丛中穿过,低矮的枝条无情地抽打在他俩的脸上。

渐渐地,花瓣听不到身后追踪的声音了。也许他们没再追来……不过我可不打算停下来弄清楚。

两只猫继续一路狂奔,可他俩谁也没注意到所跑的方向。突然,灌木丛变得稀疏起来。直到冲出树林,花瓣和狐狸这才发现他俩已经跑到了河边。

"糟糕!"狐狸喘着粗气,猛地在水边刹住脚步,"再多跑一步我就掉河里去了!不过我们还是要过河,这样他们就追不上我们了。"听到狐狸的话,花瓣大吃一惊,因为她知道,其实兄

日光小径
RIGUANGXIAOJING

弟十分讨厌沾水。

花瓣担心了起来：如果现在连狐狸都情愿过河，那么情况一定不容乐观。

尽管如此，弟弟的勇气还是让花瓣备感温暖。我们俩一起冲过河去！她环视四周，看到河面上有些踏脚石通向对岸。水冲刷着石头表面，尽管它们又湿又滑，但踏着这些石头过河总比从水里游过去要好多了。

"去那边！"她冲到了踏脚石旁。

狐狸跟着跑了过去，他向树林边上瞄了一眼，没有看到陌生猫的踪影。不过，花瓣又听见了那些猫追踪时的号叫声，她知道他俩逃跑的时间已所剩无几。

她跳上第一块石头，冰冷的河水漫过她的脚掌，冷得她直打哆嗦。她暗暗为自己鼓劲：尽管我不一定是最优秀的狩猎猫，但我还是能过了这条河的。

花瓣听到身后的水花声，知道狐狸也跟着跳上了石头。她从一块踏脚石跳上另一块踏脚石。可是，到了河的中间时，她停了下来。眼看湍急的河水奔涌在她的周围，花瓣暗暗地想：我们能做到的！接着，她纵身一跃，跳上了下一块石头。

然而，她的脚掌刚在石头上落下，那块石头就突然倾斜了下去。花瓣感觉自己正在向水中滑去。河水已经漫过了她腹部的毛发。她惊叫一声，疯狂地扒拉着这块滑不溜秋的石头。就在河水即将把她吞没的那一刹那，她终于把身子稳住了。

花瓣听见狐狸在身后发出痛苦的号叫声。

"我没事!"花瓣喘着气说。我既然能从獾的爪子下逃生，今天也绝不会淹死在这里!

这时，一只猫大声地向她打起招呼来，那声音盖过了狐狸的号叫声。花瓣又恨又怕，笨拙地在倾斜的石头上转过身子，向河岸望了过去。

岸边，那只灰色公猫和白色母猫正站在那里看着水边。"快回来!"灰色公猫说，"我们不会伤害你。"

我才不信呢！花瓣想。但是，她心里明白她和狐狸已别无选择。在这种情况下，如果他俩还要坚持过河，那就太危险了。

"这河过不了!"她无奈地对狐狸喊道，"我们只能返回去。"

他俩开始向岸边跳去。花瓣发现自己的四肢紧张得瑟瑟发抖。每跳一下，她就想起刚才脚下石头倾斜下陷时那可怕的情景。

狐狸已经跳上了岸，默默地站在两只陌生猫身边。花瓣吃了一惊：他们竟然……还没向他发动进攻。

花瓣振作起来，向离岸边最近的那块石头上跳了过去。然而，由于她疲倦不堪、过度紧张，她估错了自己与石头间的距离。虽然她的前掌在石头上落下，可是她后腿踩空，一下子掉进了河里。她还没来得及爬上来，就被河水冲走了。

"救命啊!"花瓣大声呼喊道。她的四肢在寒冷汹涌的水流

日光小径
RIGUANGXIAOJING

里无助地扑腾着。"狐狸!快来救我!"可是,周围没有任何可以让她抓住的东西,而她又无法将自己的身体浮起,因为此刻她已浑身湿透,皮毛也开始发沉。

狐狸在河边将身体探出,虽然这很危险,可他还是伸出一只脚掌。然而他的爪子刚从花瓣的皮毛上擦过,湍急的河水就把她卷走,狐狸再也够不着她了。就在这时,花瓣恐惧的叫声戛然而止,翻滚的河水涌过她的脑袋,她的嘴里和鼻孔里都灌满了水。她惊恐地想:我就要被淹死了!

不久,花瓣的脑袋又冒出水面,她发现自己离岸边只有一尾远的距离。她不顾一切地往岸边游去。可是,她绝望地发现,水势太强,她根本划不过去。河水把她呛得呼吸都困难了起来。更糟的是,此时她连声音都喊不出来了。

狐狸绝望地叫了一声。随后,花瓣瞥见那只灰色公猫沿着河岸一阵疾奔,他跑到她的前方,然后消失在了她的眼帘中。

花瓣挣扎着想浮在水面上。没过多久,她又看到灰色公猫在岸边的一块大石头旁停住脚步。哗哗的水流把花瓣冲了下来,她只听到灰色公猫大吼一声,将大石头推进了河中。

大石头卷起的水花和漩涡顿时把花瓣吞没。她的脑袋又沉入水中,但转眼间,她就被冲到了一块硬邦邦的东西上。她扒拉了一通,意识到这就是那块被灰色公猫推下水的大石头。终于,她又把头伸出水面,艰难地向石头上爬去,离开了令她窒息的河水。狐狸从岸边跃上石头,他探出身子,伸爪抓住了姐姐的颈背。

花瓣使出全身的力气爬上了岸,她咳嗽连连,几乎透不过气来。那只灰色公猫和白色母猫都站在那里,用关切的眼神注视着她。

"你还好吗?"白色母猫问。

"还好。"花瓣大口喘着气说。接着,她对灰色公猫说:"你救了我的命!"

灰色公猫耸了耸肩:"这没什么。我是晴天,对了,这是落羽。"

花瓣的身子不住地颤抖,她一下子瘫在了地上。

"我是狐狸。"花瓣的弟弟说。看到姐姐脱离了危险,他的声音激动得发颤,终于松了口气。"我的姐姐叫花瓣。"

落羽打量着花瓣,突然惊呼起来:"嘿!我们认识你!有次月影那个笨蛋正在抓一只松鼠,我们为了他和森林猫打了一仗,那时你也在场。后来,我们把你们从空地赶走了。"

"是这样。"晴天点了点头。"落羽,你之前还说过,我们可以邀请他们以后和我们住在一起。"说着,他若有所思地眨了眨眼睛,"这提议有点儿意思……"

花瓣又冷又累。此时她已顾不上这些了。她拖着虚弱的身子开始为自己舔梳起来,生怕身上的这股河水味永远也弄不干净了。

"你们分别在她的两侧躺下。"晴天吩咐狐狸和落羽道,"这样她才能尽快暖和起来。"

日光小径
RIGUANGXIAOJING

　　两只猫立刻在花瓣身边卧了下来，他俩温暖的身体开始驱散河水的寒气。花瓣感激地叹了一声。令她惊讶的是，狐狸竟轻易听从了晴天的指挥。当然，她也清楚地看到了这只灰色公猫的威信。而且他很有智慧。他知道该怎样救我。

　　晴天蓝色的眼睛从花瓣身上掠过。花瓣知道自己的毛发正根根紧贴在肋骨上，她看上去一定瘦得很可怕。想到这里，她不禁黯然心伤。

　　"你上一顿是什么时候吃的？"晴天问。

　　"我们早些时候各吃过一只老鼠。"狐狸回答。不过，他没有提到，其实那两只老鼠是他俩几天来抓到的唯一猎物。

　　就在这时，花瓣的肚子咕噜咕噜地响了起来。晴天和落羽都忍不住笑了。

　　"好啦。"晴天说，"你需要吃东西。我这就去狩猎。"

　　晴天转身准备出发，狐狸对他说："如果你一直往树林里走，就会看到有条小溪从一堆大砾石中流出来，那里有许多鼩鼱。"

　　晴天摆了摆尾巴表示感谢。他赞许地说："你对这片森林很了解啊。"

　　"还行吧。"狐狸来了劲，"其实花瓣很擅长爬树和诱捕猎物。"

　　"没有，我……"花瓣连忙否认。极度的尴尬中，她差点儿忘记了方才受到的惊吓，也几乎忘记了全身的疲倦。

猫武士

"本来就是这样的嘛!"狐狸打断花瓣的话,"你有许多狩猎技巧,但你从不承认。因为你总是希望和我一起狩猎,所以故意把抓捕猎物的机会留给我了。"

花瓣注意到,晴天饶有兴趣地打量了她一番,然后便向树林跑去。花瓣的毛发不安地竖了起来,她很希望知道刚才晴天在想些什么。

晴天走后,几只猫安静了下来。狐狸和落羽挨着花瓣,她开始放松身体。

"逆着方向舔她的毛发。"落羽对狐狸说,"这样她的身子能尽快变暖。"

花瓣记起了在很小的时候,她的妈妈也是那样为她舔梳的。很快,她觉得身体暖和了起来,精神也放松下来。虽然我害怕这些猫,可是他们真的很好……

"你们在森林里住了很久吗?"落羽打破了沉默。

"我们就出生在这片森林里。"狐狸说,"但妈妈在我们年幼时被一只獾杀害了。"

"太可怕了!"落羽惊呼,"那你们后来怎么办?"

"我们深受煎熬。"花瓣开口说道,"那时我们还不会狩猎,担心会活活饿死。后来我们嗅到了其他猫的气息……"说到这里,花瓣不禁想起那些猫是如何无情地拒绝了他俩。她顿时淹没在那段痛苦的记忆中,便再也说不下去了。

狐狸接着说:"可那些猫不想管我们的死活。从那以后,我

日光小径
RIGUANGXIAOJING

俩就相依为命了。"

"太遗憾了。"落羽喃喃地说。花瓣感到这只白色母猫正在舔着她的耳朵。"我知道失去了所爱的猫是种什么样的感受。"她迟疑了一会儿,又接着说道,"我们是从很远很远的大山里来的。天气寒冷的时候,那里很难生存,猎物也不够大家吃。"接着,她颤抖着声音说:"那时,由于缺乏食物,晴天的妹妹振翼鸟还是只幼崽,便不幸失去了生命。"

花瓣把口鼻埋进落羽肩部的毛发中。她虽和振翼鸟素未谋面,但这只幼崽的悲惨遭遇却让她感到揪心地痛。"真是太不容易了。"她轻声说。

"她的死让我们下了决心,我们决定来这里寻找更好的生活。"落羽继续说,"我们不想让其他任何一只猫再遭受同样的不幸。"

听到落羽的话,花瓣顿时感到一股暖流传遍了她的全身。我也是这么想的!

"我们当中的一些同伴留在了荒原上。"落羽接着说,"不过,我们几个更喜欢森林,所以就在那块水潭边的空地上安顿了下来。那次我们就是把你们从那儿赶走的。"说着,她用那双湛蓝深邃的眼睛凝视着狐狸:"其实,我一直认为那是个误会。如果你俩愿意加入我们就好了。"

狐狸也专注地凝视着落羽,好像已经无法把目光从她的身上移开。不过,还没等狐狸和花瓣回复,晴天便从森林的蕨丛中走

了出来。他嘴里叼着两只鼩鼱和一只田鼠。"那个地方果真有许多鼩鼱。"说着,晴天把猎物在他们面前放了下来。

晴天和落羽各自咬了一口鼩鼱肉,然后将两只鼩鼱交换,这才开始吃了起来。

"你们为什么要这么做?"花瓣问,她好奇得脚掌发痒。

"我们在大山时就是这样进食的。"落羽一边吃,一边解释道,"这能提醒我们记得要一直相互分享。"

花瓣和狐狸正吃着那只肥美的田鼠。狐狸边吃边说:"我们不像你们那样交换猎物吃,不过我们也知道分享。我和花瓣什么都会彼此分享。"

花瓣吞下汁多味美的鼠肉,她感到身上的力气已渐渐恢复。和这些猫一起生活应该会很好吧。我不再怕他们了。

"晴天,我刚才邀请花瓣和狐狸加入我们了。"吃完猎物,落羽对晴天说,"你知道,我们之前商量过的,只有壮大力量,我们的集体才会越来越强大。"

"我不太确定……"狐狸迟疑地说。

花瓣不明白为什么狐狸的声音听上去很勉强。他刚才似乎已经迷上了落羽。或许他在担心,我们虽加入他们的集体,却没法做出贡献。不过他是只优秀的狩猎猫,而且我也是……

"你们刚才都说了独自生活是多么不容易了。"落羽提醒狐狸说。

"既然现在森林里有更多的猫生活,你们需要集体的保

护。"晴天补充道，"而且，你们也可以来保护其他的猫。"

狐狸缓缓地点了点头："那好像蛮好的……花瓣，你怎么想？"

"我觉得这太棒了！"花瓣回答道。从这些陌生的猫身上，她感到了温暖。"我们可以去见见其他猫吗？"

落羽开心地欢呼了一声。晴天赞许地看了狐狸一眼。"我们现在就去。"晴天答应了下来。他问花瓣："现在你有力气走回森林了吗？"

花瓣一跃而起，她抖落皮毛上附着的水珠："有力气了！现在我做什么都行！"

其他猫也站了起来，他们一起走进树林的阴影中。这时，花瓣又听到了那只知更鸟的歌声。可是，不知怎的，此时此刻，那只鸟中小霸王的猖狂行径已不再困扰她了。她相信，森林里的一切很快就会发生变化。

我要努力地提升自己的狩猎技能。我坚信，将来再也不会有哪只猫敢欺负我了……

精彩内容抢先看

下集预告

　　一些跟着晴天离开的山地猫在森林里住了下来。他们不仅蛮横驱赶原先就在森林中狩猎的泼皮猫，还不许生活在荒原上的猫进入森林狩猎。

　　高影的荒原猫遭遇到狗的袭击，但高影只知道守着凹地，反而是灰翅奋力救下了同伴。因而，一些猫对高影产生了不满，希望灰翅能够接任首领的职位，但灰翅拒绝了。

　　森林突遭大火，原本跟着晴天的月影受伤丧命。高影对弟弟的死去无比伤心，无心管理猫群，灰翅只好接过首领的重担。

　　被森林大火毁坏家园的晴天带着他的猫借住在荒原。自小就被灰翅抚养长大的晴天的儿子雷，受到晴天的蒙蔽，跟着他搬进了森林。

　　雷发现晴天跟自己想象的不一样：他不断扩大自己的领地，大到超过了所有森林猫的需求；他对越过领地边界的猫没有丝毫怜悯，甚至杀死他们；他驱逐受伤的猫，任由他们自生自灭；他对曾经的山地猫同伴也毫不留情。

　　忍无可忍的雷终于决定离开，带着被晴天驱逐的寒霜，再次返回了荒原。

猫武士　晴天

猫武士　清溪

猫武士　锯峰

猫武士　灰翅

猫武士　高影

猫武士　暴雨